Nachtprogramm

David

Sedaris

>>>NACHT
PROGRAMM

Aus dem Amerikanischen von

Georg Deggerich

HEYNE ‹

Die Originalausgabe erschien unter dem Titel
Dress Your Family in Corduroy and Denim
bei Litte, Brown and Company, New York

Copyright © 2004 by David Sedaris
© 2004 der deutschen Ausgabe by
Wilhelm Heyne Verlag, München, in der
Verlagsgruppe Random House GmbH
Gesetzt aus der 10,8/13,7 Punkt Weiss in PostScript
Satz: Christine Roithner Verlagsservice, Breitenaich
Druck und Bindung: GGP Media GmbH, Pößneck
Printed in Germany

ISBN 3-453-00079-X

www.heyne.de

Inhaltsverzeichnis

9   »»   Die und wir

19   »»   Lass es schneien

23   »»   Klar Schiff

37   »»   Full House

49   »»   Betrachte die Sterne

61   »»   Monie macht's möglich

81   »»   Falscher Fuffziger

97   »»   Medschra

101   »»   Slumus Lordicus

115   »»   Das Mädchen von nebenan

133   »»   Blutsbande

147   »»   Das Ende einer Affäre

Inhaltsverzeichnis

151 >>> Sprich mir nach

167 >>> Sechs bis acht schwarze Männer

175 >>> Der Rooster an der Kette

191 >>> Eigentum

199 >>> Mach den Deckel drauf

217 >>> Eine Dose Würmer

223 >>> Küken im Hühnerstall

237 >>> Wer ist der Chef?

243 >>> Baby Einstein

259 >>> Nuit der lebenden Toten

271 >>> Danksagung

Für Hugh

Die und wir

Als meine Familie nach North Carolina zog, mieteten wir zuerst ein Haus, das nur drei Blocks von der Schule entfernt lag, in der ich nach den Ferien die dritte Klasse besuchen würde. Meine Mutter freundete sich mit einer Nachbarin an, mehr aber auch nicht. Da wir in einem Jahr schon wieder woanders sein würden, erklärte sie, mache es keinen Sinn, engeren Kontakt zu Leuten zu knüpfen, von denen wir uns dann verabschieden müssten.

Unser nächstes Haus war keine Meile entfernt und der Umzug insofern kein Grund für einen tränenreichen Abschied. Es hatte mehr was von »Na dann, bis später«, doch machte ich mir die Einstellung meiner Mutter zu Eigen, weil ich dadurch so tun konnte, als verzichtete ich bewusst darauf, neue Freunde zu suchen. Ich hätte ohne weiteres welche finden können, nur war es dafür eben nicht der rechte Augenblick.

In New York hatten wir auf dem Land gewohnt, ohne Bürgersteige oder Straßenbeleuchtung; man konnte aus dem Haus gehen und war immer noch für sich. Wenn man jetzt aus dem Fenster schaute, sah man andere Häuser, und darin waren Leute. Ich stellte mir vor, abends im Dunkeln umherzustreifen und Zeuge eines Mordes zu werden, doch hockten unsere Nachbarn meistens nur in ihren Wohnzimmern vor dem Fernseher. Die einzige wirkliche Ausnahme war das Haus von Mr. Tomkey, der nicht an das Fernsehen glaubte. Wir erfuhren dies von der Freundin meiner Mutter, als sie eines Nachmittags einen Korb mit Okraschoten vorbeibrachte. Die Frau ließ sich nicht weiter darüber aus, sondern traf lediglich eine Feststellung, aus der ihre Zuhörerin machen konnte, was sie wollte. Hätte meine Mutter gesagt, »das ist das Verrückteste, was ich je gehört habe«, hätte die Freundin vermutlich zugestimmt, und hätte sie gesagt, »ein Hoch auf Mr. Tomkey«, wäre sie damit ebenso einverstanden gewesen. Es war eine Art Test, genau wie die Okraschoten.

Zu sagen, man glaube nicht an das Fernsehen, war etwas anderes, als zu sagen, man mache sich nichts daraus. Glaube beinhaltete, dass hinter dem Fernsehen eine Idee steckte und dass man dagegen war. Und Glaube deutete auch darauf hin, dass man zu viel nachdachte. Als meine Mutter uns erzählte, Mr. Tomkey glaube nicht an das Fernsehen, sagte mein Vater: »Schön für ihn. Ich wüsste auch nicht, dass ich dran glaube.«

»Ganz meine Meinung«, sagte meine Mutter, und dann sahen meine Eltern die Nachrichten und was immer danach kam.

Bald wussten alle, dass Mr. Tomkey keinen Fernseher besaß, und man hörte hier und da, das sei alles schön und gut, nur sei es unfair, anderen seine Überzeugungen aufzuzwingen, ganz besonders seiner Frau und seinen Kindern, die nichts dafür konnten. Man spekulierte auch, dass so, wie ein Blinder ein gesteigertes Hörvermögen entwickelt, die Familie auf irgendeine Weise den Verlust kompensieren müsse. »Vielleicht lesen sie«, sagte die Freundin meiner Mutter. »Vielleicht hören sie Radio, aber *irgendwas* werden die schon machen.«

Ich wollte herausbekommen, was dieses Irgendwas war, und begann damit, durch die Fenster ins Haus der Tomkeys zu spähen. Tagsüber stand ich gegenüber auf der anderen Straßenseite und tat so, als warte ich auf jemanden, abends, wenn die Sicht besser war und ich nicht so schnell entdeckt werden konnte, schlich ich mich in den Vorgarten und versteckte mich in den Büschen hinter dem Zaun.

Weil sie keinen Fernseher hatten, mussten die Tomkeys beim Abendessen miteinander reden. Sie hatten selbst keine Vorstellung davon, wie armselig ihr Leben war, und schämten sich auch nicht, dass eine Kamera sie uninteressant gefunden hätte. Sie wussten nicht, was aufregend war oder wie ein Abendessen auszusehen hatte oder auch nur, um wie viel Uhr man aß. Manchmal saßen sie erst um acht am Tisch, wenn alle anderen schon längst abgeräumt und gespült hatten. Beim Essen donnerte Mr. Tomkey ab und zu mit der Faust auf den Tisch und zeigte mit der Gabel auf seine Kinder, doch wenn er damit fertig war, fingen alle an zu lachen. Ich hatte den Verdacht, dass er jemanden nachmachte, und fragte mich, ob er vielleicht uns heimlich beim Abendessen beobachtete.

Als im Herbst die Schule anfing, sah ich die Tomkey-Kinder mit Papiertüten in der Hand den Hügel hinaufstiefeln. Der Junge war eine Klasse unter, das Mädchen eine über mir. Wir redeten nie miteinander, doch manchmal begegneten wir uns im Flur, und ich versuchte, die Welt mit ihren Augen zu sehen. Wie fühlte es sich an, so ahnungslos und abgeschnitten zu sein? Konnte ein normaler Mensch sich das überhaupt vorstellen? Ich stierte auf seine Butterbrotdose mit dem Elmer-Fudd-Aufdruck und versuchte mich von allem zu lösen, was ich darüber wusste: Elmers Probleme, den Buchstaben »r« auszusprechen oder dass er ständig hinter einem kleinen und sehr viel berühmteren Hasen her war. Ich versuchte, eine bloße Zeichnung darin zu sehen, doch war es mir unmöglich, die Figur von ihrem Filmruhm zu trennen.

Eines Tages war einer meiner Mitschüler, der William hieß, im Begriff, eine falsche Antwort an die Tafel zu schreiben. Unsere Lehrerin ruderte mit den Armen und sagte: »Achtung Will. Gefahr. Gefahr.« Sie gab ihrer Stimme einen blechernen, monotonen Klang, und wir alle lachten, weil wir wussten, dass sie einen Roboter aus einer Fernsehserie über eine Familie imitierte, die irgendwo im Weltall lebte. Die Tomkeys hingegen hätten es für einen Herzanfall gehalten. Ich hatte das Gefühl, dass sie einen Führer brauchten, jemanden, der sie durch einen ganz normalen Tag lotste und ihnen alle die Dinge erklärte, die sie nicht verstehen konnten.

Ich hätte die Aufgabe an Wochenenden übernehmen können, doch hätte eine nähere Bekanntschaft ihnen ihr Geheimnis genommen und mich obendrein um das gute Gefühl gebracht, sie bemitleiden zu können. Also hielt ich mich von ihnen fern.

Anfang Oktober kauften die Tomkeys ein Boot, zur großen Erleichterung aller, jedoch ganz besonders der Freundin meiner Mutter, die feststellte, der Motor sei eindeutig secondhand. Wie wir erfuhren, hatte Mr. Tomkeys Schwiegervater ein Haus am See und der Familie angeboten, es jederzeit zu benutzen. Das erklärte, wo sie übers Wochenende steckten, doch machte es ihre Abwesenheit keineswegs erträglicher. Mir kam es so vor, als hätte man meine Lieblingsserie abgesetzt.

Halloween fiel in diesem Jahr auf einen Samstag, und als unsere Mutter endlich mit uns ins Geschäft ging, waren alle guten Kostüme bereits weg. Meine Schwestern verkleideten sich als Hexen, und ich ging als Landstreicher. Ich wollte in meiner Verkleidung bei den Tomkeys klingeln, doch waren sie zum See gefahren, und das Haus war dunkel. Auf der Veranda vor dem Haus stand aber eine Kaffeedose mit Weingummis und daneben ein Stück Pappe mit der Aufschrift: ANDERE WOLLEN AUCH NOCH WAS. Von allen denkbaren Halloweensüßigkeiten waren lose Weingummis so ziemlich das Allerletzte. Die vielen Weingummis, die im Wassernapf für den Hund trieben, waren dafür der eindeutige Beweis. Es war abstoßend, sich vorzustellen, dass ein Weingummi im Magen genau so aussah, und es war beleidigend, gesagt zu bekommen, man solle nicht zu viel von etwas nehmen, das ohnehin niemand wollte. »Für wen halten diese Tomkeys sich eigentlich?«, sagte meine Schwester Lisa.

Am Abend nach Halloween saßen wir alle vor dem Fernseher, als es an der Tür klingelte. Da wir nur selten Besuch hatten, blieb allein mein Vater sitzen, während meine Mutter, meine Schwestern und ich im Pulk nach unten stürmten, die Haustür öffneten und die komplette Familie Tomkey auf unserer Veranda vorfanden. Die Eltern sahen so aus wie immer, doch der Junge und das Mädchen waren verkleidet – sie als Ballerina und er als eine Art Nagetier mit Plüschohren und einem Schwanz, der aussah wie ein Stück Verlängerungskabel. Anscheinend hatten sie den Abend zuvor ganz allein am See verbracht und Halloween verpasst. »Also, wir dachten, dann kommen wir eben heute vorbei, wenn es Ihnen nichts ausmacht«, sagte Mr. Tomkey.

Ich erklärte mir ihr Verhalten damit, dass sie keinen Fernseher hatten, andererseits lernte man auch nicht alles durch das Fernsehen. Am 31. Oktober von Haus zu Haus zu gehen und um Süßigkeiten zu bitten, nannte man Halloweenstreich, aber am 1. November um Süßigkeiten zu bitten hieß betteln, und das mochten die Leute nicht. Das gehörte zu den Dingen, die einem das Leben selbst beibrachte, und es ärgerte mich, dass die Tomkeys dies nicht begriffen.

»Aber natürlich macht es uns nichts aus«, sagte meine Mutter. »Kinder, wie wär's, ... wenn ihr ... die Süßigkeiten holt.«

»Aber wir haben keine mehr«, sagte meine Schwester Gretchen. »Du hast gestern Abend alles verteilt.«

»Nicht *die* Süßigkeiten«, sagte meine Mutter. »Die anderen. Wie wär's, wenn ihr die holt?«

»Du meinst *unsere* Süßigkeiten?«, fragte Lisa. »Die *wir* uns verdient haben?«

Genau davon redete meine Mutter, nur wollte sie es vor den Tomkeys nicht so direkt sagen. Um ihr Empfinden zu schonen, wollte sie so tun, als hätten wir ständig einen Eimer voller Süßigkeiten irgendwo im Haus herumstehen und warteten nur darauf, dass jemand an die Tür klopfte und danach fragte. »Na los doch«, sagte sie. »Nun macht schon.«

Mein Zimmer lag gleich neben dem Eingang, und wenn die Tomkeys dorthin geschaut hätten, hätten sie mein Bett mit der braunen Einkaufstüte und der Aufschrift MEINS! PFOTEN WEG! gesehen. Damit sie nicht mitbekamen, wie viel ich hatte, ging ich in mein Zimmer und machte

14

die Tür hinter mir zu. Dann zog ich die Vorhänge vor und schüttete den Inhalt der Tüte auf mein Bett, um das auszusortieren, was ich am wenigsten mochte. Seit Kindertagen vertrage ich keine Schokolade. Ich weiß nicht, ob ich dagegen allergisch bin oder was, jedenfalls bekomme ich schon von einem winzigen Stück höllische Kopfschmerzen.

Mit der Zeit lernte ich, die Finger davon zu lassen, doch als Kind wollte ich nicht zurückstecken. Hatte ich Brownies gegessen und es fing in meinem Kopf an zu hämmern, lag das am Traubensaft oder am Zigarettenqualm meiner Mutter oder am Druck des Brillengestells – nur niemals an der Schokolade. Meine Schokoriegel waren deshalb Gift, aber es waren alles bekannte Marken, also kamen sie auf Stapel Nr. 1, der ganz bestimmt nicht an die Tomkeys gehen würde.

Draußen im Flur hörte ich, wie meine Mutter verzweifelt ein Gespräch in Gang zu bringen versuchte. »Ein Boot!«, sagte sie. »Das klingt großartig. Können Sie damit gleich ins Wasser fahren?«

»Wir haben dafür einen Anhänger«, sagte Mr. Tomkey. »Damit setzen wir rückwärts ins Wasser.«

»Oh, einen Anhänger. Was für eine Sorte?«

»Nun ja, einen *Boots*anhänger«, sagte Mr. Tomkey.

»Sicher, aber ich meine, einen aus Holz oder … also, es würde mich interessieren, was für ein *Typ* Anhänger es ist?«

Die Sätze meiner Mutter enthielten zwei Botschaften. Die erste und offensichtliche war: »Ja doch, ich rede von Bootsanhängern, und ich habe nicht den leisesten Schimmer davon.« Die zweite, die nur für meine Schwestern und mich bestimmt war, hieß: »Wenn ihr nicht sofort

15

mit den Süßigkeiten anrückt, ist es mit Freiheit, Freude und der Aussicht auf eine herzliche mütterliche Umarmung ein für alle Mal vorbei.«

Ich wusste, es war nur eine Frage der Zeit, bis sie in mein Zimmer käme und sich irgendwelche Süßigkeiten schnappte, ohne jede Rücksicht auf mein Bewertungssystem. Ein einziger klarer Gedanke hätte ausgereicht, die wertvollsten Posten in der Kommodenschublade verschwinden zu lassen, doch befiel mich bei der Vorstellung, ihre Hand könne bereits nach dem Türknauf greifen, eine solche Panik, dass ich damit begann, die Papiere abzureißen und mir einen Riegel nach dem anderen in den Mund zu schieben wie bei einem Wettfressen. Die meisten waren Miniriegel, die sich leichter im Mund verstauen ließen, doch war der Platz begrenzt, und es war auch nicht ganz einfach, gleichzeitig zu kauen und weitere Riegel nachzuschieben. Der Kopfschmerz setzte auch unverzüglich ein, doch führte ich dies auf die Anspannung zurück.

Meine Mutter erklärte den Tomkeys, sie müsse kurz etwas nachschauen, dann öffnete sie die Tür und steckte den Kopf in mein Zimmer. »Was zum Teufel machst du da?«, flüsterte sie, aber ich konnte ihr mit meinem voll gestopften Mund keine Antwort geben. »Bin gleich wieder da«, rief sie, zog die Tür hinter sich zu und kam auf mein Bett zu. Im gleichen Moment begann ich damit, die Brausetaler und Traubenzuckerketten von Stapel Nummer zwei zu zerbrechen. Es waren die zweitbesten Sachen, die ich bekommen hatte, und so weh es mir tat, sie zu zerstören, noch schmerzhafter wäre es gewesen, sie einfach wegzugeben. Ich war gerade dabei, eine kleine Schachtel Fruchtdrops zu zerpflücken, als meine Mutter sie mir aus

16

der Hand riss und ein Sturzbach großkalibriger Kugeln klackernd über den Fußboden hüpfte. Noch während ich ihnen hinterhersah, schnappte sie sich bereits eine Rolle Schaumzuckerwaffeln.

»Die nicht«, bettelte ich, wobei mein Mund anstelle von Wörtern nur halb gekaute Schokolade absonderte, die auf dem Ärmel ihres Pullovers landete. »Die nicht. Die nicht.«

»Du solltest dich nur mal sehen«, sagte sie. »Ich meine, dich wirklich einmal ansehen.«

Außer den Schaumzuckerwaffeln nahm sie noch eine Hand voll Kirschlutscher und ein halbes Dutzend einzeln eingepackter Sahnebonbons. Ich hörte, wie sie sich bei den Tomkeys für die kurze Abwesenheit entschuldigte und wie anschließend meine Süßigkeiten in ihren Tüten landeten.

»Wie sagt man?«, fragte Mrs. Tomkey.

Und die Kinder sagten: »Vielen Dank.«

Ich hatte mir Ärger eingehandelt, weil ich meine Süßigkeiten nicht früher herausgerückt hatte, doch war der Ärger für meine Schwestern noch viel größer, weil sie erst gar nichts in dieser Richtung unternommen hatten. Den frühen Abend verbrachten wir alle auf unseren Zimmern, dann schlichen wir einer nach dem anderen nach oben und setzten uns zu meinen Eltern vor den Fernseher. Ich kam als Letzter und hockte mich neben das Sofa auf den Boden. Es lief ein Western, doch selbst ohne das Hämmern in meinem Kopf hätte ich der Geschichte kaum folgen können. Eine Hand voll Outlaws stand auf einem felsigen Hügelkamm und spähte blinzelnd nach einer sich von Ferne nähernden Staubwolke, und ich musste wieder an die Tomkeys denken und wie einsam und verloren sie in ihren albernen Kostümen ausgesehen hatten. »Was hatte der Junge da eigentlich als Schwanz?«, fragte ich. »Pssst!«, kam es von allen Seiten.

Monatelang hatte ich diese Leute beschützt und auf sie aufgepasst, doch jetzt hatten sie durch eine einzige dumme Tat dafür gesorgt, dass mein Mitleid sich in etwas Hartes und Hässliches verwandelt hatte. Es hatte keine Freundschaft gegeben zwischen den Tomkeys und mir, aber immerhin hatte ich sie mit dem Geschenk meiner Neugier bedacht. Über die Tomkey-Familie nachzudenken, hatte mir ein Gefühl von Großherzigkeit gegeben, doch jetzt würde ich einen anderen Gang einlegen und Spaß daran finden müssen, sie zu hassen. Die einzige Alternative war, dem Rat meiner Mutter zu folgen und einen scharfen Blick auf mich selbst zu werfen. Es war ein alter Trick, um den Hass auf andere nach innen zu lenken, und ich war entschlossen, nicht darauf hereinzufallen, auch wenn sich das von ihr beschworene Bild nicht so leicht abschütteln ließ: ein Junge, der auf seinem Bett sitzt, den Mund mit Schokolade verschmiert. Er ist ein menschliches Wesen, gleichzeitig aber auch ein Schwein, das inmitten von lauter Abfällen hockt und gierig alles verschlingt, damit nur ja kein anderer etwas abbekommt. Gäbe es nur dieses eine Bild auf der Welt, wäre man gezwungen, seine ganze Aufmerksamkeit darauf zu richten, doch zum Glück gab es noch andere. Die Kutsche, zum Beispiel, die mit Kisten voller Gold in der Wegbiegung erschien. Das glänzende, neue Mustangcabriolet. Das Mädchen mit dem wallenden Haar, das Pepsi durch einen Strohhalm schlürfte, ein Bild nach dem anderen, ohne Unterbrechung, bis zu den Nachrichten und was immer danach kam.

Lass es schneien

In Binghamton, New York, bedeutete Winter Schnee, und obwohl
ich noch klein war, als wir wegzogen, konnte ich mich an
große Mengen Schnee erinnern und dies als Beweis dafür
in Anschlag bringen, dass North Carolina bestenfalls eine
drittklassige Einrichtung war. Das bisschen Schnee, das
dort herunterkam, war gewöhnlich ein oder zwei Stunden
später bereits geschmolzen, und dann stand man da in seiner Windjacke und den wenig überzeugenden Fäustlin-
gen und formte ein klumpiges Gebilde, das größtenteils aus
Dreck bestand. Schneeneger sagten wir dazu.

In dem Winter, als ich in die fünfte Klasse ging, hatten
wir allerdings Glück. Es schneite, und zum ersten Mal seit
Jahren blieb der Schnee auch liegen. Die Schule fiel aus,
und zwei Tage später hatten wir noch einmal Glück. Es
lagen zwanzig Zentimeter Schnee, und anstatt zu tauen,
bekamen wir Frost. Am fünften Tag unserer Ferien erlitt
meine Mutter eine kleine Nervenkrise. Unsere Anwesen-
heit hatte ihr geheimes Leben durcheinander gebracht,
das sie führte, während wir in der Schule waren, und als
sie es nicht länger aushielt, setzte sie uns vor die Tür. Nicht
mit einer freundlichen Bitte, sondern mit einem handfes-
ten Rausschmiss. »Schert euch bloß aus meinem Haus«,
sagte sie.

Wir erinnerten sie daran, dass es auch unser Haus war, woraufhin sie nur die Haustür öffnete und uns in den Carport schob. »Und wehe, es kommt einer rein!«, rief sie.

Meine Schwestern und ich gingen den Hang hinunter und fuhren mit den Kindern aus der Nachbarschaft Schlitten. Einige Stunden später kehrten wir nach Hause zurück, doch war die Tür zu unserer Überraschung immer noch verschlossen. »Also, jetzt ist aber genug«, sagten wir. Ich drückte auf die Klingel, und als niemand kam, gingen wir zum Fenster und sahen unsere Mutter in der Küche vor dem Fernseher. Normalerweise wartete sie bis fünf mit ihrem ersten Drink, allerdings war sie in den letzten Tagen davon abgerückt. Da es nicht als Alkoholtrinken zählte, wenn man auf ein Glas Wein eine Tasse Kaffee folgen ließ, hatte sie neben dem Weinglas noch einen Kaffeebecher vor sich auf der Küchentheke stehen.

»He!«, brüllten wir. »Mach die Tür auf. Wir sind's.« Wir klopften gegen die Scheibe, doch ohne auch nur in unsere Richtung zu blicken, füllte sie ihr Glas auf und ging aus dem Zimmer.

»Die gemeine Ziege«, sagte meine Schwester Lisa. Wir hämmerten weiter gegen das Fenster, und als meine Mutter sich nicht rührte, gingen wir um das Haus herum und warfen Schneebälle gegen ihr Schlafzimmerfenster. »Wenn Daddy nach Hause kommt, gibt es richtig Ärger!«, riefen wir, woraufhin meine Mutter nur die Vorhänge zuzog.

Als es zu dämmern begann und kälter wurde, kam uns der Gedanke, dass wir erfrieren könnten. So etwas kam tatsächlich vor. Egoistische Mütter, die das Haus für sich allein wollten, und Jahre später entdeckte man ihre Kinder, steif gefroren wie Mastodons in dicken Eisklötzen.

Meine Schwester Gretchen schlug vor, unseren Vater anzurufen, doch wusste keiner von uns die Nummer, und vermutlich hätte er auch nichts unternommen. Er war vor allem deshalb zur Arbeit gegangen, um unserer Mutter zu entfliehen, und in Anbetracht der Wetterlage und ihrer Stimmung konnte es Stunden, wenn nicht gar Tage dauern, bis er nach Hause kam.

»Einer von uns müsste unters Auto kommen«, sagte ich. »Das würde ihnen beiden eine Lehre sein.« Ich stellte mir Gretchen vor, ihr Leben an einem seidenen Faden, während meine Eltern im Flur des Rex Hospitals auf und ab liefen und sich wünschten, sie wären fürsorglicher gewesen. Es war tatsächlich die perfekte Lösung. War sie erst aus dem Weg, würden wir anderen wertvoller erscheinen und hätten außerdem mehr Platz im Haus. »Gretchen, leg dich auf die Straße.«

»Amy soll sich hinlegen«, sagte sie.

Amy wiederum schob es auf Tiffany, die die Jüngste war und noch keine Vorstellung vom Tod hatte. »Es ist wie schlafen«, erklärten wir ihr. »Nur dass du in einem Himmelbett schläfst.«

Die arme Tiffany. Sie hätte alles getan für ein bisschen mehr Aufmerksamkeit. Man brauchte nur Tiff zu ihr zu sagen und bekam alles, was man wollte: ihr Taschengeld, ihren Teller beim Abendessen, den Inhalt ihres Osternests. Als wir ihr sagten, sie solle sich mitten auf die Straße legen, fragte sie nur: »Wo?«

Wir suchten eine kleine Mulde zwischen zwei Straßenkuppen, an der die Autofahrer unweigerlich ins Schlittern geraten mussten. Sie nahm ihren Platz ein, ein sechsjähriges Mädchen im buttergelben Mantel, und wir anderen stellten uns an den Straßenrand und warteten. Das erste

21

Auto, das vorbeikam, gehörte unserem Nachbarn, ein Yankee wie wir, der Schneeketten aufgezogen hatte und wenige Fuß vor unserer Schwester zum Stehen kam. »Liegt da ein Mensch auf der Straße?«, fragte er.

»So in etwa«, sagte Lisa. Sie erklärte ihm, dass man uns zu Hause ausgesperrt hatte, und obwohl der Mann dies offenbar als vernünftige Erklärung akzeptierte, bin ich mir sicher, dass er derjenige war, der uns anschwärzte. Ein zweiter Wagen fuhr vorbei, und dann sahen wir unsere Mutter, eine keuchende Gestalt, die sich mühsam über die Hügelkuppe schob. Sie trug keine Hose, und ihre Beine versanken bis zur Hüfte im Schnee. Wir wollten sie zurück ins Haus schicken, sie aus der freien Natur verbannen, so wie sie uns zuvor aus dem Haus verbannt hatte, doch war es schwer, weiter auf jemanden wütend zu sein, der so bemitleidenswert aussah.

»Hast du etwa deine *Hausschuhe* an?«, fragte Lisa, und meine Mutter reckte nur einen nackten Fuß in die Luft. »Ich *hatte* meine Hausschuhe an«, sagte sie. »Ganz sicher, eben war er noch dran.«

So ging das immer. Erst sperrte sie uns aus unserem eigenen Haus aus, und im nächsten Moment wühlten wir alle im Schnee nach ihrem linken Schlappen. »Ach, vergesst es«, sagte sie. »Der taucht in ein paar Tagen wieder auf.« Gretchen zog ihre Mütze über den Fuß meiner Mutter. Lisa wickelte ihren Schal darum, und sie fest von allen Seiten stützend, machten wir uns auf den Weg nach Hause.

Klar Schiff

Meine Mutter und ich standen in der Reinigung hinter einer Frau, die wir noch nie gesehen hatten. »Eine attraktive Frau«, sagte meine Mutter später. »Gute Figur. Sehr elegant.« Die Frau trug passend zur Jahreszeit ein leichtes Baumwollkleid mit übergroßen Gänseblümchen. Ihre Schuhe hatten die Farbe der Blütenblätter, und ihre Tasche, die schwarz-gelb gestreift war, hing lose über ihre Schulter und umschwirrte die Blüten wie ein träges Bienchen. Sie reichte den Abholschein herüber, nahm ihre Kleider in Empfang und bedankte sich für den schnellen und zuverlässigen Service. »Wissen Sie«, sagte sie, »es wird viel über Raleigh geredet, aber das stimmt alles nicht, nicht wahr?«

Der Koreaner hinter der Theke nickte in der Art eines Ausländers, der verstanden hat, dass sein Gegenüber gerade einen Satz beendet hat. Er war nicht der Geschäftsinhaber, sondern bloß eine Aushilfskraft, die normalerweise hinten im Laden arbeitete, und es war offensichtlich, dass er keine Ahnung hatte, wovon die Rede war.

»Meine Schwester und ich sind zu Besuch hier«, sagte die Frau, diesmal ein wenig lauter, und wieder nickte der Mann. »Ich würde gerne noch etwas bleiben und mich umsehen, aber mein Heim – ich meine, eins meiner Heime – steht bereit für die Gartensaison, und ich muss zurück nach Williamsburg.«

Ich war elf Jahre alt, doch selbst mir kam der Satz merkwürdig vor. Wenn sie damit den Koreaner beeindrucken wollte, war ihre Mühe vergebens, für wen also war die Information?

»Mein Heim – ich meine, eins meiner Heime«: Bis zum Abend hatten meine Mutter und ich den Satz garantiert fünfzigmal wiederholt. Die Gartensaison war nebensächlich, aber der erste Teil ihres Satzes war ein echter Knüller. Es gab, wie der Gedankenstrich zeigt, eine Pause zwischen den Wörtern »Mein Heim« und »ich meine«, ein kurzer Moment, in dem sie gedacht haben muss: *Ach, warum nicht?* Das darauf folgende Wort – »eins« – war wie ein sanfter Hauch aus ihrem Mund gekommen, und genau das war der schwierigste Teil. Man musste es genau hinbekommen, sonst verlor der Satz seine Wirkung. Irgendwo zwischen einem selbstbewussten Lachen und einem Seufzer zufriedener Verwirrung, verschaffte das »eins« der Aussage eine doppelte Bedeutung. Für Leute ihres Standes hieß er: »Seht her, ich bin ständig unterwegs!«, und den weniger Betuchten signalisierte er: »Macht euch nur keine falschen Vorstellungen, mehr als ein Haus zu haben bedeutet jede Menge Arbeit.«

Die ersten Dutzend Male klangen unsere Stimmen gezwungen und hochnäsig, doch gegen Nachmittag näherten wir uns ihrem weichen Tonfall. Wir wollten, was diese Frau hatte. Sie nachzuäffen ließ den Wunsch nur umso unerreichbarer erscheinen, sodass wir zu unserer eigenen Ausdrucksweise zurückkehrten.

»Mein Heim – ich meine, eins meiner Heime ...« Meine Mutter sagte es so schnell, als fühle sie sich zu größerer

Genauigkeit verpflichtet. Genau wie wenn sie sagte: »Meine Tochter – ich meine, eine meiner Töchter«, nur machte ein zweites Heim deutlich mehr her als eine zweite Tochter, sodass es nicht wirklich funktionierte. Ich ging in die entgegengesetzte Richtung und betonte das »eins« so stark, dass meine Zuhörer es als aufdringlich empfinden mussten.

»Wenn du es so sagst, machst du die Leute bloß neidisch«, sagte meine Mutter.

»Aber das wollen wir doch, oder?«

»In gewisser Weise schon«, sagte sie. »Aber vor allem sollen sie sich für uns freuen.«

»Wer freut sich denn für jemanden, der mehr hat als man selbst?«

»Ich denke, das kommt ganz auf die Person an«, sagte sie. »Ist aber auch egal. Wir werden die richtige Aussprache schon hinbekommen. Wenn der Tag kommt, da bin ich mir sicher, wird es wie von selbst gehen.«

Und so warteten wir.

Irgendwann zwischen Mitte und Ende der sechziger Jahre begann North Carolina sich selbst als »Ferienland für jeden Geschmack« zu bezeichnen. Der Slogan erschien auf den Autokennzeichen, und eine Reihe von Fernsehspots erinnerte uns daran, dass wir anders als gewisse Nachbarn sowohl Strand als auch Berge hatten. Es gab Leute, die zwischen beiden ständig hin und her hüpften, doch die meisten entschieden sich einmal für eine Landschaft und blieben dabei. Wir beispielsweise waren Strandurlauber, Emerald-Isle-Urlauber, auch wenn das hauptsächlich an meiner Mutter lag. Ich glaube nicht, dass mein Vater sich überhaupt etwas aus Urlaub machte.

Sobald er von zu Hause fort war, wurde er reizbar und nervös, doch unsere Mutter liebte das Meer. Sie konnte nicht schwimmen, aber sie stand gerne mit einer Rute in der Hand am Ufer. Man hätte es nicht unbedingt als Angeln bezeichnen können, da sie nie etwas fing und ebenso wenig je Hoffnung oder Enttäuschung bezüglich ihrer Anstrengungen äußerte. Worüber sie nachdachte, während sie auf die Wellen hinausblickte, war ein einziges Rätsel, doch war ihr anzusehen, dass es angenehme Gedanken waren und dass sie sich selbst besser dabei gefiel.

In einem Jahr war mein Vater sehr spät dran mit der Reservierung, und wir mussten etwas zur Landseite nehmen. Es war kein Sommerdomizil, sondern ein heruntergekommenes Haus, wie es arme Leute bewohnen. Das Grundstück war mit einem Maschendrahtzaun umgeben, und in der Luft hingen Schwärme von Fliegen und Mücken, die normalerweise vom Seewind fortgeweht werden. In der Mitte der Ferien fiel eine abscheuliche pelzige Raupe aus einem Baum und biss meine Schwester Amy in die Wange. Ihr Gesicht schwoll an und verfärbte sich, und eine Stunde später war sie nur noch dank ihrer Arme und Beine als menschliches Wesen zu erkennen. Meine Mutter fuhr mit ihr ins Krankenhaus, und nach ihrer Rückkehr behandelte sie meine Schwester wie ein seltenes Ausstellungsstück, auf das sie mit dem Finger zeigte, als handle es sich nicht um ihre Tochter, sondern um einen hässlichen Fremdling, den man zu uns ins Quartier gesteckt hatte. »*Das* hat man nun davon, wenn man bis zum letzten Moment wartet«, sagte sie zu unserem Vater. »Keine Dünen, keine Wellen, nur *das* hier.«

Von dem Jahr an übernahm unsere Mutter die Reservierungen. Jedes Jahr im September verbrachten wir eine

26

Woche auf Emerald Isle, und zwar immer auf der Meerseite, ein Wort, das einen gewissen Anspruch signalisierte. Die Ferienhäuser zum Meer hin standen auf Stelzen, was sie nicht größer, aber zumindest eindrucksvoller erscheinen ließ. Einige waren bunt angemalt, andere im Stil von Cape Cod an den Seiten mit Holzschindeln vertäfelt, und alle hatten einen Namen, wobei Langschläferparadies noch der originellste war. Die Besitzer hatten dem Schild die Form von zwei nebeneinander stehenden Filzpantoffeln gegeben. Die Schuhe waren realistisch gemalt, und die Buchstaben des Schriftzugs lehnten schlapp und träge an dem vermeintlich weichen Stoff.

»Also, *das* ist mal ein Schild«, sagte mein Vater, und wir alle stimmten ihm zu. Die anderen hießen »Der Sturmvogel«, »Onkel Toms Hütte«, »Moby Dick«, »Die kleine Meerjungfrau«, »Zur Sandburg« oder »Piratennest«, und dahinter folgten jedes Mal Name und Heimatort der Besitzer: der Duncan Clan – Charlotte, die Graftons – Rocky Mount, Hal und Jean Starling aus Pinehurst – Schilder, deren zentrale Botschaft lautete: »Mein Heim – ich meine, eins meiner Heime.«

Am Strand spürten wir mehr noch als sonst, wie sehr unser Leben vom Zufall abhing. War das Glück uns gewogen und es schien die Sonne, rechneten meine Schwestern und ich uns dies als persönliches Verdienst an. Wir waren eine glückliche Familie, und deshalb durften alle anderen um uns herum schwimmen oder im Sand buddeln. Wenn es regnete, hatte uns das Glück verlassen, und wir blieben im Haus und erforschten unsere Seelen. »Nach dem Mittagessen klart es auf«, sagte unsere Mutter, und wir aßen mit Bedacht und benutzten die Tischsets, die uns schon früher Glück gebracht hatten. Wenn auch das nicht half,

gingen wir über zu Plan B. »Aber Mutter, du musst dich
nicht so plagen«, sagten wir. »Lass *uns* nur das Geschirr
waschen. Lass *uns* nur den Sand vom Boden fegen.«

Wir redeten wie die Kinder im Märchen, in der Hoffnung, durch unser vorbildliches Betragen die Sonne aus
ihrem Versteck zu locken. »Du und Vater seid immer so
gut zu uns. Setz dich und lass dir von uns den Nacken
massieren.«

Wenn es bis zum späten Nachmittag immer noch nicht
aufgeklart hatte, ließen meine Schwestern und ich das
Theater und fielen übereinander her auf der Suche nach
dem Schuldigen, der für unser Pech verantwortlich war.
Wer von uns war am wenigsten enttäuscht? Wer hatte sich
mit einem Buch und einem Glas Schokomilch auf eine der
schimmeligen Matratzen gefläzt, als sei der Regen gar
nicht so schlimm? Wir würden diese Person finden, meistens war es Gretchen, und sie verprügeln.

In dem Sommer, als ich zwölf wurde, zog ein tropischer
Sturm die Küste entlang und färbte den Himmel in dem
gleichen fleckigen Zinnober wie die blauen Flecken, die
Gretchen davontrug, aber im darauf folgenden Jahr begannen wir mit einer Glückssträhne. Mein Vater entdeckte
einen Golfplatz, der ihm gefiel, und schien zum ersten Mal
überhaupt den Urlaub zu genießen. Er hockte entspannt
mit einem Gin Tonic in der Hand auf der Sonnenterrasse,
umgeben von seiner toastbraunen Frau und seinen Kindern, und gab zu, dass dies tatsächlich nicht schlecht war.
»Ich habe mir gedacht, zur Hölle mit diesen gemieteten
Ferienhäusern«, sagte er. »Warum machen wir nicht Nägel
mit Köpfen und kaufen selbst eins?«

Er redete in dem Ton, in dem er uns sonst zum Eis
einlud. »Wer hat Lust auf was Süßes?«, fragte er, und wir

alle zwängten uns in den Wagen und sahen zu, wie er am Eispavillon vorbei zum nächsten Lebensmittelmarkt fuhr und dort einen großen Klotz Milcheis von eitrig gelber Farbe kaufte, der kurz vor dem Verfallsdatum stand und heruntergesetzt war. Die Erfahrung hatte uns gelehrt, misstrauisch zu sein, doch war der Gedanke an ein eigenes Haus am Strand so verlockend, dass es unmöglich war, sich nicht davon anstecken zu lassen. Sogar unsere Mutter fiel darauf herein.

»Ist das dein Ernst?«, fragte sie.

»Klar doch«, sagte er.

Am nächsten Tag vereinbarten sie einen Termin mit einem Immobilienmakler in Morehead City. »Wir fühlen nur mal vor«, sagte meine Mutter. »Es ist ein klärendes Gespräch, mehr nicht.« Wir wollten alle dabei sein, aber sie nahmen nur Paul mit, der erst zwei war und nicht mit uns allein gelassen werden konnte. Das klärende Gespräch endete mit einem halben Dutzend Besichtigungen, und als sie zurückkamen, war das Gesicht meiner Mutter so teilnahmslos, als sei es gelähmt. »War schön«, sagte sie. »Der Immobilienmakler war sehr nett.« Wir hatten den Eindruck, als stünde sie unter Eid, etwas für sich zu behalten, und als bereite ihr die Anstrengung körperlichen Schmerz.

»Ist schon gut«, sagte mein Vater. »Du kannst es ihnen sagen.«

»Nun, wir haben da dieses eine Haus gesehen«, erklärte sie. »Also, man muss sich deshalb nicht gleich überschlagen, aber ...«

»Aber es ist perfekt«, sagte mein Vater. »Ein Prachtstück, genau wie eure Mutter.« Er trat von hinten auf sie zu und zwickte sie in den Po. Sie lachte und schlug mit dem Handtuch nach ihm, und wir wurden Zeuge dessen, was wir später als die verjüngende Kraft von Immobilien kennen lernten. Es ist der Weg, den Paare mit Geld gehen, wenn ihr Sexualleben brach liegt und sie zu anständig für eine Affäre sind. Ein Zweitwagen mag ein Paar für ein oder zwei Wochen zusammenbringen, aber ein zweites Heim kann einer Ehe bis zu neun Monaten nach Vertragsabschluss frischen Wind geben.

»Ach, Lou«, sagte meine Mutter, »was mache ich nur mit dir?«

»Was du willst, Baby«, sagte er, »was du willst.«

Es klang seltsam, wenn Leute zweimal den gleichen Satz sagten, aber für ein Haus am Strand waren wir bereit, darüber hinwegzusehen. Abends war meine Mutter zu aufgeregt zum Kochen, und wir gingen in den Sanitary Fish Market in Morehead City essen. Nachdem alle am Tisch saßen, erwartete ich, mein Vater würde von mangelnder Isolierung oder durchgerosteten Rohren anfangen, der dunklen Kehrseite des Eigenheimbesitzes, doch er redete nur von den Vorzügen. »Ich könnte mir gut vorstellen, dass wir dort Thanksgiving feiern. Oder sogar Weihnachten. Ein paar Lichter, etwas Weihnachtsschmuck in die Fenster, was meint ihr?«

Als eine Kellnerin am Tisch vorbeilief, bestellte ich, ohne Bitte zu sagen, noch eine Cola. Sie ging sie holen, und ich lehnte mich breit in meinem Stuhl zurück, berauscht von der Macht eines zweiten Heims. Wenn die Schule wieder anfing, würden meine Klassenkameraden mich umschwärmen in der Hoffnung, für ein Wochenende in unser Haus eingeladen zu werden, und ich würde mir einen Spaß daraus machen, sie gegeneinander auszuspielen. So verhielten sich Leute, die aus den falschen Gründen gemocht wurden, und ich würde sehr gut darin werden.

»Was meinst du, David?«, fragte mein Vater. Ich hatte zwar die Frage nicht mitbekommen, erwiderte aber, es höre sich ganz gut an. »Gefällt mir«, sagte ich. »Gefällt mir.«

Am folgenden Nachmittag fuhren meine Eltern mit uns zu dem Haus. »Also, nicht dass ihr jetzt weiß Gott was erwartet«, sagte meine Mutter, aber dazu war es schon zu spät. Die Fahrt von einem Ende der Insel zum anderen dauerte etwa fünfzehn Minuten, und unterwegs schlugen wir Namen für das Haus vor, das in Gedanken bereits uns gehörte. Ich hatte mir schon alles genau überlegt, wartete aber einige Minuten, bis ich mit meinem Vorschlag herausrückte.

»Alles bereit?«, fragte ich. »Unser Schild ist ein aus einer Glasscheibe ausgeschnittenes Schiff.«

Keiner sagte etwas.

»Versteht ihr?«, sagte ich. »Ein durchsichtiges Schiff. Wir nennen unser Haus ›Klar Schiff‹.«

»Na, das musst du aber darunter schreiben«, sagte mein Vater. »Sonst versteht es keiner.«

»Aber wenn man es hinschreibt, ist der ganze Witz futsch.«

»Wie wär's mit ›Klapsmühle‹?«, sagte Amy.

»Hey!«, sagte mein Vater. »Das klingt gut.« Er lachte, schien aber vergessen zu haben, dass es bereits eine ›Klapsmühle‹ gab. Wir waren schon tausendmal dran vorbeigefahren.

»Was haltet ihr davon, wenn wir was mit ›Strandläufer‹ nehmen?«, sagte meine Mutter. »Strandläufer mögen alle, oder?«

31

Normalerweise wäre ich stinksauer gewesen, weil mein Vorschlag sich nicht durchgesetzt hatte, aber dies war zweifellos eine besondere Situation, und ich wollte mir nicht durch Schmollen die gute Laune verderben. Jeder von uns wollte der Namensgeber sein, und Anregungen gab es überall. Nachdem wir das Wageninnere durchhatten, spähten wir aus dem Fenster auf die vorbeieilende Landschaft.

Zwei dünne Mädchen warteten am Straßenrand auf eine Lücke im Verkehr und hopsten auf dem heißen Asphalt von einem Fuß auf den anderen. »›Die Teersohle‹«, rief Lisa. »Nein, ›Haus Immer Meer‹. Versteht ihr? M-E-E-R.«

Ein Wagen mit Bootsanhänger hielt an einer Shell-Tankstelle. »›Die Goldene Muschel‹«, rief Gretchen.

Überall entdeckten wir Namen, und die lange Liste an Vorschlägen zeigte auf eklatante Weise, dass Emerald Isle wenig an Naturschönheiten aufzubieten hatte, sobald man sich von der Küste fortbewegte. »›Die Fernsehantenne‹«, sagte meine Schwester Tiffany. »Der Telefonmast.« »Der zahnlose Schwarze, der aus seinem Kleinlaster heraus Shrimps verkauft.«

»Der Betonmischer«, »Der umgekippte Einkaufswagen«, »Möwen auf einer Mülltonne«. Meine Mutter inspirierte uns zu »Aus dem Fenster geworfene Zigarettenkippe« und schlug anschließend vor, wir sollten lieber am Strand statt unterwegs auf der Landstraße nach Namen suchen. »Ich meine, mein Gott, geht es noch ein bisschen deprimierender?« Sie tat so, als wäre sie eingeschnappt, aber wir spürten, dass sie sich köstlich amüsierte. »Schlagt was vor, das zu uns passt«, sagte sie. »Etwas, das bleibt.«

Was zuletzt blieb, waren jene fünfzehn Minuten auf der Küstenstraße, aber das wussten wir damals nicht. In spä-

teren Jahren dienten sie selbst dem größten Miesepeter
in der Familie als Beweis, dass wir einmal eine glückliche
Familie gewesen waren: unsere Mutter, jung und gesund,
unser Vater, der bloß mit dem Finger zu schnippen brauchte, um unsere sämtlichen Wünsche zu erfüllen, und wir
Kinder, alle ganz wild darauf, unserem Glück einen Namen
zu geben.

Das Haus war, wie unsere Eltern versprochen hatten, perfekt. Es war ein älteres Cottage mit Kiefernholzverklei-
dung, das jedem Raum den heimeligen Charakter einer
Höhle verlieh. Das Licht fiel in Streifen durch die geöffneten Jalousien, und das Mobiliar, das im Preis mit ent-
halten war, entsprach dem Geschmack eines altgedienten
Kapitäns auf See. Nachdem wir die Zimmer verteilt und
alle eine schlaflose Nacht damit verbracht hatten, im Geist
die Möbel hin- und herzuschieben, mahnte unser Vater:
»Nichts überstürzen, *noch* gehört es uns nicht.« Bis zum
nächsten Nachmittag hatte er entschieden, der Golfplatz
sei doch nicht so berauschend. Danach regnete es zwei
volle Tage, und er verkündete, es wäre womöglich klüger,
erst einmal ein Grundstück zu kaufen, ein paar Jahre zu
warten und dann selbst zu bauen. »Ich meine, wir müssen
das ganz praktisch angehen.« Meine Mutter zog ihre Re-
genjacke an. Dann band sie sich eine Plastiktüte um den
Kopf und ging hinunter ans Wasser, und zum ersten Mal
im Leben wussten wir ganz genau, was sie dachte.

Am letzten Tag der Ferien hatte unser Vater beschlossen, dass wir, anstatt ein Haus auf Emerald Isle zu bauen,
unser bestehendes Haus ausbauen sollten. »Vielleicht einen
Pool im Garten«, sagte er. »Was haltet ihr Kinder davon?«
Niemand antwortete.

33

Zuletzt hatte er die Sache so weit heruntergeredet, dass von dem Haus am Strand eine Bar im Keller übrig blieb. Sie sah aus wie eine richtige Bar, mit hohen Stühlen und Fächern für die Weinflaschen. Es gab eine Spüle zum Reinigen der Gläser und ein Set bedruckter Servietten, das die weniger schlimmen Seiten des Alkoholismus unterstrich. Eine oder zwei Wochen lang torkelten meine Schwestern und ich um die Theke und taten so, als wären wir betrunken, aber dann war der Reiz des Neuen verflogen, und wir verloren das Interesse.

In nachfolgenden Ferien, mit oder ohne unsere Eltern, kamen wir immer an dem Haus vorbei, das wir einmal als unseres betrachtet hatten. Jeder hatte dafür einen anderen Namen, und mit der Zeit mussten erklärende Ergänzungen hinzugefügt werden. (»Du weißt schon, *unser* Haus.«) In dem Sommer nach dem verpatzten Hauskauf strichen die neuen Eigentümer – oder »diese Leute«, wie wir sie nannten – das »Klar Schiff« gelb an. Ende der siebziger Jahre bemerkte Amy, dass die »Klapsmühle« einen Carport hinzubekommen hatte und die Auffahrt gepflastert worden war. Lisa war erleichtert, als das »Haus Immer Meer« zu seiner ursprünglichen Farbe zurückkehrte, und Tiffany war entsetzt, als »Der zahnlose Schwarze, der aus seinem Kleinlaster heraus Shrimps verkauft« bei den Senatswahlen von 1984 ein Wahlplakat für Jesse Helms im Garten stehen hatte. Fünf Jahre später berichtete meine Mutter, der »Strandläufer« sei durch Hurrikan Hugo böse beschädigt worden. »Es steht noch«, sagte sie. »Aber nicht mehr viel.« Kurz darauf wurde nach Auskunft von Gretchen »Die Goldene Muschel« abgerissen und das Grundstück zum Verkauf angeboten.

Ich weiß, dass eine solche Geschichte wenig Mitgefühl weckt. (»Aus meinem Heim – ich meine, aus *einem* meiner Heime ist nichts geworden.«) Wir hatten keinen berechtigten Anspruch auf Selbstmitleid, durften uns nicht einmal betrogen fühlen, doch hielt uns das nicht ab zu klagen.

In den kommenden Jahren versprach unser Vater uns immer wieder Dinge, die er nicht halten konnte, und mit der Zeit begannen wir ihn als einen Schauspieler zu sehen, der sich um die Rolle des großzügigen Millionärs bewarb. Er bekam sie zwar nie, aber er fand Gefallen an seinem Text. »Was haltet ihr von einem neuen Wagen?«, fragte er. »Wer hätte Lust zu einer Kreuzfahrt in der Ägäis?« Er erwartete von uns, dass wir den Part der begeisterten Familie übernahmen, aber die Lust dazu war uns vergangen. Wie durch eine unsichtbare Strömung trieb meine Mutter immer weiter fort, zuerst in ein Einzelbett und dann ans Ende des Flurs in ein Zimmer, in dem Bilder vom Meer hingen und Körbe voller von der Sonne gebleichter Sanddollars standen. Ein Haus am Meer wäre hübsch gewesen, aber wir hatten bereits ein eigenes Heim. Ein Heim mit einer Bar. Übrigens, selbst wenn etwas daraus geworden wäre, hätte sich niemand für uns gefreut. Wir gehören nicht zu der Sorte von Leuten.

Full House

Meine Eltern gehörten nicht zu den Leuten, die zu festen Zeiten ins Bett gehen. Der Schlaf überkam sie, aber weder die Zeit noch der Gedanke an eine Matratze schienen dabei von großer Bedeutung. Mein Vater bevorzugte einen Stuhl im Keller, doch unsere Mutter schlief überall ein und wachte auf mit roten Striemen im Gesicht vom Teppich oder dem Abdruck des Sofapolsters auf der weichen Haut ihrer Unterarme. Es war in gewisser Weise peinlich. Sie kam auf ihre acht Stunden Schlaf am Tag, aber niemals am Stück, und auch ohne die Kleidung zu wechseln. Zu Weihnachten schenkten wir ihr Nachthemden, in der Hoffnung, sie würde den Hinweis verstehen. »Die sind zum Schlafen da«, sagten wir, und sie sah uns nur ungläubig an, als sei der Moment des Schlafs wie der des eigenen Todes zu unvorhersehbar, um sich ernsthaft darauf vorzubereiten.

Der Vorteil, gewissermaßen von zwei Hauskatzen großgezogen zu werden, war der, dass man nie zu bestimmten Zeiten ins Bett musste. An einem normalen Wochentag um zwei Uhr nachts sagte meine Mutter nicht, »jetzt aber ins Bett«, sondern eher, »bist du nicht langsam müde?«. Es war kein Befehl, sondern eine aufrichtige Frage, und die Antwort bewirkte kaum mehr als ein Achselzucken. »Wie du

meinst«, sagte sie und schenkte sich ihre vermutlich drei-
ßigste oder zweiundvierzigste Tasse Kaffee ein. »Ich bin
auch nicht müde. Weiß auch nicht, warum.«

In unserer Familie ging niemals das Licht aus, und unser
Fernseher war so heiß, dass wir einen Küchenhandschuh
brauchten, um den Sender zu wechseln. Jeder Abend war
wie eine Pyjamaparty bei Freunden, als wir in das Alter für
solche Feten kamen, daher zeigten meine Schwestern und
ich wenig Interesse.

»Aber wir können aufbleiben, solange wir wollen«, sagten die Kinder, die uns einladen wollten.

»Und …?«

Die erste Pyjamaparty, zu der ich eingeladen wurde,
war bei meinem Nachbarn Walt Winters. Wie ich ging
Walt in die sechste Klasse. Anders als ich war er gesellig
und sportlich, was bedeutete, dass wir im Grunde absolut
nichts gemeinsam hatten. »Warum hat er ausgerechnet
mich eingeladen?«, fragte ich meine Mutter. »Ich kenn ihn
doch überhaupt nicht.«

Sie sagte mir nicht, dass Walts Mutter ihren Sohn zu der
Einladung genötigt hatte, aber ich wusste, dass dies die
einzig vernünftige Erklärung war. »Ach, geh nur«, sagte
sie. »Es wird bestimmt lustig.«

Ich unternahm alles, mich vor der Einladung zu drücken,
doch dann bekam mein Vater Wind von der Sache, und
es gab kein Zurück mehr. Er sah Walt oft beim Football-
spiel auf der Straße und betrachtete ihn als eine jüngere
Ausgabe seiner selbst. »Er ist nicht unbedingt der beste
Spieler der Welt, aber er und seine Freunde sind eine tolle
Truppe.«

»Na prima«, sagte ich. »Dann kannst *du* ja mit ihnen
übernachten.«

Ich konnte meinem Vater nicht sagen, dass ich Angst vor Jungen hatte, deshalb ließ ich mir für jeden Einzelnen Gründe einfallen, warum ich ihn nicht mochte. Der Hintergedanke war, eher wählerisch statt eingeschüchtert zu erscheinen, aber zuletzt klang ich wie eine Zimperliese.

»Du willst doch nicht, dass ich die Nacht mit jemandem verbringe, der flucht? Der mit *Steinen* nach *Katzen* wirft?«

»Genau das will ich«, sagte mein Vater. »Und jetzt scher dich rüber.«

Außer mir waren noch drei andere Jungen zu Walts Pyjamaparty eingeladen. Keiner von ihnen war besonders beliebt – dazu sahen sie nicht gut genug aus –, aber jeder konnte auf dem Spielfeld oder bei einer Diskussion über Autos mithalten. Es ging damit los, sobald ich das Haus betreten hatte, und während ich so tat, als würde ich zuhören, wünschte ich insgeheim, ich könnte ehrlicher sein. »Was ist denn an Football so toll?«, wollte ich fragen. »Hat ein V-8-Motor irgendwas mit dem Vitaminsaft zu tun?« Ich hätte wie ein Austauschschüler geklungen, aber die Antworten hätten mich mit einer Art ersten Grundlage versorgt. So verstand ich von dem, was sie sagten, nur Bahnhof.

In unserer Straße gab es vier verschiedene Typen von Häusern, und auch wenn Walts anders war als meins, war ich mit der Aufteilung der Räume wohl vertraut. Die Pyjamaparty fand in einem Raum statt, der bei den Methodisten Gemeinschaftszimmer hieß, von den Katholiken als zusätzliches Kinderzimmer benutzt wurde und von den einzigen Juden in unserer Nachbarschaft gleichzeitig als Dunkelkammer und Schutzraum genutzt wurde. Walts

Familie waren Methodisten, und der zentrale Gegenstand im Raum war ein riesiger Schwarzweißfernseher. An den Wänden hingen Familienfotos und dazwischen Bilder von Sportlern, die Mr. Winters erfolgreich wegen eines Autogramms belästigt hatte. Ich bewunderte sie, so gut ich eben konnte, obwohl ich das Hochzeitsfoto über dem Sofa viel interessanter fand. Arm in Arm mit ihrem Gatten in Uniform, sah Walts Mutter wahnsinnig, beinahe beängstigend glücklich aus. Die hervorstehenden Augen und das wilde, klebrige Grinsen grenzten an Hysterie, und in all den Ehejahren hatte sich daran nichts geändert.

»Auf *was* ist die wohl?«, flüsterte meine Mutter, wenn wir auf der Straße an Mrs. Winters vorbeigingen und sie uns freudig aus ihrem Vorgarten zuwinkte. Mir kam es immer so vor, als wäre das zu hart ihr gegenüber, aber nach zehn Minuten im Haus der Winters wusste ich ganz genau, was meine Mutter meinte.

»Die Pizza ist da!!!«, trällerte Walts Mutter durchs Haus, als der Bote an der Tür klingelte. »He, Jungs, wie wär's mit einer höllisch scharfen Pizza!!!« Ich fand es lustig, dass jemand den Ausdruck *höllisch scharf* benutzte, wenn auch nicht so lustig, dass ich darüber hätte lachen können. Genauso wenig wie über Mr. Winters billige Imitation eines italienischen Kellners: »Mamma mia. Wer möchten noch eine leckere Stück Pizza?«

Nach meiner Vorstellung sollten sich Eltern auf einer Pyjamaparty eher rar machen, aber Walts Eltern mischten die ganze Zeit mit, schlugen Spiele vor und reichten Snacks und Getränke. Als es um Mitternacht Zeit für den Horrorfilm war, schlich Walts Mutter ins Badezimmer und deponierte ein mit Ketchup beschmiertes Messer neben dem Waschbecken. Eine Stunde später hatte immer noch niemand das Messer entdeckt, und sie begann kleine Hinweise auszustreuen. »Muss sich denn keiner von euch mal die Hände waschen?«, fragte sie. »Kann, wer gerade am nächsten zur Tür ist, mal nachschauen, ob genügend frische Handtücher im Bad sind?«

Leute wie sie konnten einen zum Weinen bringen.

So verknöchert sie auch waren, tat es mir dennoch Leid, als der Film zu Ende war und Mr. und Mrs. Winters Anstalten machten zu gehen. Es war erst zwei Uhr, aber sie waren zweifellos hundemüde. »Ich weiß nicht, wie ihr Jungs das macht«, sagte Walts Mutter und gähnte in den Ärmel ihres Bademantels. »Seit Laurens Geburt bin ich nicht mehr so lange auf gewesen.« Lauren war Walts Schwester, die zu früh zur Welt gekommen war und nur zwei Tage gelebt hatte. Es war passiert, bevor die Winters in unsere Straße gezogen waren, aber es war kein großes Geheimnis, und man brauchte auch nicht zusammenzuzucken, wenn der Name des Mädchens fiel. Das Baby war so schnell gestorben, dass es keine Fotos von ihm gab, aber es wurde trotzdem als volles Familienmitglied betrachtet. Es hatte einen eigenen Weihnachtsstrumpf in der Größe eines Fäustlings, und man feierte auch jedes Jahr seinen Geburtstag, was meine Mutter immer als besonders makaber empfand. »Hoffentlich sind wir nicht eingeladen«, sagte sie. »Ich meine, mein Gott, was soll man einem toten Baby denn schenken?«

Nach meiner Vermutung hielt die Furcht vor einer weiteren Fehlgeburt Mrs. Winters davon ab, es noch einmal zu versuchen, was schade war, da man den Eindruck hatte, sie wünschte sich einen quirligen Haushalt. Man hatte den Eindruck, sie hatte eine *Vorstellung* von einem quirligen Haushalt, und die Pyjamaparty und das mit Ketchup beschmierte Messer waren ein Teil dieser Vorstellung. In ihrer Gegenwart hatten wir mitgespielt, doch sobald sie Gute Nacht gesagt hatte, war es damit offenbar vorbei.

Sie und ihr Mann stapften schwerfällig die Treppe hoch, und als Walt sicher war, dass sie schliefen, stürzte er sich auf Dale Gummerson und brüllte: »Tittenzwirbeln!!« Brad Clancy warf sich ebenfalls auf ihn, und als sie fertig waren, zog Dale sein Hemd hoch und enthüllte zwei schrumpelige, dunkelrote Brustwarzen, die aussahen wie die übrig gebliebenen Pepperonistückchen in der Pizzabox.

»Oh, mein Gott«, sagte ich und erkannte zu spät, dass ich mich wie ein Mädchen anstellte. Richtig wäre es gewesen, über Dales Missgeschick zu lachen, nicht die Hände aufgeregt vor dem Gesicht hin- und herzuschlagen und zu kreischen: »Was haben sie bloß mit deinen armen Nippeln gemacht! Sollen wir Eis zum Kühlen drauflegen?«

Walt hakte sofort nach. »Hast du da gerade gesagt, du wolltest Dales Nippel mit Eis kühlen?«

»Äh, also nicht ich … persönlich«, sagte ich. »Ich meinte mehr allgemein. Als Gruppe. Oder Dale könnte es auch selbst tun, wenn er möchte.«

Walts Augen wanderten von meinem Gesicht zu meiner Brust, und dann fiel die gesamte Pyjamaparty über mich her. Dale konnte seine Arme noch nicht wieder voll gebrauchen und setzte sich auf meine Beine, während Brad und Scott Marlboro mich auf den Teppich drückten. Sie zogen mein Hemd hoch, legten mir eine Hand über den Mund, und Walt packte meine Nippel und zerrte und drehte an ihnen, als handle es sich um zwei besonders fest sitzende Knebelbolzen. »*Wer* braucht hier Eis!«, sagte er. »*Wer* hält sich hier für die Erste-Hilfe-Schwester?« Früher einmal hatte ich Walt bedauert, doch jetzt, während mir vor Schmerz die Tränen in die Augen schossen, begriff ich, wie klug die kleine Lauren gewesen war, sich so rasch davonzumachen.

Nachdem sie endlich von mir abgelassen hatten, ging ich nach oben und stellte mich ans Küchenfenster, die Arme vorsichtig vor der Brust verschränkt. Das Haus meiner Familie lag in einer Senke. Man konnte es nicht von der Straße aus sehen, aber ich bemerkte dennoch den Lichtschein vom Ende der Einfahrt. Es war verlockend, aber wenn ich jetzt ging, würde ich es ewig zu hören bekommen. *Der Kleine hat geweint. Der Kleine musste nach Hause.* Die Schule würde unerträglich werden, also ging ich vom Fenster weg und zurück in den Keller, wo Walt gerade auf dem Couchtisch die Karten mischte. »Gerade noch rechtzeitig«, sagte er. »Setz dich.«

Ich ließ mich auf den Boden sinken und griff so lässig wie möglich nach einer Zeitschrift. »Ich mach mir nicht viel aus Kartenspielen. Wenn ihr nichts dagegen habt, schau ich lieber nur zu.«

»Zuschauen ist für den Arsch«, sagte Walt. »Das hier ist Strippoker. Und da willst du Homo still daneben sitzen und zusehen, wie vier Jungs sich ausziehen?«

Die Logik dieser Aussage war mir nicht ganz klar. »Sehen denn nicht *alle* zu?«

»Hingucken vielleicht, aber nicht *zuschauen*«, sagte Walt. »Das ist ein gewaltiger Unterschied.«

Ich fragte, worin der Unterschied bestehe, aber niemand gab eine Antwort. Dann machte Walt mit den Fingern Drehbewegungen in der Luft, und ich setzte mich an den Tisch, inständig einen plötzlichen Gasrohrbruch, einen Kabelbrand oder sonst etwas herbeisehnend, womit sich

43

die Katastrophe Strippoker abwenden ließe. Für den Rest der Gruppe war der Anblick eines nackten Jungen nichts anderes als der Anblick einer Lampe oder einer Bademmatte, so vertraut und uninteressant, dass man sich nicht groß darum kümmerte, aber für mich war es etwas anderes. Ein nackter Junge war das, wonach ich mich um alles in der Welt verzehrte, und wenn man gleichzeitig etwas anschaute und sich danach verzehrte, kamen gewisse Dinge hoch, ganz besonders ein Ding, das deutlich sichtbar abstand und einen für immer ruinieren konnte. »Tut mir Leid, das sagen zu müssen«, erklärte ich, »aber meine Religion verbietet mir, Strippoker zu spielen.«

»Klar doch«, sagte Walt. »Was bist du denn, Baptist?«

»Griechisch-orthodox.«

»Gut, dann ist das absoluter Blödsinn, weil die Griechen das Kartenspiel erfunden haben«, sagte Walt.

»Ich glaube, es waren die Ägypter«, warf Scott ein, der sich rasch als der helle Kopf der Gruppe zu erkennen gab.

»Griechen, Ägypter, ist doch alles das Gleiche«, sagte Walt. »Egal, was dein großer Häuptling nicht weiß, wird ihm schon nicht wehtun, also Klappe halten und mitspielen.«

Er teilte die Karten aus, und ich betrachtete nacheinander ihre Gesichter, wobei ich jeden Makel besonders hervorhob und mir einredete, dass diese Jungen mich nicht leiden konnten. Ich hoffte darauf, noch den letzten Funken Anziehung vertreiben zu können, doch ist es mein Leben lang so gewesen, dass ich jemanden umso attraktiver finde, je mehr er mich zurückweist. Die einzige Chance war, sie hinzuhalten und jedes Blatt so lange auszudiskutieren, bis die Sonne aufging und Mrs. Winters mit ihren Plänen für ein umwerfendes Frühstück zu meiner Rettung kam.

Für den unwahrscheinlichen Fall, dass die Hinhaltetaktik nicht funktionierte, schlich ich ins Badezimmer und vergewisserte mich, dass ich eine saubere Unterhose anhatte. Einen Ständer zu bekommen war eine schreckliche Vorstellung, aber im Falle eines Ständers in Verbindung mit einer Bremsspur konnte ich gleich das mit Ketchup beschmierte Messer nehmen und mich umbringen, bevor es zu spät war.

»Seilst du da drinnen einen ab, oder was?«, rief Walt. »Nun mach schon, wir warten.«

Normalerweise gab ich sofort auf, wenn ich mich mit irgendwem messen musste. Schon die kleinste Anstrengung signalisierte Ehrgeiz, und das machte einen nur noch verletzbarer. Wer beim Versuch zu gewinnen unterlag, war ein Verlierer, wohingegen jemand, der sich nichts daraus machte, bloß als Spinner galt – ein Titel, an den ich mich gewöhnt hatte: In diesem Fall allerdings war an Aufgeben nicht zu denken. Ich musste ein Spiel gewinnen, von dem ich nicht die leiseste Ahnung hatte, was schier aussichtslos schien, bis ich bemerkte, dass es den anderen genauso erging. Selbst Scott hatte keinen genauen Plan, und schon bald stellte ich fest, dass ich den Spielverlauf zu meinen Gunsten manipulieren konnte, indem ich mich mit einem Flair von Kennerschaft umgab.

»Ein Joker und eine Königin sind höher als die Pikvier und -fünf«, sagte ich, um mit meinen Karten Brad Clancy auszustechen.

»Aber du hast einen Joker und eine Pikdrei.«

»Schon, aber durch den Joker wird daraus eine Königin.«

»Ich dachte, Poker verstößt gegen deine Religion«, sagte Walt.

»Das heißt nicht, dass ich keine Ahnung davon habe. Die Griechen haben das Kartenspielen erfunden, denkt daran. Ich hab's im Blut.«

Als wir anfingen, zeigte die sternförmige Wanduhr halb drei. Eine Stunde später fehlte mir ein Schuh, Scott und Brad waren ihre Hemden los, und Walt und Dale hockten in Unterhose da. Wenn sich so gewinnen anfühlte, verstand ich nicht, warum ich nicht viel früher darauf gekommen war. Sicher in Führung, brachte ich die Jungen in Unterhose unter fadenscheinigen Vorwänden dazu, aufzustehen und durch den Raum zu laufen.

»He, Walt, hast du das gehört? Ich glaube, da ist jemand in der Küche.«

»Ich habe nichts gehört.«

»Warum gehst du nicht kurz hoch und siehst nach? Wir wollen schließlich nicht überrascht werden.« Seine Unterhose war hinten ausgebeult und hing durch wie eine feuchte Windel, aber seine Beine waren kräftig und hübsch anzusehen.

»Dale, kannst du mal nachsehen, ob die Vorhänge auch fest zugezogen sind?«

Er durchquerte den Raum, und ich verschlang ihn mit Blicken, ohne zu fürchten, von den anderen als Gaffer beschuldigt zu werden. Wäre ich Letzter gewesen, hätte das anders ausgesehen, aber als Sieger stand es mir zu, dafür zu sorgen, dass alles seine Ordnung hatte. »Da hinten über der Sockelleiste ist noch ein Schlitz. Bück dich und zieh ihn zu, ja?«

Es dauerte eine Weile, aber nachdem ich ihnen auseinander gesetzt hatte, dass zwei Könige nichts gegen eine Herzzwei und eine Pikdrei ausrichten konnten, zog Walt auch seine Unterhose aus und warf sie auf den Kleider-

46

stapel neben dem Fernseher. »Nun denn«, sagte er. »Jetzt dürft ihr ohne mich weiterspielen.«

»Aber das Spiel ist zu Ende«, sagte Scott.

»Nichts da«, sagte Walt. »Ich bin hier nicht der Einzige, der sich auszieht. Ihr macht jetzt schön weiter.«

»Und was machst du so lange – dich zurücklehnen und zuschauen, wie!«, sagte ich. »Was bist du denn für ein Homo?«

»Genau«, sagte Dale. »Lasst uns was anderes machen. Das Spiel ist langweilig, und durch die Regeln blickt eh kein Mensch durch.«

Die anderen murmelten zustimmend, aber als Walt nicht nachgab, nahm ich den Stapel Karten auf und klopfte damit gebieterisch auf die Tischplatte. »Dann müssen eben *alle* weiterspielen.«

»Und wie bitte soll das gehen?«, sagte Walt. »Falls du es noch nicht bemerkt hast, ich habe nichts mehr abzugeben.«

»Oh«, sagte ich, »da findet sich schon was. Wenn der mit dem schwächsten Blatt bereits nackt ist, kann er ja eine kleine Aufgabe bekommen. Nichts Großes, mehr so symbolisch.«

»Wie was?«, fragte Walt.

»Ich weiß nicht. Das sehen wir, wenn es so weit ist.«

Im Nachhinein ging ich wohl etwas zu weit, als ich Scott aufforderte, sich auf meinen Schoß zu setzen. »Aber ich bin nackt!«, sagte er.

»He«, sagte ich, »ich bin derjenige, der darunter zu leiden hat. Ich wollte dir nur eine wirklich leichte Aufgabe geben. Oder willst du lieber nach draußen rennen und den Briefkasten abschlagen? In knapp zwanzig Sekunden geht

47

die Sonne auf – willst du, dass die ganze Nachbarschaft dich sieht?«

»Wie lange muss ich auf deinem Schoß sitzen?«, fragte er.

»Keine Ahnung. Eine oder zwei Minuten. Vielleicht fünf. Oder sieben.«

Ich setzte mich in einen Sessel und tätschelte müde mein Knie, als ob es mich große Überwindung kostete. Scott nahm seinen Platz ein, und ich betrachtete unser Spiegelbild auf dem dunklen Fernsehschirm. Da saß ich nun, einen nackten Jungen auf dem Schoß sowie drei weitere, die nur auf Anweisungen von mir warteten. Es war der Stoff, aus dem Träume gemacht sind, bis mir einfiel, dass sie dies alles nicht aus freien Stücken taten. Es war nicht ihr Vergnügen, sondern ihre Strafe, und sobald es vorüber wäre, würden sie einen großen Bogen um mich machen. Es würde Gerüchte geben, ich hätte ihnen irgendwas in die Cola getan, versucht Brad Clancy einen zu blasen und fünf Dollar aus Walts Tasche gestohlen. Nicht mal Mrs. Winters würde mir mehr zuwinken, aber all das käme später, in einem anderen Leben. Im Augenblick genoss ich diese armselige Imitation von Zuneigung, vermaß Scotts Schultern und sein Kreuz und spürte, wie er unter meinen siegreichen Händen erschauerte.

Betrachte die Sterne

Jeden Abend vor dem Schlafengehen geht Hugh vor die Tür, um die Sterne zu betrachten. Nicht aus wissenschaftlichem Interesse – er zeigt weder auf einzelne Sternbilder, noch gibt es beiläufige Bemerkungen zu Canopus; er lässt seinen Blick einfach nur über ihre ungeheure Masse schweifen und seufzt ab und zu. Wenn man ihn fragt, ob es Leben auf anderen Planeten gibt, sagt er: »Aber sicher. Bei den Möglichkeiten.«

Es erscheint ziemlich anmaßend, das ganze Universum für uns selbst zu beanspruchen, aber vom persönlichen Standpunkt aus finde ich den Gedanken an extraterrestrisches Leben in hohem Maße irritierend. Wenn es tatsächlich Milliarden anderer Zivilisationen gibt, wo bleiben da unsere Berühmtheiten? Wenn Bedeutung an einer stufenlosen Skala von Anerkennung gemessen würde, welche Auswirkungen hätte es, wenn wir alle mit einem Schlag ins Bodenlose fielen? Wie sollten wir wissen, wo wir stehen?

Beim Nachdenken über diese Fragen fällt mir der Labor Day des Jahres 1968 ein, den ich im Raleigh Country Club verbrachte. Ich saß an der Snackbar und hörte einer Gruppe von Sechstklässlern zu, die aus einem anderen Stadtteil kamen und die wichtigsten Veränderungen im neuen

Schuljahr besprachen. Nach Auskunft eines Mädchens namens Janet waren weder Pam Dobbins noch J.J. Jackson zur Fourth-of-July-Party bei den Duffy-Zwillingen eingeladen, und diese hatten Kath Matthews auch erzählt, Pam und J.J. seien für das kommende Schuljahr beide abgemeldet. »Ganz und gar weg vom Fenster«, sagte Janet. »Puff.«

Ich kannte keine Pam Dobbins oder J.J. Jackson, aber der ehrfürchtige Ton von Janets Stimme versetzte mich in einen Zustand leiser Panik. Man mag mich für naiv halten, aber es war mir nie in den Sinn gekommen, dass andere Schulen ihre eigenen Ton angebenden Cliquen hatten. Mit meinen zwölf Jahren dachte ich, dass die Wortführer an der E.-C.-Brooks-Schule wenn auch nicht landesweit bekannt, so doch zumindest eine feststehende Einrichtung waren. Warum sonst sollte sich unser Leben so ausschließlich um sie drehen? Ich selbst gehörte nicht zu den angesagten Leuten unserer Schule, aber ich erinnere mich noch, dass ich dachte, Janets Clique, wer auch immer dazugehörte, könnte es nicht mit unseren Leuten aufnehmen. Was aber, wenn ich mich täuschte? Wenn ich mich über Jahre an Leuten gemessen hatte, die völlig bedeutungslos waren? Sosehr ich mich auch anstrenge, noch heute weiß ich darauf keine Antwort.

Sie fanden in der dritten Klasse zusammen. Ann Carlsworth, Christie Kaymore, Deb Bevins, Mike Holliwell, Doug Middleton, Thad Pope: Das war der harte Kern der Stars unserer Klasse, und in den kommenden sechs Jahren studierten meine Klassenkameraden und ich ihr Leben mit dem Eifer, mit dem wir Mathematik und Englisch hätten lernen sollen. Was uns am meisten verwirrte, war das Fehlen eines besonderen Erfolgsrezepts. Waren sie witzig? Nein. Interessant? Gähn. Keiner besaß einen Pool oder Pferde. Sie hatten keine besonderen Talente, und ihre Noten waren durchschnittlich. Es war gerade ihr Mangel an Auszeichnung, der dem Rest von uns Mut machte und uns bei der Stange hielt. Hin und wieder nahmen sie ein neues Mitglied in ihren Club auf, und fast alle in der Klasse flehten heimlich: »Bitte, nehmt mich!« Es hatte nichts damit zu tun, wer man war. Die Gruppe *machte* einen zu etwas Besonderem. Darin bestand ihre magische Kraft.

Ihre Macht war so groß, dass ich mich tatsächlich geehrt fühlte, als einer von ihnen mich mit einem Stein im Gesicht traf. Es geschah nach der Schule, und als ich nach Hause kam, rannte ich gleich ins Zimmer meiner Schwester, hielt mein blutiges Kleenex fest umklammert und heulte: »Es war Thad!!!«

Lisa war eine Klasse über mir, aber sie verstand, was es für mich bedeutete. »Hat er etwas *gesagt?*«, fragte sie. »Hast du den Stein behalten?«

Mein Vater forderte mich auf, es ihm heimzuzahlen und den Kerl zu verdreschen.

»Aber Dad.«

»Ach, Firlefanz. Ein gezielter Schlag auf die Zwölf, und der geht zu Boden wie ein Sack Mehl.«

»Redest du mit *mir?*«, fragte ich. Abgesehen von der archaischen Ausdrucksweise, für wen hielt mein Vater mich denn? Jungen, die am Wochenende Bananen-Nuss-Muffins buken, verstanden in der Regel wenig von der Kunst des Zweikampfs.

»Also wirklich, Dad«, sagte Lisa. »Wach auf.«

Am nächsten Nachmittag gingen wir zu Dr. Povlitch zum Röntgen. Der Stein hatte einen Zahn im Unterkiefer getroffen, und es gab einige Unstimmigkeiten, wer für die anstehende Wurzelbehandlung aufkommen sollte. Ich war der Meinung, da meine Eltern mich gezeugt, zur Welt gebracht und als Dauergast in ihrem Haushalt großgezogen hatten, sollten sie die Rechnung übernehmen, aber mein Vater sah das anders. Er entschied, die Popes sollten zahlen, und als er nach dem Telefonbuch griff, schrie ich laut auf.

»Aber du kannst nicht einfach so bei Thad anrufen.«

»Ach ja?«, sagte er. »Dann pass mal auf.«

Es gab zwei Thad Popes im Telefonbuch von Raleigh, einen Junior und einen Senior. Der in meiner Klasse kam nach dem Junior. Er war der dritte in der Reihe. Mein Vater rief sowohl den Junior als auch den Senior an und begann das Gespräch jeweils mit dem Satz: »Lou Sedaris hier. Hör zu, Kumpel, wir haben hier ein Problem mit deinem Sohn.«

Er betonte unseren Nachnamen so, als bedeute er etwas, als seien wir eine bekannte und angesehene Familie. Umso schmerzlicher war es, als er gebeten wurde, den Namen noch einmal zu wiederholen und ihn dann auch noch zu buchstabieren.

Für den kommenden Abend war ein Treffen anberaumt, und bevor wir aus dem Haus gingen, drängte ich meinen Vater, sich etwas anderes anzuziehen. Er hatte unseren Carport erweitert und trug khakifarbene Shorts, die voller Farbkleckse und getrockneter Betonspritzer waren. Durch ein Loch in seinem verwaschenen T-Shirt konnte man ohne große Verrenkungen seine Brustwarze sehen.

»Was zum Teufel passt dir daran nicht?«, fragte er. »Wir bleiben nicht zum Abendessen, wen kümmert es da, was ich anhabe?«

Ich brüllte nach meiner Mutter, und zuletzt ließ er sich erweichen, zumindest ein anderes Hemd anzuziehen.

Von außen unterschied sich Thads Haus nicht groß von den Häusern anderer Leute – ein ganz normales Haus mit Halbetage und einem nach Ansicht meines Vaters gänzlich indiskutablen Carport. Mr. Pope öffnete die Tür in sorbetfarbenen Golfhosen und führte uns die Treppe hinunter in den so genannten »Hobbykeller«.

»Oh«, sagte ich, »schön haben Sie es hier.«

Der Raum war klamm und fensterlos. An der Decke hingen Tiffany-Lampen, deren bunte Glassplitter die Wörter *Busch* und *Budweiser* buchstabierten. Die Wände waren mit Walnussimitat verkleidet, und das Mobiliar sah aus, als hätten Pioniere mit der Axt versucht, aus den Einzelteilen ihres geliebten Planwagens Sessel und Couchtische zu zimmern. Dann bemerkte mein Vater das Paddel einer Studentenverbindung über dem Fernseher an der Wand und sagte in gebrochenem Griechisch: »*Kalispera sas adhelfos!*«

Als Mr. Pope ihn nur verständnislos anstarrte, lachte er und schickte die Übersetzung hinterher: »Ich sagte: ›Guten Abend, Bruder.‹«

»Ach ... richtig«, sagte Mr. Pope. »Studentenverbindungen haben meist griechische Namen.«

Er dirigierte uns zum Sofa und fragte, ob wir etwas trinken wollten. Cola? Ein Bier? Ich wollte mich nicht an Thads wertvollen Colavorräten vergreifen, aber noch ehe ich ablehnen konnte, erwiderte mein Vater: »Aber ja doch, wir nehmen von jedem eins.« Die Bestellung wurde nach oben weitergeleitet, und kurz darauf erschien Mrs. Pope mit Dosen und Plastikbechern auf der Treppe.

»Guten Tag, schöne Frau«, sagte mein Vater. Es war sein Standardspruch bei attraktiven Frauen, aber in dem Fall war klar, dass es als Scherz gemeint war. Mrs. Pope war nicht unattraktiv, sondern ganz normaler Durchschnitt, und als sie die Getränke vor uns auf den Tisch stellte, bemerkte ich, dass ihr Sohn ihre stumpfe, leicht nach oben weisende Nase geerbt hatte, was ihm gut stand, bei ihr allerdings den Eindruck von Misstrauen und Selbstgerechtigkeit erweckte.

»So«, sagte sie. »Ich habe gehört, Sie waren beim Zahnarzt.« Sie wollte lediglich Smalltalk machen, aber wegen ihrer Nase klang es wie ein Vorwurf, als hätte ich mir ein Loch im Zahn füllen lassen und suchte nun nach jemandem, der die Rechnung bezahlte.

»Und ob er beim Zahnarzt war«, sagte mein Vater. »Wenn man einen Stein ins Gesicht geworfen bekommt, geht jeder vernünftige Mensch meines Erachtens nach zuerst zum Zahnarzt.«

Mr. Pope hob abwehrend die Hände in die Luft. »Augenblick«, sagte er. »Wir können das in aller Ruhe regeln.« Er rief laut den Namen seines Sohnes, und als keine Reaktion erfolgte, griff er zum Telefon und wies Thad an, nicht weiter große Reden zu schwingen und seinen Allerwertesten in den Hobbykeller zu schieben, und zwar dalli.

Man hörte flinke Schritte auf den mit Teppich bezogenen Stufen, dann sprang Thad ins Zimmer, ganz der brave und folgsame Sohn. Der Minister hatte gerufen. Es wurde neu verhandelt. »Guten Tag, Sir, Sie sind …?«

Er sah meinem Vater in die Augen und drückte ihm fest und mit einem genauen Gespür für das richtige Timing die Hand. Meist ist ein Händedruck nur ein verlegenes Nuscheln, Thads Handschlag aber verkündete laut und deutlich die Botschaft *Das haben wir gleich erledigt* und *Ich rechne bei der Wahl im November mit Ihrer Stimme.*

Ich hatte geglaubt, ihn außerhalb der Clique zu sehen wäre verstörend, als fände man einen Arm auf dem Gehweg, aber Thad konnte problemlos allein auftreten. Man brauchte ihn nur in Aktion zu sehen, um zu begreifen, dass seine Popularität kein Zufall war. Anders als normale Menschen, besaß er die unheimliche Gabe, den Leuten zu gefallen. Und zwar ohne sich einzuschmeicheln oder sich krampfhaft zu bemühen, anderen nach dem Mund zu reden. Wie bei einer Whitman-Anthologie schien er von allem etwas zu bieten. Hatte man seine athletischen Fähigkeiten bewundert, konnte man sich an seinen ausgezeichneten Manieren, seiner Selbstsicherheit oder seinem ansteckenden Enthusiasmus erfreuen. Selbst seine Eltern schienen in seiner Gegenwart aufzublühen und sich ein wenig aufzurichten, als er neben ihnen Platz nahm. Unter anderen Umständen hätte mein Vater auf der Stelle einen Narren an ihm gefressen, ihn womöglich gar mit Sohn angeredet, aber hier ging es um Geld, und er riss sich zusammen.

»Also gut«, sagte Mr. Pope. »Da jetzt alle versammelt sind, können wir die Angelegenheit hoffentlich rasch bereinigen. Ich habe ohnehin den Eindruck, es handelt sich hier bloß um ein kleines Missverständnis unter Freunden.«

Ich senkte den Blick und wartete darauf, dass Thad seinen Vater aufklärte. *»Freunde? Mit dem?«* Ich war auf sein Lachen oder Thads berühmtes Schnauben gefasst, aber er sagte gar nichts. Und mit seinem Schweigen hatte er mich endgültig für sich gewonnen. Ein kleines Missverständnis – genau *das* war es. Wieso hatte ich das nicht früher erkannt?

Als Erstes musste ich meinen Freund schützen, also erklärte ich, ich hätte mich praktisch in die Flugbahn von Thads Stein geworfen.

»Warum zum Teufel hat er denn mit Steinen geworfen?«, fragte mein Vater. »Und *wen* verdammt noch mal wollte er treffen?«

Mrs. Popes gerunzelte Stirn signalisierte, dass eine solche Ausdrucksweise in ihrem Hobbykeller nicht erwünscht war.

»Ich meine, mein Gott, der Kerl ist ja kein Vollidiot.«

Thad schwor, er habe niemanden treffen wollen, und ich pflichtete ihm bei und sagte, wir Jungen würden das alle machen. »Wie in Vietnam oder so … Beschuss aus den eigenen Reihen.«

Mein Vater sagte, was zum Teufel ich schon von Vietnam wisse, und erneut zuckte Thads Mutter zusammen und sagte, die Jungen würden solche Dinge aus dem Fernsehen aufschnappen.

»Sie wissen ja nicht, was Sie da reden«, sagte mein Vater.

»Meine Frau meinte bloß …«, sagte Mr. Pope.

»Ach, Humbug.«

Die drei Popes blickten sich viel sagend an und hielten so etwas wie ein kurzes telepathisches Powwow. »Der Mann ist irre«, meldeten die Rauchzeichen. »Macht überall jede Menge Ärger.«

Ich sah meinen Vater an, einen Mann in dreckigen Shorts, der sein Bier aus der Büchse trank, anstatt es erst in ein Glas zu kippen, und ich dachte: *Du gehörst nicht hierher.* Genauer gesagt, ich beschloss, dass er der Grund war, warum ich nicht hierher gehörte. Sein aufgesetztes griechisches Gerede, die Belehrungen, wie man Beton richtig anrührte, das Gezänk, wer die blöde Zahnarztrechnung bezahlen müsste – nach und nach war das alles in mein Blut eingesickert und hatte mich meiner natürlichen Gabe beraubt, anderen zu gefallen. Solange ich mich erinnern konnte, hatte er uns eingeredet, es sei völlig egal, was andere Leute von uns dachten: Ihr Urteil sei bloß ein Haufen Müll, reine Zeitverschwendung, Mumpitz. Nur war es eben nicht egal, erst recht nicht, wenn die anderen Leute *diese* Leute waren.

»Nun«, sagte Mr. Pope. »Ich denke, so kommen wir nicht weiter.«

Mein Vater lachte. »Genau so ist es.« Es klang wie ein Satz zum Abschied, aber anstatt aufzustehen und zu gehen, lehnte er sich im Sofa zurück und stellte seine Bierdose auf den Bauch. »Keiner kommt so weiter.«

Ich bin mir ziemlich sicher, Thad und ich hatten in dem Augenblick das gleiche düstere Szenario vor Augen. Der Rest der Welt ging seinen Geschäften nach, nur mein Vater hielt ungewaschen und mit zotteligem Bart das Sofa im Hobbykeller in Beschlag. Weihnachten kam, Freunde erschienen zu Besuch, und die Popes führten sie mit verbitterter Miene zu den Sesseln. »Kümmert euch nicht um den«, sagten sie. »Der geht irgendwann schon wieder.«

Zuletzt erklärten sie sich bereit, die Hälfte der Kosten für die Wurzelbehandlung zu übernehmen, nicht, weil sie es für angemessen hielten, sondern um uns loszuwerden.

Manche Freundschaften werden aufgrund gemeinsamer Interessen und Vorstellungen geschlossen: Beide Seiten begeistern sich für Judo oder Camping oder die Herstellung von Würsten. Andere Freundschaften entstehen als

Bündnis gegen einen gemeinsamen Feind. Beim Verlassen von Thads Haus beschloss ich, unsere würde zur zweiten Kategorie gehören. Zuerst würden wir gemeinsam über meinen Vater herziehen, und dann würden wir nach und nach zu den zahllosen anderen Dingen und Personen kommen, die wir nicht ausstehen konnten. »Du magst keine Oliven?«, hörte ich ihn sagen. »Ich auch nicht.«

Im Endeffekt war die einzige Sache, die wir beide nicht ausstehen konnten, ich selbst. Genauer gesagt, ich konnte mich nicht ausstehen. Thad machte sich nicht einmal diese Mühe. Am Tag nach unserem Treffen ging ich in die Cafeteria zu dem Tisch, an dem er und seine Clique immer saßen. »Hör zu«, sagte ich, »tut mir wirklich Leid wegen der Sache mit meinem Vater.« Ich hatte eine längere Rede vorbereitet, einschließlich einiger Imitationen meines Vaters, aber nachdem ich meinen ersten Satz beendet hatte, wandte er sich wieder seiner Unterhaltung mit Doug Middleton zu. Unsere beiderseitige Falschaussage, der Auftritt meines Vaters, sogar der Steinwurf: Ich befand mich so weit unter ihm, dass er sich nicht einmal mehr daran erinnerte.

Puff.

In der Mittelstufe leuchteten die Stars am E. C. Brooks noch heller, doch in der zehnten Klasse begannen sich die Dinge zu ändern. Die Aufhebung der Rassentrennung trieb eine ganze Reihe der angesehenen Schüler an Privatschulen, und die, die blieben, kamen einem stumpf und von gestern vor, wie der abgesetzte Adel eines Landes, dessen einfache Bürger sich nicht länger für ihn interessierten.

Gleich zu Anfang der siebten Klasse wurde Thad von einer Gruppe der neuen schwarzen Schüler überfallen. Sie zogen ihm seine Schuhe aus und warfen sie ins Klo. Ich wusste, ich hätte mich freuen sollen, aber irgendwie fühlte ich mich persönlich angegriffen. Zweifellos war er ein gleichgültiger Herrscher gewesen, aber ich glaubte immer noch an die Monarchie. Als sein Name auf der Schulabschlussfeier aufgerufen wurde, applaudierte ich am längsten, länger noch als seine Eltern, die aus Anstand aufhörten, nachdem er das Podium verlassen hatte.

Ich dachte in den kommenden Jahren viel an Thad und fragte mich, an welches College er wohl ging und ob er einer Studentenverbindung beigetreten war. Die Zeit der überragenden Gestalten auf dem Campus war vorüber, doch die verräucherten Kneipen mit ihren Billardtischen und den falschen Bräuten waren weiterhin die Anlaufstelle der einstigen Anführer, in denen man jetzt potenzielle Vergewaltiger von Prostituierten und zukünftige Alkoholiker sah. Ich rede mir ein, dass Thad, während seine Freunde einer ungewissen und bitteren Zukunft entgegentrieben, in einer Vorlesung landete, die sein Leben veränderte. Heute ist er Hofdichter von Liechtenstein, der Chirurg, der Krebs mit Liebe heilt, der Lehrer von Neuntklässlern, der darauf beharrt, dass auf dieser Welt genügend Platz für alle ist. Wenn ich in eine andere Stadt ziehe, hoffe ich jedes Mal, er könnte in der Nachbarwohnung wohnen. Wir begegnen uns im Flur, und er streckt die Hand aus und sagt: »Entschuldigung, aber kenne ich – *müsste* ich Sie nicht kennen?« Es muss nicht heute passieren, aber irgendwann. Ich habe eine halbe Ewigkeit damit verbracht, auf ihn zu warten, und wenn er nicht kommt, muss ich meinem Vater verzeihen.

Der Zahn mit der Wurzelbehandlung, der ein Jahrzehnt halten sollte, hält mittlerweile seit über dreißig Jahren, auch wenn das kein Grund ist, stolz zu sein. Nachdem er immer weiter abgestorben und gefühllos geworden ist, hat er inzwischen eine graubraune Färbung, die im Conran-Katalog als »Kabuki« bezeichnet wird. Er hält zwar noch, aber auch nur so gerade eben. Im Gegensatz zu Dr. Povlitch, der seine Patienten in einem umgebauten Ziegelbau neben dem Colony Shopping Center behandelte, hat mein gegenwärtiger Zahnarzt, Docteur Guige, eine Praxis unweit der Madeleine in Paris. Die Sprechstundenhilfe ruft meinen Namen auf, und oft dauert es eine Weile, bis ich begreife, dass ich gemeint bin.

Bei einem der letzten Besuche packte Docteur Guige meinen toten Zahn mit den Fingerspitzen und schob ihn leicht hin und her. Da ich seine Geduld nicht unnötig strapazieren mochte, brauchte ich eine Weile, bis ich auf seine Frage, wie es passiert sei, eine möglichst klare Antwort gefunden hatte. Die Vergangenheit war viel zu kompliziert für mein Französisch, also stellte ich mir eine perfekte Zukunft vor und erklärte die Wurzelbehandlung mit einem kleinen Missverständnis unter Freunden.

Monie macht's möglich

Meine Mutter hatte eine Großtante, die außerhalb von Cleveland wohnte und uns einmal in Binghamton, New York besuchte. Ich war damals sechs Jahre alt, aber ich erinnere mich noch genau, wie ihr Wagen in unsere frisch gepflasterte Auffahrt einbog. Es war ein silberner Cadillac, an dessen Steuer ein Mann mit einer flachen Kappe saß, in der Art einer Polizeimütze. Er öffnete mit weit ausladender Geste die hintere Tür, als handle es sich um eine Kutsche, und wir sahen die Schuhe der Großtante, die orthopädisch, aber doch elegant waren, aus feinstem Leder gearbeitet und mit spitzen Absätzen in der Größe von Garnspulen. Den Schuhen folgte der Saum eines Nerzmantels, die Spitze eines Gehstocks und zuletzt die Großtante selbst, die groß war, weil sie reich war und keine Kinder hatte.

»Ach, Tante Mildred«, sagte meine Mutter, und wir starrten sie verdutzt an. Sonst hieß sie immer nur »Tante Monie«, ein Mittelding aus *mosern* und *money*, und ihr tatsächlicher Name war neu für uns.

»Sharon!«, sagte Tante Monie. Sie sah unseren Vater und dann uns an.

»Das ist mein Mann, Lou«, sagte meine Mutter. »Und das sind unsere Kinder.«

»Wie reizend. Eure Kinder.«

Der Fahrer übergab meinem Vater mehrere Einkaufs-
taschen und ging zurück zum Wagen, während wir ins
Haus traten.

»Möchte er vielleicht das Bad benutzen?«, fragte meine Mutter. »Ich meine, er kann selbstverständlich …«

Tante Monie lachte, als hätte meine Mutter gefragt, ob
der ganze Wagen ins Haus kommen wolle. »Oh, nein,
Liebste. Der bleibt draußen.«

Ich glaube nicht, dass mein Vater sie durchs Haus führte, wie er es bei den meisten Besuchern tat. Er hatte einige Dinge am Haus selbst gemacht und hob gerne hervor,
wie es ohne seine Initiative ausgesehen hätte. »Hier zum
Beispiel«, sagte er, »habe ich die Feuerstelle für den Grill
gleich in die Küche verlegt, weil man da näher am Kühlschrank ist.« Die Gäste gratulierten ihm zu seinem Ein-
fallsreichtum, und es ging weiter mit der Frühstückslaube.
Ich kannte nicht viele Häuser, aber mir war klar, dass unseres sehr hübsch war.

Vom Wohnzimmerfenster aus blickte man auf den Garten hinterm Haus, und dahinter lag ein tiefer Wald. Im
Winter kamen Rehe und beschnupperten das Vogelhäuschen, ohne sich um die Fleischstreifen zu kümmern, die
meine Schwestern und ich als Leckerbissen für sie ausgelegt hatten. Selbst wenn kein Schnee lag, war der Aus-
blick beeindruckend, aber Tante Monie schien sich nicht
dafür zu interessieren. Ihr einziger Kommentar betraf
unser goldenes Wohnzimmersofa, das sie offenbar sehr
amüsierte. »Du lieber Himmel«, sagte sie zu meiner vier-
jährigen Schwester Gretchen. »Habt ihr das selbst ausgesucht?« Sie lächelte kurz und unbeholfen, als arbeite sie
daran und brauche noch etwas Übung. Die Mundwinkel
gingen nach oben, aber ihre Augen kamen nicht mit.

Anstatt zu glänzen, blieben sie stumpf und ausdruckslos wie alte Münzen.

»Na schön«, sagte sie. »Wollen wir mal sehen, was wir da haben.« Der Reihe nach ließ sie meine Schwestern und mich vortreten und drückte uns unverpackte Geschenke aus einer bunten Einkaufstasche in die Hand, die vor ihr auf dem Boden stand. Die Tasche stammte von einem Kaufhaus in Cleveland, das ihr viele Jahre lang gehört hatte, zumindest ein Teil davon. Es war im Besitz ihres ersten Mannes gewesen, nach dessen Tod sie einen Werkzeug- und Stempelfabrikanten geheiratet hatte, der seinen Betrieb später an Black & Decker verkaufte. Auch er war gestorben, und sie hatte alles geerbt.

Ich bekam von ihr eine Marionette. Kein billiges Massenprodukt mit einem schiefen Plastikgesicht, sondern eine aus Holz, bei der jedes einzelne Gelenk durch feine Häkchen mit einer schwarzen Kordel verbunden war. »Das ist Pinocchio«, sagte Tante Monie. »Seine lange Nase hat er vom vielen Lügen. Und *du*, flunkerst du auch hin und wieder ganz gerne?« Ich wollte antworten, doch sie hatte sich schon meiner Schwester Lisa zugewandt. »Und wen haben wir hier?« Es war wie ein Besuch beim Weihnachtsmann, oder eher, als sei der Weihnachtsmann zu Besuch. Sie gab jedem von uns ein teures Geschenk, und dann ging sie ins Badezimmer, um sich die Nase zu pudern. Bei den meisten Leuten war das nur eine Redensart, aber als sie herauskam, war ihr Gesicht wie mit Mehl bestäubt, und sie roch intensiv nach Blumen. Meine Mutter bat sie, zum Mittagessen zu bleiben, doch Tante Monie sagte, das ginge nicht. »Es ist wegen Hank«, erklärte sie. »Die lange Fahrt, unmöglich.« Hank war offenbar der Fahrer, der im gleichen Moment losspurtete und die Wagen-

63

tür öffnete, als wir aus dem Haus kamen. Unsere Großtante ließ sich auf den Rücksitz sinken und legte eine Felldecke über ihren Schoß. »Sie können die Tür jetzt schlie-
ßen«, sagte sie, und wir standen in der Auffahrt, und meine
Marionette winkte ihr zum Abschied steif hinterher.

Ich hoffte, Tante Monie käme nun regelmäßig, doch blieb
dies ihr einziger Besuch. Ein paar Mal im Jahr, meistens an
Sonntagnachmittagen, rief sie an und wollte meine Mutter sprechen. Die beiden redeten ungefähr eine Viertelstunde, aber es schien sich nie um ein fröhliches Gespräch
zu handeln, wie wenn sie mit meiner eigentlichen Tante
telefonierte. Anstatt zu lachen und mit der freien Hand
eine Locke ins Haar zu drehen, drückte meine Mutter nur
ein Stück des Telefonkabels zusammen und hielt es in der
Faust wie einen Stapel Münzen. »Tante Mildred«, sagte sie.
»Wie schön, dass du anrufst.« Wollte man mithören, schob
sie einen mit dem bloßen Fuß fort. »Nichts. Ich sitze bloß
hier und beobachte das Vogelhäuschen. Du magst Vögel,
oder? … Nein? Ach, ehrlich gesagt, ich auch nicht. Lou
findet sie interessant, aber … genau. Reich ihnen den kleinen Finger, und sie nehmen die ganze Hand.«

Es war, als würde man sie nackt sehen.

Als ich mit einer Jugendgruppe nach Griechenland reiste,
bezahlte Tante Monie den Flug. Da nicht davon auszugehen
ist, dass sie am Telefon fragte, wie sie mir eine Freude machen könne, nehme ich an, meine Mutter brachte das Gespräch darauf, wie man das tut, wenn man hofft, der andere
werde seine Hilfe anbieten. »Lisa darf mit, aber David muss
bei den hohen Kosten noch ein paar Jahre warten. Du willst
was? Oh, Tante Mildred, das kann ich nicht annehmen.«

Zuletzt konnte sie doch.

Wir erfuhren, dass Tante Monie jeden Abend Lammkoteletts aß. Jedes Jahr kaufte sie sich einen neuen Cadillac. »Das muss man sich mal vorstellen«, sagte mein Vater.
»Fährt vielleicht zehntausend Meilen mit dem Schlitten,
und dann zieht sie los und kauft sich einen neuen. Versucht
vermutlich nicht einmal den Preis zu drücken.« Für ihn war
es schierer Wahnsinn, doch für den Rest von uns war es der
Inbegriff von Klasse. Genau darin bestand der Luxus von
Geld: sich Dinge anschaffen zu können, ohne um Rabat-
te oder Monatsraten bei möglichst niedrigen Zinsen feil-
schen zu müssen. Mein Vater gab unseren alten Kombi in
Zahlung und bearbeitete dann monatelang die Verkäufer,
bis sie alles taten, um ihn loszuwerden. Er verlangte und
bekam tatsächlich auch eine verlängerte Garantie auf unseren Kühlschrank, offenbar mit dem Hintergedanken, dass,
sollte das Gerät im Jahr 2020 lecken, er sich aus seinem
Grab erheben und es eintauschen konnte. Für ihn bedeutete Geld einzelne Dollars, die sich langsam wie Tropfen aus einem undichten Wasserhahn ansammelten. Für
Tante Monie war Geld eher wie ein Ozean. Man gab es in
hohem Bogen aus, und ehe noch die Rechnung geschrieben worden war, krachte auch schon die nächste Woge an
den Strand. Das war das Schöne an Dividenden.

Im Gegenzug für mein Ferienlager in Griechenland
wollte meine Mutter, dass ich ihrer Tante einen Dan-
kesbrief schrieb. Es war nicht zu viel verlangt, aber sosehr
ich mich auch anstrengte, ich kam einfach nicht über den
ersten Satz hinaus. Ich wollte Tante Monie davon überzeugen, dass ich besser als der Rest meiner Familie war,
dass ich den Kauf eines Cadillacs zum Listenpreis und eine
Vorliebe für Lammkoteletts *verstand*, aber wo anfangen? Ich
dachte an meine Mutter und ihr unbeholfenes Gerede über

Vögel. Am Telefon konnte man immer noch einen Rück-
zieher machen und sich der Meinung des Gesprächspart-
ners anschließen, aber in einem Brief, wo jedes Wort in
Stein gemeißelt war, ging das nicht so leicht.

»~~Liebe Tante Mildred~~.« »Meine liebste Tante Mildred.«
Ich schrieb, dass Griechenland großartig wäre, strich es
wieder durch und erklärte, Griechenland sei ganz okay.
Das, überlegte ich, könnte als Undankbarkeit ausgelegt
werden, und ich fing noch mal von vorn an. »Griechenland ist alt«, schien mir passend, bis mir auffiel, dass sie
mit ihren sechsundfünfzig Jahren nicht viel jünger war als
der Tempel von Delphi. »Griechenland ist arm«, schrieb
ich. »Griechenland ist heiß.« »Griechenland ist interessant, vermutlich aber weniger interessant als die Schweiz.«
Nach zehn Anläufen gab ich auf. Bei meiner Rückkehr
nach Raleigh nahm meine Mutter eins meiner Mitbring-
sel, einen nackten Diskuswerfer aus Salzteig, und schickte ihn mit einem Gruß von mir, den ich unter Zwang am
Küchentisch zu schreiben hatte, mit der Post an meine
Tante. »Liebe Tante Mildred. Vielen Dank!« Zugegeben,
nicht unbedingt das Werk eines schlummernden Genies,
aber ich nahm mir vor, in der kommenden Woche einen
richtigen Brief zu schreiben. In der kommenden Woche
verschob ich es und danach wieder und wieder, bis es
irgendwann zu spät war.

Ein paar Monate nach meinen Ferien in Griechenland
besuchten meine Mutter, ihre Schwester und ihr homosexueller Cousin Tante Monie zu Hause in Gates Mills. Ich
hatte von diesem Cousin gehört, Positives von meiner
Mutter, Abfälliges von meinem Vater, der besonders eine
Geschichte immer wieder gerne erzählte. »Wir waren mit

ein paar Leuten in South Carolina. Ich, deine Mutter, Joyce und Dick und dieser Cousin, dieser Philip, ja. Wir waren im Meer schwimmen und …« An dieser Stelle prustete er immer los. »Also, wir waren schwimmen, und als wir zurück im Hotel sind, klopft Philip an die Tür und fragt, es ist nicht zu fassen, fragt tatsächlich, ob er von deiner Mutter den *Föhn* leihen kann.« Das war's. Ende der Geschichte. Er hatte ihn sich nicht hinten reingeschoben oder sonst was damit angestellt, sondern ihn bloß auf die gebräuchliche Art benutzt, aber trotzdem kam mein Vater einfach nicht drüber weg. »Ich meine, einen Föhn! Das muss man sich nur mal vorstellen!«

Ich war fasziniert von Philip, der irgendwo im Mittleren Westen eine Collegebibliothek leitete. »Er hat viel von dir«, sagte meine Mutter. »Eine Leseratte. Hat seine Nase ständig in Büchern.« Ich war ganz bestimmt keine Leseratte, hatte es aber geschafft, diesen Eindruck bei ihr zu erzeugen. Wenn ich gefragt wurde, was ich den ganzen Nachmittag über getrieben hatte, sagte ich nie: »Ach, masturbiert«, oder: »Mir vorgestellt, wie es aussähe, wenn ich mein Zimmer scharlachrot streichen würde.« Stattdessen sagte ich, ich hätte gelesen, und sie kaufte es mir jedes Mal ab. Sie wollte nie wissen, wie das Buch hieß oder woher ich es hatte, sondern sagte immer nur: »Na, fein.«

Weil sie nicht weit voneinander entfernt lebten, sahen Philip und Tante Monie sich häufig. Gelegentlich gingen sie auch gemeinsam auf Reisen, mal zu zweit, mal in Begleitung von Philips *Freund*, ein Wort, das meine Mutter stets in Anführungszeichen gebrauchte, nicht aus Böswilligkeit, sondern als Hinweis, dass der Ausdruck mehr als eine Bedeutung hatte und dass die zweite Bedeutung weit interessanter war als die erste. »Sie haben ein entzücken-

67

des Haus«, sagte meine Mutter. »Es liegt an einem See, und sie überlegen, sich ein Boot anzuschaffen.«

»Das kann ich mir denken«, sagte mein Vater, und dann kam wieder einmal die Geschichte mit dem Föhn. »Das muss man sich nur mal vorstellen! Ein Mann, der sich die Haare föhnen will.«

Philip und Tante Monie teilten eine Vorliebe für gehobene Genüsse: Sinfonien, die Oper, klare Suppen. Ihre Beziehung war die von kinderlosen, kultivierten Erwachsenen, die einen Satz zu Ende bringen konnten, ohne dass ihnen jemand mit einem Ausflug zum Kwik Pik oder einem Vorschuss auf das Taschengeld für das kommende Jahr in den Ohren lag. Ich konnte meine Mutter schwerlich schief ansehen, weil sie Kinder hatte, aber ich wünschte mir, sie hätte nur eins, mich, und wir würden außerhalb von Cleveland wohnen. Wir mussten uns beliebt machen und bereitstehen, wenn es mit Tante Monie zu Ende ginge, was, wie ich mir vorstellte, jeden Tag sein konnte. Tante Joyce flog mittlerweile dreimal im Jahr nach Ohio und unterrichtete meine Mutter am Telefon über den Stand der Dinge. Sie berichtete, dass sie immer schlechter auf den Beinen sei, dass Hank im Haus eins von diesen Geräten eingebaut habe, mit dem man sitzend die Treppe rauf- und runtergefahren wurde, und dass Mildred, so musste man das wohl sagen, geistig zerrüttet sei.

Als Tante Monie kein ganzes Lammkotelett mehr essen konnte, traf meine Mutter Vorkehrungen für einen persönlichen Besuch. Ich war davon ausgegangen, sie würde ihre Schwester oder den homosexuellen Philip mitnehmen, doch stattdessen durften Lisa und ich mit. Wir fuhren über ein verlängertes Wochenende Mitte Oktober. Tante Monies Fahrer wartete am Gepäckkarussell auf uns und begleitete uns nach draußen, wo der Cadillac wartete. »Oh, bitte«, sagte meine Mutter, als er sie nach hinten auf den Rücksitz bugsieren wollte. »Ich sitze vorne, und kein Wort mehr darüber.«

Hank machte Anstalten, ihr die Tür zu öffnen, aber sie war schneller. »Und schenken Sie sich Ihr ›Mrs. Sedaris‹. Ich heiße Sharon, kapiert?« Sie gehörte zu der Sorte von Menschen, die mit jedem ins Gespräch kommen, nicht in einer der Situation angemessenen klaren und zielgerichteten Art, sondern allgemeiner, zwangloser. Hätte man sie zu einem Interview mit Charles Manson gelassen, hätte sie anschließend vermutlich gesagt: »Ich wusste gar nicht, dass er Bambus mag!« Es war zum Verrücktwerden.

Wir verließen das Flughafengelände und fuhren durch ödes Land. Männer beobachteten von rostigen Brücken herab, wie unter ihnen auf den Gleisen verdreckte Güterzüge rangierten. Schlote stießen schwarze Rauchwolken aus, während Hank uns lang und breit auseinander setzte, wie er Schinken räucherte. Ich wollte wissen, wie es war, für Tante Monie zu arbeiten, aber meine Mutter fuhr sofort dazwischen. »Schinken!«, sagte sie. »Also nun sprechen Sie meine Sprache.«

Die Landschaft wurde allmählich ansehnlicher, und als wir Gates Mills erreichten, war die Welt wie gemalt. Herrliche Bäume mit wuchtigen Stämmen umstanden Häuser aus Stein und getünchten Ziegeln. Ein Paar in leuchtend roten Jacken ritt auf Pferden mitten auf der Straße, und Hank fuhr langsam vorbei, um die Tiere nicht zu erschrecken. Wir befinden uns, sagte er, in einem Vorort, und ich dachte, er benutze das falsche Wort. Vorort bedeutete Holzhäuser und Straßen, die nach den Gattinnen und Freundinnen der Planer benannt waren: Laura Drive, Kim-

69

berly Circle, Nancy-Ann-Sackgasse. Wo waren die Boote und Wohnmobile vor der Haustür, die Briefkästen in der Form von Höhlen, Bankfächern oder Iglus?

»Und … *stopp*«, flüsterte ich, als der Wagen eine unmerklich bescheidenere Version von Windsor Castle passierte. »Und … *stopp*.« Ich hatte Angst, wir könnten an dem Prunkstück vorbeifahren und in einer gesichtslosen Gegend wie bei uns zu Hause landen. Hank fuhr trotzdem weiter, und ich fürchtete schon, Tante Monie gehörte zu der Sorte Reiche, die das schlechte Gewissen plagt. Von ihnen las man manchmal in der Zeitung, sie arbeiteten freiwillig in sozialen Brennpunkten und taten auch sonst alles, um bloß nicht aufzufallen. Das Gespräch hatte sich von Schinken auf Würste verlagert und war nun versuchsweise beim Thema Grillen gelandet, als der Cadillac von der Straße abbog und auf das zweifellos edelste Haus am Platze zusteuerte. Es war die Sorte Gebäude, wie man sie auf der Umschlagseite eines Collegewerbeprospekts findet: das Dekanatsgebäude oder die Ruhmeshalle. Efeu rankte an Steinmauern empor, und Fensterscheiben in der Größe von Spielkarten glitzerten in der Sonne. Sogar die Luft roch würzig nach faulendem Laub, durchsetzt mit einer feinen Note, die ich für Myrrhe hielt. Es gab keinen Irrgarten oder einen Brunnen mit den Ausmaßen eines Gartenteichs, aber der Rasen war makellos gepflegt und umschloss ein zweites, kleineres Haus, das Hank als »die Remise« bezeichnete. Er lud unsere Taschen aus dem Kofferraum, und wir standen wartend daneben, als die beiden Reiter vorbeiritten und zum Gruß mit der Hand an ihre Samtkappen tippten. »Hört ihr das?«, fragte meine Mutter. Sie schlug ihren Mantelkragen eng um den Hals. »Findet ihr das Geklapper von Pferdehufen nicht auch himmlisch?«

Das taten wir.

Ein Dienstmädchen namens Dorothy trat aus dem Haus und begrüßte uns, und als sei meine Schwester blind und nicht in der Lage, solche Wunder mit eigenen Augen zu sehen, drehte ich mich zu ihr und flüsterte: »Sie ist weiß. Und sie trägt *Dienstkleidung*.«

Die Dienstmädchen in Raleigh trugen vielleicht Hosenanzüge oder ausrangierte Schwesternkittel, aber das hier war das einzig Wahre: ein gestärktes schwarzes Kleid mit weiß abgesetzten Ärmelaufschlägen und weißem Kragen. Außerdem trug sie eine Schürze und eine etwas unvorteilhaft wirkende Kappe, die wie ein kleines Kissen auf ihrem Kopf thronte.

Gewöhnliche Dienstmädchen murmelten leise vor sich hin, aber Dorothy sprach laut und deutlich. »Mrs. Brown ruht noch«, sagte sie. »Mrs. Brown wird in Kürze hier sein.« Wie bei einer Sprechpuppe, schien sich ihr Beitrag zur Konversation auf wenige Sätze vom Band zu beschränken. »Ja, Ma'am«, »Nein, Ma'am«, »Ich lasse den Wagen vorfahren.« Bis Mrs. Brown aufgestanden war, wurden wir mit Räucherlachsschnittchen und Kartoffelsalat verpflegt. Ich schlug vor, wir sollten uns ein wenig umsehen oder zumindest einen Fuß außerhalb der Küche setzen, aber mein Vorhaben stieß auf wenig Gegenliebe. »Mrs. Brown ruht noch«, sagte Dorothy. »Mrs. Brown wird in Kürze hier sein.« Es dämmerte bereits, als Tante Monie in der Küche anrief und wir ins Wohnzimmer vorgelassen wurden.

»Was für ein Albtraum, hier Staub zu wischen«, sagte meine Mutter, was mir erschreckend fantasielos vorkam. Der ganze Sinn eines gediegenen Lebensstils war doch, dass andere sich um die Instandhaltung kümmerten, die

Sofatischchen polierten und den Dreck aus den Ritzen der Sessel mit den Löwenpranken kratzten. Davon abgesehen, hätte ich um nichts in der Welt hier Staub wischen mögen. Einen Lampenschirm oder auch zwei vielleicht, aber dies erinnerte an einen Ausstellungsraum im Museum, der mit einer Kordel abgesperrt ist und bei dem das Mobiliar in kleinen Grüppchen zusammensteht wie die Gäste auf einer Stehparty. Die Wände waren mit gestreiften Satintapeten bezogen, und die Vorhänge reichten von der Decke bis zum Fußboden, eingerahmt von etwas, das sich später als Girlanden entpuppte. Der Stuhl mit dem Nachttopf und der Klapptisch passten nicht ganz dazu, aber wir taten so, als bemerkten wir sie nicht.

»Mrs. Brown«, schmetterte Dorothy, woraufhin wir uns dem Geräusch knirschender Zahnräder zuwandten und uns am unteren Treppenpfosten versammelten, um dem langsam herabschwebenden Sitz zuzusehen. Die Tante Monie, die ich zehn Jahre zuvor kennen gelernt hatte, war zwar eine gebrechliche, gleichwohl aber immer noch ausreichend kräftige Person gewesen, um auf dem Sofakissen eine Delle zu hinterlassen. Das Persönchen, das da jetzt die Treppe herabgerumpelt kam, schien kaum schwerer als ein Hundewelpe zu sein. Sie war immer noch elegant gekleidet, aber ausgemergelt, und ihr fast kahler Kopf hing wie eine schrumpelige Zwiebel auf ihren Schultern. Meine Mutter nannte ihren Namen, und nachdem der Sitz festen Boden erreicht hatte, starrte Tante Monie sie eine Weile an.

»Ich bin's, Sharon«, wiederholte meine Mutter. »Und das sind zwei von meinen Kindern. Meine Tochter Lisa und mein Sohn David.«

»Deine Kinder?«

»Nun, zwei von meinen Kindern«, sagte meine Mutter. »Die beiden ältesten.«

»Und du bist?«

»Sharon.«

»Sharon, richtig.«

»Du hast mir vor ein paar Jahren eine Reise nach Griechenland spendiert«, sagte ich. »Erinnerst du dich? Du hast den Flug bezahlt, und ich habe dir die vielen Briefe geschrieben.«

»Ja«, sagte sie. »Briefe.«

»Ganz lange Briefe.«

»Ganz lange.«

Alle Schuldgefühle waren mit einem Mal verschwunden. An ihre Stelle war die Angst getreten, sie könnte uns in ihrem Testament übergangen haben. Was mochte in ihrem krausen Kopf vorgehen? »Mom«, flüsterte ich. »Mach, dass sie sich an uns erinnert.«

Wie sich herausstellte, war Tante Monie weit aufgeweckter, als es auf den ersten Blick schien. Namen waren nicht ihre Stärke, aber sie war unglaublich scharfsinnig, zumindest was mich betraf.

»Wo steckt der Junge?«, fragte sie meine Mutter, sobald ich aus dem Zimmer ging. »Hol ihn sofort zurück. Ich mag es nicht, wenn jemand in meinen Sachen schnüffelt.«

»Oh, ich bin sicher, er schnüffelt nicht in fremder Leute Sachen«, sagte meine Mutter. »Lisa, geh und sieh nach deinem Bruder.«

Tante Monies zweiter Mann war Großwildjäger gewesen und hatte neben dem Wohnzimmer einen Ausstellungsraum für seine Trophäen eingerichtet, eine Art Arche Noah der Präparierkunst. Zur Abteilung der Großkatzen

73

gehörten Schneeleoparden, weiße Tiger, ein Löwe und zwei Panther, die sich mitten im Sprung befanden. Bergziegen stießen vor dem Couchtisch die Hörner gegeneinander. Eine Wölfin lauerte hinter dem Sofa einer Hirschkuh auf, und neben dem Gewehrfutteral hob eine Grizzlybärin ihre Pranke, um ein zwischen ihren Beinen kauerndes Junges zu schützen. Außer den Tieren gab es noch aus Tieren gefertigte Gegenstände; einen Hocker aus einem Elefantenfuß, Aschenbecher aus Tierhufen, eine aus dem Bein einer Giraffe gearbeitete Stehlampe. *Was für ein Albtraum, hier Staub zu wischen!*

Ich entdeckte den Raum zuerst, als Tante Monie gerade ein Bad nahm, setzte mich auf eine mit Zebrafell bezogene Ottomane und verspürte zugleich Neid und Paranoia: Tausend Augen sahen einen an, und ich wollte sie alle. Gezwungen zu wählen, hätte ich mich für den Gorilla entschieden, aber meine Mutter erklärte, die komplette Sammlung sei bereits einem kleinen Naturkundemuseum irgendwo in Kanada versprochen. Auf meine Frage, wozu Kanada noch einen weiteren Elch brauche, zuckte sie nur mit den Schultern und sagte, ich sei morbid.

Wenn ich aus dem Trophäenzimmer vertrieben wurde, ging ich außen ums Haus herum und spähte durchs Fenster. »Wo steckt er?«, fragte Tante Monie. »Was heckt er wieder aus?«

Eines frühen Abends, ich hatte zuvor die Trophäen durchs Fenster betrachtet, schlich ich zwischen den Büschen vor dem Haus umher und sah, wie Mrs. Brightleaf, die als Halbtagspflegekraft eingestellt war, Tante Monies Lammkotelett in kleine Bissen zerteilte. Die beiden saßen an dem kleinen Klapptisch im Wohnzimmer, gleich unter dem Porträt von Ehemann Nummer zwei, der mit einem

74

Bein auf einem erlegten Nashorn kniete. Meine Mutter kam aus der Küche ins Zimmer, und ich war überrascht, wie fremd und deplatziert sie zwischen dem Pflegepersonal und den muschelförmigen Couchtischen wirkte. Bisher hatte ich immer angenommen, man brauche lediglich ein vollständiges Gebiss, um sich frei zwischen den sozialen Klassen zu bewegen und ohne große Anstrengung vom Hof ins Herrenhaus zu wechseln. Jetzt schien sich dies als Irrtum zu erweisen. Ein Leben wie das von Tante Monie erforderte nicht nur viel Übung, sondern auch ein natürliches Talent zur Selbstdarstellung, etwas, das nicht allen Leuten gegeben ist. Meine Mutter schwenkte ihr Cocktailglas, und als sie sich lachend auf den Nachttopfstuhl meiner Tante setzte, wusste ich, dass alles umsonst gewesen war.

Sonntagnachmittag brachte Hank uns zurück zum Flughafen. Tante Monie setzte ihren unaufhaltsamen Verfall fort und starb am ersten Frühlingstag. Meine Eltern nahmen an der Beerdigung teil und machten sich einige Monate später noch einmal auf den Weg nach Cleveland, um die Erbschaft zu regeln, mit den Anwälten zu sprechen und dies und das zu erledigen. Sie flogen mit dem Flugzeug hin und kamen eine Woche später mit dem silbernen Cadillac zurück, meine Mutter mit roten Hitzestreifen über den Knien von der Felldecke. Wie es aussah, hatte man sich an sie erinnert – und zwar herzlich –, aber sie war durch nichts dazu zu bewegen, die genaue Summe zu nennen.

»Ich sage eine Zahl, und du zeigst mit dem Daumen nach unten oder nach oben«, schlug ich vor. »Eine Million?«

»Ich verrate nichts.«

»Anderthalb Millionen?«

Ich weckte sie vorsichtig mitten in der Nacht, in der Hoffnung, sie würde im Halbschlaf reden. »Zwei Millionen? Siebenhunderttausend?«

»Ich verrate nichts.«

Ein Freund gab sich am Telefon als Mann vom Finanzamt aus, aber meine Mutter wusste gleich, was los war. Leute vom Finanzamt hörten im Dienst offenbar selten Jethro Tull, und sie sagten auch nie am Telefon: »Ich habe da nur eine ganz kurze Frage.«

»Aber ich muss es wissen, damit ich es weitersagen kann ...«

»Genau deshalb verrate ich es dir nicht«, sagte meine Mutter.

Ich arbeitete zu der Zeit in einer Cafeteria, ging aber außerdem einmal in der Woche zum Babysitten zu einer Familie, die ich bereits seit der siebten Klasse kannte. Die Kinder verachteten mich, aber ihre Abneigung hatte etwas so Vertrautes, beinahe Tröstliches, dass ihre Eltern mich weiter kommen ließen. Ihr Kühlschrank war stets gefüllt mit Delikatessen: Bratenscheiben und Käse aus dem Feinkostladen, Artischockenherzen im Glas. Als ich eines Abends von der Frau mein Geld bekam, sagte ich, meine Großtante sei gestorben, und wir hätten jetzt einen Cadillac und eine Schoßdecke aus Fell. »Geld haben wir auch bekommen«, sagte ich. »Eine ganze Menge.« Ich dachte, die Frau würde mich in den Club der Leute mit gut gefüllten Kühlschränken aufnehmen, doch sie verdrehte bloß die Augen. »Einen Cadillac«, sagte sie. »Mein Gott, typisch nouveau riche.«

Ich war mir nicht sicher, was *nouveau riche* bedeutete, aber es klang nicht besonders verlockend. »Dieses kleine Miststück«, sagte meine Mutter, als ich ihr die Geschichte erzählte, und dann schnauzte sie mich an, warum ich überhaupt davon angefangen hätte. Eine Woche später war der Cadillac verkauft. Ich gab mir dafür die Schuld, doch es stellte sich heraus, dass meine Eltern ohnehin vorgehabt hatten, den Wagen loszuwerden. Meine Mutter kaufte sich ein paar schicke neue Kostüme. Sie füllte den Kühlschrank mit Aufschnitt aus der Feinkostabteilung, aber sie kaufte weder einen Diamanten noch ein Sommerhaus am Strand oder irgendeins von den anderen Dingen, die wir erwartet hatten. Eine Zeit lang diente das Geld als Drohkulisse. Hatten sie und mein Vater sich wegen irgendeiner Kleinigkeit gestritten, und mein Vater ging lachend aus dem Raum – seine Art, einen Streit zu beenden, indem er so tat, als sei der andere nicht zurechnungsfähig und alles weitere Reden zwecklos –, rief meine Mutter ihm hinterher: »Glaube bloß nicht, ich säße hier fest! Da bist du mächtig schief gewickelt, mein Freund.« Und hatte ein Nachbar sie geschnitten, oder war sie in einem Geschäft wie Luft behandelt worden, kam sie nach Hause, knallte die Faust auf die Küchentheke und zischte: »Den Scheißkerl könnte ich mit links in die Tasche stecken.« Oft genug hatte sie sich vorgestellt, solche Sätze zu sagen, doch jetzt, da sie es konnte, war sie offenbar enttäuscht, wie wenig Befriedigung sie einem verschafften.

Ich glaube, es war Tante Monies Geld, das für meine Miete aufkam, als ich ans Art Institute nach Chicago ging. Und es war vermutlich ebenso ihr Geld, das meiner Schwester Gretchen den Besuch der Rhode Island School of Design und meiner Schwester Tiffany die Unterbringung in einer furchtbaren, dafür aber sündhaft teuren Jugenderziehungsanstalt in Maine bescherte. Es sorgte dafür, die Kinder meiner Mutter aus dem Süden fortzubringen, was für sie allemal ein Aufstieg war. Der Rest des Geldes wurde von meinem Vater verwaltet, einem Alchemisten auf dem Börsenparkett, der Gold in einen Briefkasten voller Jahresabschlussberichte verwandeln konnte, an denen allein er seine Freude hatte.

Was die Präparierkunst angeht, verzichtete das kanadische Museum auf die Übernahme der Sammlung meines Großonkels. Da eine Versteigerung der Exponate zu aufwändig erschien, gingen die Tiere zusammen mit dem aus ihnen hergestellten Nippes an Hank.

»Ihr habt *was*?«, sagte ich zu meiner Mutter. »Ich glaube, ich habe da was nicht richtig verstanden. *Was* habt ihr gemacht?« Es folgte ein Anruf, und ich bekam eine Decke aus Bärenfell zugeschickt, die mehrere Jahre lang den Boden meines viel zu kleinen Zimmers zierte. Es war sowieso bescheuert, ein Bärenfell als Bettvorleger zu haben. Ging man in die eine Richtung, stolperte man über den Schädel, kam man zurück, blieb man mit dem Fuß im geöffneten Maul hängen.

Am ersten Abend, den ich allein mit meinem Bären verbrachte, schloss ich meine Zimmertür zweimal ab und legte mich nackt auf ihn, wie man es manchmal in Zeitschriften sah. Ich hatte mir vorgestellt, es müsste ein großartiges Gefühl sein, der besiegte Pelz auf meiner nackten Haut, doch empfand ich nichts außer einer schleichenden Paranoia. Jemand beobachtete mich, kein Nachbar oder eine meiner Schwestern, sondern Tante Monies zweiter Mann, dessen Porträt bei ihr an der Wand gehangen hatte. Vom Hals an aufwärts sah er Teddy Roosevelt täuschend ähnlich – die glänzende Nickelbrille, der monströse Walrossschnauzbart. Der Mann hatte sich im glühend heißen Buschland Afrikas an Weißschwanzgnus herangepirscht, und jetzt ruhte sein beutehungriger Blick auf mir: einem schlaksigen Siebzehnjährigen mit riesigen Brillengläsern und einem Türkisarmreif, der mit seinem dürren, pickligen Po die Großwildjägerei lächerlich machte. Es war kein sehr angenehmes Bild, das mich deshalb noch eine ganze Weile verfolgte.

In ihrem zweiten Collegejahr nahm Lisa das Fell mit nach Virginia, wo es auf dem Boden ihrer Studentenbude herumgammelte. Wir hatten ausgemacht, dass es sich um eine Leihgabe handelte, doch am Ende des Frühjahrssemesters schenkte sie es ihrer Zimmernachbarin, die auf der Heimfahrt nach Pennsylvania tödlich mit ihrem Wagen verunglückte. Als ich die Nachricht hörte, stellte ich mir vor, wie die Eltern halb wahnsinnig vor Kummer das Bärenfell im Kofferraum des Wagens ihrer Tochter fanden und sich fragten, was es mit dem Leben ihrer Tochter oder mit wessen Leben auch immer zu tun hatte.

Falscher Fuffziger

Man weiß, dass man jung ist, wenn jemand einen um Geld bittet und man sich geschmeichelt fühlt.

»Du siehst ziemlich cool aus, kann ich dich was fragen?«

Das Mädchen war ein Hippie um die achtzehn, das vor dem Eingang des Lebensmittelgeschäfts im North-Hills-Einkaufszentrum bettelte. Sie trug eine Farmerbluse und Jeans mit weitem Schlag, sodass es so aussah, als hätte sie keine Füße. Dazu eine Großmutterbrille, Amulette und ein Perlenstirnband: Ich war überrascht, dass jemand mit so viel Stil ausgerechnet mich ansprach.

Ich war dreizehn in diesem Sommer. Meine Mutter war mit mir zum Kwik Pik gefahren, hatte mir einen Zehndollarschein in die Hand gedrückt und mich losgeschickt, eine Stange Zigaretten zu holen. Sie beobachtete, wie mich das Hippiemädchen ansprach, sah mich im Laden verschwinden und bekam auch mit, wie ich dem Mädchen beim Rausgehen einen Dollar in die Hand drückte.

»Was sollte das?«, fragte sie, als ich wieder im Wagen saß. »Wer war dieses Mädchen?«

Wäre ich mit meinem Vater unterwegs gewesen, hätte ich gelogen und gesagt, es sei eine Freundin, aber meine

Mutter wusste, dass ich keine interessanten Freunde hatte, also sagte ich die Wahrheit.

»Du hast ihr nicht *einen* Dollar gegeben«, sagte sie. »Du hast ihr *meinen* Dollar gegeben.«

»Aber sie brauchte das Geld.«

»Wofür?«, frage meine Mutter. »Shampoo? Nadel und Faden?«

»Ich weiß nicht. Ich habe nicht gefragt.«

»Ich weiß nicht. Ich habe nicht gefragt.« Auf billige Art nachgeäfft zu werden, konnte man leicht wegstecken, aber meine Mutter war verdammt gut darin, Leute nachzumachen. Aus ihrem Mund klang ich verhätschelt und hohl, wie eine Perserkatze in der menschlichen Version. »Wenn du ihr einen Dollar geben willst, ist das deine Sache«, sagte sie. »Aber das war mein Dollar, und ich will ihn zurück.«

Ich bot ihr an, ihr den Dollar zu Hause zurückzugeben, aber das genügte ihr nicht. »Ich will nicht irgendeinen Dollar«, sagte sie. »Ich will genau *den* Dollar.«

Es war lächerlich, irgendeine besondere Bindung zu einem Dollarschein zu behaupten, aber für meine Mutter ging es hier ums Prinzip. »Es ist mein Dollar, und ich will ihn wiederhaben.«

Als ich ihr erklärte, dazu sei es zu spät, stieg sie aus und öffnete auf meiner Seite die Wagentür. »Na, das wollen wir doch mal sehen«, sagte sie.

Das Hippiemädchen blickte in unsere Richtung, und ich drückte mich tief in den Sitz. »Mom, bitte. Das kannst du nicht machen.« Es war eine brenzlige Situation, aber ich wusste, sie würde nicht so weit gehen, mich tatsächlich aus dem Wagen zu zerren. »Können wir das nicht anders regeln? Ich geb dir das Geld zurück, sobald wir zu Hause sind, Ehrenwort.«

82

Sie sah meine geduckte Haltung und stieg wieder an der Fahrerseite ein. »Du glaubst, jeder, der um Geld bittet, hat es auch nötig? Mein Gott, bist du naiv!«

Das Mädchen mit dem Dollar schien einen Trend losgetreten zu haben. Bei meinem nächsten Besuch im Kwik Pik sprach mich ein anderer Hippie an – diesmal war es ein Typ –, der vor der Eismaschine auf dem Boden hockte. Er sah mich kommen und hielt mir seinen Lederhut hin. »Sei gegrüßt, Bruder«, sagte er. »Meinst du, du kannst einem Freund aushelfen?«

Ich gab ihm die fünfzig Cent, von denen ich mir eine Cola und Kartoffelchips hatte kaufen wollen, und lehnte mich nicht weit entfernt an eine Säule, um den Hippie zu beobachten. Einige Leute, die cool waren und nichts abzugeben hatten, ließen es sich nicht nehmen, »tut mir Leid, Mann«, oder, »du weißt ja, wie das ist«, zu sagen. Der Hippie nickte wie bei einer vertrauten Musik, und die coole Person nickte ebenfalls. Die uncoolen Leute liefen schnellen Schritts vorbei, aber man sah, dass der Hippie irgendwie eine seltsame Macht auf sie ausübte. »Haste was Kleingeld über? 'nen Zehner? 'nen Fuffi?« Es war ein kleiner Betrag, an den sich eine große Frage knüpfte: »Sorgst du dich nicht um das Wohl deines Mitbruders?« Es half, dachte ich, dass er eine geradezu verblüffende Ähnlichkeit mit Jesus hatte, dessen Wiederkunft angeblich jeden Tag bevorstand.

Ich beobachtete ihn etwa eine halbe Stunde, dann kam der Kassierer raus und schwenkte seine Hände wie Staubwedel in der Luft. »Es geht nicht, dass du unsere Kunden anmachst«, sagte er. »Zieh Leine, Scott.«

Anmachen sagten nur junge Leute, und den Ausdruck von einem Erwachsenen zu hören klang ziemlich daneben und

erinnerte mich an die Art, wie Cowboys in Filmen *Amigo*
sagten. Ich wollte, dass der Hippie sich verteidigte und
sagte, »reg dich ab, Mann«, oder, »wer macht hier wen
an?«, aber er zuckte nur die Schultern. Beinahe elegant
erhob er sich vom Boden und lief quer über den Parkplatz
zu seinem Wagen, der wahrscheinlich seinen Eltern gehörte. Es tat nichts zur Sache, dass er vermutlich noch bei
seinen Eltern wohnte, tagsüber das System kritisierte und
jeden Abend daheim in ein weiches Bett fiel. Vielleicht
hatte er meine fünfzig Cent für irgendwelchen Luxus ausgegeben – Räucherstäbchen etwa oder Gitarrensaiten –,
aber das war nicht weiter schlimm. Er war der übelste Albtraum eines Erwachsenen, und abgesehen von dem Hut,
wollte ich genauso sein wie er.

Zu diesem Zeitpunkt meines Lebens bekam ich immer
noch Taschengeld, drei Dollar die Woche, das ich mit
Babysitten und Aushilfsjobs in der Dorton Arena, einer
Konzert- und Ausstellungshalle auf dem Jahrmarktsge-
lände, auffrischte. Wenn wir Glück hatten, trugen mein
Freund Dan und ich weiße Jacken und kleine Papierhüte
auf dem Kopf und arbeiteten hinter der Getränketheke.
Wenn wir Pech hatten, was viel häufiger vorkam, latsch-
ten wir in dem gleichen blödsinnigen Aufzug sowie einem
schweren Bauchladen um den Hals die Sitzreihen rauf und
runter und verkauften Popcorn, Erdnüsse und verwässer-
te Cola, die wir als »eisgekühlte Getränke« anzupreisen
hatten.

Im wirklichen Leben sagte kein Mensch Sachen wie
»eisgekühlte Getränke«, aber unser Boss, Jerry, bestand
darauf. Schlimmer noch, als es einfach zu sagen, mussten
wir es laut durch die Gegend brüllen, wobei ich mir vor-

kam wie ein Straßenverkäufer oder ein Zeitungsjunge aus den Zwanzigern. Bei Heavy-Metal-Konzerten fielen wir nicht weiter auf, aber bei Countrymusicshows – so genannten Jamborees – beschwerten sich die Leute schon mal, wenn wir mitten in ihre Lieblingssongs hineinbrüllten: »Stand by your POPCORN, ERDNÜSSE, EISGEKÜHLTE GETRÄNKE«, »My woman, my woman, my POPCORN, ERDNÜSSE, EISGEKÜHLTE GETRÄNKE!!«, »Folsom prison POPCORN, ERDNÜSSE, EISGEKÜHLTE GETRÄNKE«. Die aufgebrachteren Fans liefen nach unten und beschwerten sich bei Jerry, der lediglich sagte: »Schicksal. Ich muss Geld verdienen.« Er beschimpfte die Beschwerdeführer als »einen Haufen knausriger Hinterwäldler«, was mich überraschte, da er selbst so etwas wie ein Hinterwäldler war. Allein der Ausdruck »knausrig« war ein deutliches Indiz dafür, genau wie sein Bürstenhaarschnitt und sein Fläschchen mit Asthmaspray, auf das er eine kleine amerikanische Flagge geklebt hatte.

»Vielleicht ist Hinterwäldler für ihn ein Kompliment«, sagte meine Mutter, aber das nahm ich ihr nicht ab. Viel wahrscheinlicher war, dass er einen gewaltigen Unterschied sah zwischen sich und den Leuten, die genau wie er aussahen und wie er handelten. Bei mir war es nicht anders, und wenn ich Jerry zuhörte, wurde mir bewusst, wie hohl mein eigenes Gerede klang. Wie kam ich, mit meiner Zahnspange und dem schwarzen Brillengestell mit den dicken Gläsern, dazu, andere als uncool zu bezeichnen? »Oh, du siehst prima aus«, sagte meine Mutter. Sie wollte mein Selbstvertrauen stärken, aber für die Mutter gut auszusehen hieß, dass ganz bestimmt etwas faul war. Ich wollte, dass sich ihr bei meinem Anblick der Magen umdrehte, aber im Augenblick waren mir die Hände gebunden. Nach den geltenden Familienregeln durfte ich mir erst mit sechzehn die Haare lang wachsen lassen, das gleiche Alter, in dem meine Schwestern sich die Ohrläppchen durchstechen lassen durften. Meinen Eltern schien das einleuchtend, aber Ohrläppchen durchzustechen ist eine Sache von Minuten, während man für einen anständigen Pferdeschwanz Jahre braucht. Wie es aussah, würde ich allein Monate brauchen, bis ich Dan eingeholt hatte, dessen Mutter vernünftig war und sich nicht mit irgendwelchen sinnlosen Altersbeschränkungen in sein Aussehen einmischte. Er hatte dichtes, in der Mitte gescheiteltes glattes Haar, dessen honiggelb gefärbte Strähnen von den Ohren gehalten wurden und wie zwei schwere Vorhänge bis auf die Schultern fielen.

Seit der vierten Klasse waren wir immer die Außenseiter gewesen – die Wald-und-Wiesen-Heinis, die Spastiker –, aber mit seiner neuen Frisur zog Dan davon, hing mit coolen Leuten von seiner Privatschule herum und hörte bei ihnen zu Hause Schallplatten. Wenn ich jetzt jemanden eine Lusche nannte, sah er mich mit dem gleichen Blick an, mit dem ich Jerry angesehen hatte – *armer Irrer* –, und ich begriff, dass unsere Freundschaft zu Ende ging. Jungen durften sich von solchen Dingen nicht unterkriegen lassen, deshalb verkroch ich mich in eine stille Eifersucht, die immer schwerer zu verheimlichen war.

Die große Kirmes kam in diesem Jahr Mitte September zu uns, und die Getränkemannschaften pendelten zwischen Konzerten in der Arena und kleineren Veranstaltungen auf dem Speedway hin und her. Dan und ich machten uns für das erste Serienwagenrennen fertig, als Jerry verkündete, anstatt Cola würden wir Lightbier in Dosen verkaufen.

Lightbier unterschied sich von richtigem Bier durch den Alkoholgehalt. Bier hatte welchen, Lightbier so gut wie keinen. Es schmeckte nach Haferflocken mit Kohlensäure, aber Jerry hoffte, die Käufer würden sich von dem Etikett täuschen lassen, das nach Alkohol und harten Männern aussah. »Der Verstand kann einem einen Bären aufbinden«, sagte er.

Vielleicht hatte er Recht, aber der Verstand, der eine Zuckerpille für ein Aspirin hielt, war nicht die Sorte Verstand, der man bei einem Serienwagenrennen in North Carolina begegnete. Unsere ersten Vorräte waren wir ruckzuck los, aber als wir mit Nachschub anrückten, hatten die Leute Wind von der Sache bekommen. »Von wegen Bier«, brüllten sie. »Das ist Betrug.«

»Die Wirkung setzt ein, sobald es heiß wird«, sagte Jerry, aber niemand glaubte ihm.

Zwischen dem ersten und dem zweiten Rennen lag eine Stunde Pause, in der ich mit Dan über den Jahrmarkt schlenderte und an eine Wildlederweste dachte, die ich in der Woche zuvor bei J.C. Penny gesehen hatte. Die Verkäuferin hatte die Farbe als »maskulines Kirschrot« bezeichnet, und von der Schulter fielen Lederfransen herab wie bei einer Ponyfrisur. Achtzehn Dollar waren viel Geld, aber mit so einer Weste blieb man nicht unbemerkt. In Kombination mit einem Rollkragenpulli oder einem passenden Buttondownshirt konnte man aller Welt zu verstehen geben, dass man sensibel und ein Kämpfer für den Frieden war. Die Weste über der nackten Brust getragen hieß, lange Haare hin oder her, dass man ein Leben in verwegenen Regionen führte, die sich am besten mit »da draußen« beschreiben ließen. Ich hatte gehofft, das Geld zusammenzubekommen, wenn ich das ganze Wochenende über arbeitete, aber mit dem Lightbier konnte man die Sache so gut wie vergessen. Ich würde sie auf meinen Wunschzettel zu Weihnachten setzen müssen, was den Reiz ganz entschieden dämpfte. In Geschenkpapier eingewickelt und mit der Aufschrift »Vom Weihnachtsmann« wäre sie nicht länger hip und gefährlich, sondern eher das genaue Gegenteil.

Die Zuschauertribüne füllte sich für das zweite Rennen, und wir machten uns wieder auf den Weg zum Speedway, als ich zwei spießig gekleidete Jungen sah, die das Riesenrad bestaunten. Sie sahen so aus wie ich, waren allerdings ein bisschen jünger, Brüder vielleicht, und sie trugen beide die gleiche Brille mit schwarzem Gestell, das von einem Gummiband festgehalten wurde. Ich sah, wie sie mit offenen Mündern in die Luft starrten, und im gleichen Moment sah ich meine rote Wildlederweste.

»Etwas Kleingeld übrig?«

Die Brüder sahen sich und dann wieder mich an. »Okay, einen Moment«, sagte der Ältere. »Gene, gib ihm etwas Kleingeld.«

»Warum *ich*?«, fragte Gene.

»Weil ich es sage, deshalb.« Der ältere Bruder zog seine Brille ab und rieb sich mit dem Finger über die wunde Stelle auf der Nasenwurzel. »Du bist ein Hippie, richtig?« Er sagte es so, als wandelten Hippies, genau wie Kanadier und Methodisten, still und leise unter uns, unerkennbar für das bloße Auge.

»Natürlich ist der ein Hippie«, sagte Gene. »Sonst würde er ja nicht andere Leute belästigen.« Er kramte in seinem Kleingeld herum und gab mir ein Zehncentstück.

»Tausend Dank«, sagte ich.

Es war die einfachste Sache der Welt. Dan arbeitete auf der einen Seite des Riesenrads, ich auf der anderen. Wir fragten die Leute nach Geld, wie man nach der Uhrzeit fragte, und wenn jemand was gab, bedankten wir uns mit dem Peacezeichen oder einem verstohlenen Nicken, das bedeutete: »Ich bin froh, dass du weißt, wo ich herkomme.« Erwachsene waren meist zugeknöpft und misstrauisch, sodass wir uns an Leute in unserem Alter hielten und uns vor allem auf die unverkennbar von auswärts kommenden Besucher konzentrierten, die von Hippies gehört, aber noch nie einen zu Gesicht bekommen hatten. Die Leute gaben was, oder sie gaben nichts, aber niemand fragte, wofür wir das Geld brauchten oder warum zwei offenbar gut versorgte Teenager wildfremde Menschen um Geld baten.

Das war Freiheit, und um das Gefühl noch zu vergrößern, arbeiteten wir uns zurück zum Speedway, wo Jerry sich inzwischen auf das dritte Rennen vorbereitete. »Euch sollte man kräftig in den Arsch treten«, sagte er. »Einfach so zu verschwinden, behandelt man so einen Freund?« Er drückte uns unsere Arbeitskleidung in die Hand, die wir gleich wieder auf die Theke warfen und verkündeten, wir hätten einen einfacheren Weg gefunden, an Geld zu kommen.

»Dann zieht Leine«, sagte er. »Und kommt mir bloß nicht wieder angekrochen. Falsche Fuffziger kann ich nicht gebrauchen.«

Der Ausdruck bescherte uns noch viel Freude. Einmal mehr daran erinnert, wie bescheuert man mit einem Pappdeckel auf dem Kopf aussah, gingen Dan und ich wieder auf Betteltour. Zwischendurch klopften wir uns abwechselnd auf die Schultern und sagten: »Na, falscher Fuffziger, du glaubst vielleicht, du könntest bei mir landen, aber da hast du dich geschnitten.« Im Verlauf des Nachmittags ersetzten wir *Falscher Fuffziger* durch *Hippie*, wodurch wir uns einreden konnten, Jerry hätte uns nicht deshalb gefeuert, weil wir ihn sitzen gelassen hatten, sondern weil wir frei waren und die Zeichen der Zeit erkannt hatten. Es machte nichts, dass wir nie wieder für ihn arbeiten würden, denn die Tage lagen hinter uns. Alle Arbeit lag hinter uns.

Gegen fünf hatte ich genügend Geld für meine Weste erbettelt, aber Dan und ich waren auf den Geschmack gekommen und wollten noch weitermachen. Es wurden Pläne geschmiedet für Stereoanlagen und Klappfahrräder, was immer man haben wollte, bar bezahlt in lauter Zehncentstücken. Dann wurde es dunkel, und der Rummelplatz erstrahlte im bunten Lichterglanz. Die frühen Abendstunden waren ausgesprochen einträglich, aber dann wechselte das Publikum, und die Atmosphäre wurde ruppiger.

»Etwas Kleingeld übrig?«

Der Kerl, an den ich mich gewandt hatte, trug einen zarten Flaum auf der Oberlippe, kaum mehr als ein paar Dutzend Härchen, und sein Mund war nicht größer als der eines Neugeborenen.

»Was hast du gesagt?«, fragte er.

Ich wollte gehen, doch er riss mich im gleichen Moment herum, und ich sah seine Armyjacke, kein altes, abgewetztes Teil aus dem Secondhandladen, sondern nagelneu, wie man sie sich zum Eingewöhnen kauft, wenn man vorhat, zur Armee zu gehen.

»Hast du mit mir gesprochen, Vogelscheuche?« Sein Mund war jetzt größer. »Hast du irgendwas zu mir gesagt?«

90

Ein zweiter Junge trat hinzu und legte dem aufgebrachten Typen eine Hand auf die Schulter. »Komm schon, Kurt«, sagte er. »Lass gut sein.«

»Du hast vielleicht nicht mitbekommen, worum's hier geht«, sagte Kurt, »aber der Komiker hier hat mich angequatscht.« Er ereiferte sich, als hätte ich ihm ins Maul gepinkelt. »Ich meine, der hat tatsächlich was zu mir gesagt.«

Zwei weitere Kumpel, die bereits vorausgegangen waren, kamen zurück, um zu sehen, was los war, und ließen sich mit verschränkten Armen die Situation von Kurt erklären. »Ich gehe hier einfach so rum, und dann kommt dieses Stück Scheiße und labert mich an. Quatscht mich an, als würden wir uns kennen, dabei kennen wir uns gar nicht. Verdammt, *keiner* kennt mich.«

Wenn eins noch schlimmer ist als ein Fünfundzwanzigjähriger mit einem Vietnamflashback, dann ein Vierzehnjähriger mit einem Vietnamflashforward. Ich drehte mich nach Dan um und sah ihn in der Menge verschwinden, als Kurts Faust auf mein Ohr krachte, den Bügel meiner Brille zerbrach und sie zu Boden segelte. Der zweite Schlag streifte meine Oberlippe, beim dritten waren seine Freunde zur Stelle, hielten Kurts Arme fest und sagten: »Hey, Mann, lass gut sein. Der Typ ist es nicht wert.«

Ich schmeckte das Blut auf meiner Lippe. »Sie haben Recht«, sagte ich. »Ich bin's nicht wert. Ich schwör's. Du kannst jeden hier fragen.«

»Er soll gefälligst nicht blöd Leute anquatschen, wenn er nicht weiß, wen er verdammt noch mal anquatscht«, sagte Kurt. »Beim nächsten Mal bring ich ihn um. Ich schwör's euch.«

»Sicher, Kumpel. Sicher.« Kurts Freunde führten ihn weg. Kurz darauf kam noch mal einer zurück und drückte mir einen Dollar in die Hand. »Du bist cool, Mann«, sagte er. »Was Kurt getan hat, war falsch. Er dreht manchmal etwas durch, aber ich weiß, wo du herkommst. Ich bin auch für den Frieden.«

»Ich weiß«, sagte ich, »und ich bin dir dankbar dafür.«

Es war das erste Mal, dass jemand mir einen ganzen Dollar gegeben hatte, und ich überlegte, dass, wenn ich mich zwanzigmal am Tag zusammenschlagen ließ, ich richtig Geld machen würde. Dann sah ich meine zerbrochene Brille, und die Idee war gestorben. Ich hob sie vom Boden auf, als Dan ankam und so tat, als habe er von allem nichts mitbekommen. »Was ist denn mit dir los?«

»Tu nicht so«, sagte ich.

»Tu nicht wie?« Er biss sich auf die Unterlippe, um nicht lachen zu müssen, und in dem Augenblick wusste ich, dass es mit unserer Freundschaft aus war.

»Ruf deine Mutter«, sagte ich. »Ich will hier weg.«

Es gab eine Million Möglichkeiten, sich auf der Kirmes eine Schramme zu holen, und als meine Mutter fragte, was mit meiner Lippe passiert sei, erklärte ich ihr, ich sei bei der Fahrt mit dem Hullygully auf den Sicherheitsbügel geknallt.

»Bist du nicht ein bisschen zu alt dafür?«, fragte sie. Sie hatte das Hullygully mit den sich drehenden Tassen und Tellern für die Vorschulkinder verwechselt. In ihrer Vorstellung hatte sie mich eingezwängt in einer fliegenden Teetasse gesehen.

»Mein Gott«, sagte ich. »Wofür hältst du mich?«

92

Sie sagte, sie würde meine Brille reparieren lassen, wehrte aber gleich ab, als ich um eine neue bat.

»Aber mit der sehe ich aus wie ein Komiker.«

»Klar doch«, sagte sie. »Dafür hat man schließlich eine Brille.«

Eigentlich wollten Dan und ich am Sonntagmorgen wieder zur Kirmes, aber als er vor der Tür stand, schickte ich ihn weg und sagte, mir ginge es nicht gut. »Ich glaube, ich habe die Grippe.«

»Hast dir wahrscheinlich irgendwo kalte Füße geholt«, sagte er und versuchte erneut nicht zu lachen. So verhielt man sich gegenüber Leuten, die weit unter einem standen und die zu blöd waren, den Witz zu verstehen, und es war noch viel schlimmer, als es direkt gesagt zu bekommen. Er ging die Auffahrt hoch, und ich musste wieder an den vorherigen Abend denken und was ich gesagt hatte, nachdem Kurt mir die Schläge verpasst hatte. Zuzugeben, dass ich es nicht wert war, von ihm geschlagen zu werden, war schlimm genug, aber musste ich auch noch hinzufügen, er könne es sich von allen Seiten bestätigen lassen? *Du kannst jeden hier fragen.* Kein Wunder, dass er beinahe noch mal ausgeholt hatte.

Spätabends klopfte Dan an mein Schlafzimmerfenster. »Rate mal, wer heute vierundvierzig Dollar eingesackt hat?«, sagte er. Er zog die zu einem bescheuerten Fächer zusammengefalteten Scheine mit einem Ruck hinter seinem Rücken hervor.

»Ach, komm. Du hast niemals vierundvierzig Dollar kassiert.« Ich bestritt es nur aus Prinzip, obwohl ich genau wusste, dass er vierundvierzig Dollar eingenommen hatte. Am nächsten Wochenende, wenn seine Haare noch ein Stück gewachsen waren, würde er wieder auf die Kirmes gehen und noch mehr verdienen. In kürzester Zeit würde er Ponchos tragen, im Schneidersitz vor kunstvollen Wasserpfeifen aus Messing sitzen, und unsere Freundschaft käme ihm so fern und unbedeutend vor wie eine alte Zahlenschlosskombination. »Ihr zwei habt euch einfach auseinander gelebt«, würde meine Mutter wenig später sagen. Sie sagte es so, als hätten wir uns in verschiedene Richtungen bewegt, dabei hatten wir ein und dasselbe Ziel. Nur kam ich nie dort an.

Wie sich herausstellte, war die Weste nicht aus Wildleder, sondern aus einer Art Baumwollsamt. Es war eine Enttäuschung, aber nachdem ich für sie gelitten hatte, blieb mir nichts anderes übrig, als sie zu kaufen. Von dem restlichen Geld erstand ich eine Hüfthose aus blauem Kord, die in Kombination mit der roten Weste und einem weißen Hemd ein klasse ironisches Statement abgab. *Ich liebe Amerika. Yeah, und wie!*

»Versprich mir, nie in dem Aufzug auf die Straße zu gehen«, sagte meine Mutter. Ich hielt es für eine gewisse Art von Neid. Sie hatte ihre Jugend längst hinter sich und verstand nichts mehr von Stil. Deshalb konnte sie es nicht gut haben, dass ich Spaß an Dingen hatte, die ihr abgingen.

»Könntest du bitte aufhören, mich anzumachen?«, sagte ich.

»So so, da fühlt sich wer *angemacht*?« Sie seufzte und füllte sich ein Glas Wein aus dem Fünfliterkanister in der Vorratskammer ein. »Nur zu, Uncle Sam«, sagte sie. »Lass dich nicht aufhalten.«

Meinen ersten Auftritt hatte ich vor dem Kwik Pik, wo ich erneut dem Hippiemädchen über den Weg lief. Sie bettelte diesmal nicht, sondern stand da mit einer Freundin und rauchte. Ein bisschen abhängen. Als ich an ihr vorbeiging, nickte ich ihr zu, und sie rief mir Teenybopper hinterher, was bedeuten sollte, dass sie mein Outfit für bloße Angabe hielt. Dann fingen beide laut an zu lachen, und ich spürte die stechende Schmach, die einen Vierzehnjährigen überfällt, der erkennt, dass seine Mutter Recht hatte.

Ich wollte unter keinen Umständen noch einmal an dem Hippiemädchen vorbeimüssen, also blieb ich im Kwik Pik, solange es eben ging, bis mich der Geschäftsführer vor die Tür setzte. Wie konnte es sein, dass man sich einen Moment lang todschick vorkam und im nächsten am liebsten in der Kühltruhe seines Lebensmittelhändlers verschwunden wäre und sich unter den Fleischpasteten versteckt hätte, bis man jenes geheimnisvolle Alter erreicht hatte, in dem ein Mensch selbstständig denken kann? Es wäre so friedvoll, mehr ein leiser Schlummer als ein tatsächlicher Schlaf.

Ab und an würde man aufwachen und mitkriegen, dass es wieder einen neuen Stil gab. Der Shagtanz kam auf. Bärte waren abgemeldet. Man sähe die Welt wie aus dem Fenster eines fahrenden Busses und spränge in dem Augenblick hinaus, den man instinktiv als seine Zeit erkannte. Es wäre der Zeitpunkt, an dem man ohne jede Anstrengung einfach man selbst sein und zugeben könnte, dass man Countrymusic mochte oder sich schon vor dem bloßen Gedanken gruselte, das eigene Haar im Nacken zu spüren. Man könnte sich nach Belieben kleiden und tun und lassen, was man wollte, und wenn einem danach war, auch den ganzen Tag im Kwik Pik verbringen. Beim Hinausgehen käme man an einer Frau in einem langen

Rock vorbei, dessen Paisleymuster an Keime unter dem Mikroskop erinnerte. Ein Perlenstirnband, eine schmale Nickelbrille. Sie würde um etwas Kleingeld bitten, und man würde lachen, nicht gehässig, sondern höflich und leise, als hätte sie einen Witz erzählt, den man bereits kannte.

Medschra

Es war nicht in irgendeiner Weise geplant, aber nachdem ich mit zweiundzwanzig mein zweites College geschmissen und ein paar Mal das Land durchquert hatte, fand ich mich plötzlich in Raleigh in einem Zimmer im Keller meiner Eltern wieder. Sechs Monate lang wachte ich gegen Mittag auf, zog mir einen Joint rein und hörte stundenlang die gleiche Joni-Mitchell-LP, bis mein Vater mich in sein Zimmer bestellte und mich rauswarf. Er saß stocksteif in einem großen, bequemen Stuhl hinter seinem Schreibtisch, und ich fühlte mich, als würde er mir den Job als sein Sohn aufkündigen.

Ich hatte erwartet, dass es so kommen würde, und ehrlich gesagt machte ich mir nicht viel daraus. Ich sah es so, dass der Rausschmiss das einzig Richtige war, wenn ich je wieder auf die Füße kommen wollte. »Schön«, sagte ich. »Ich gehe. Aber es wird dir noch Leid tun.« Das Drehbuch sah außerdem vor, dass ich die Tür hinter mir zuknallte, also hielt ich mich daran.

Ich hatte keine Ahnung, was ich damit meinte. Es schien einfach nur das zu sein, was man sagte, wenn man vor die Tür gesetzt wurde.

Meine Schwester Lisa hatte ein Apartment in der Nähe der Universität und sagte, ich könne bei ihr wohnen, wenn ich nur die Joni-Mitchell-LP zu Hause ließe. Meine Mutter bot mir an, mich hinzufahren, und einen Joint später ließ ich mich darauf ein. Es war eine Viertelstunde Fahrt durch die Stadt, und unterwegs hörten wir die Wiederholung einer Radiosendung, bei der die Zuhörer anrufen und dem Moderator erklären konnten, welche Vögel gerade bei ihnen im Garten das Futterhäuschen belagerten. Normalerweise lief die Sendung am Vormittag, und es war seltsam, sie mitten in der Nacht zu hören. Die betreffenden Vögel waren seit Stunden zu Bett gegangen und hatten keine Ahnung, dass im Radio über sie geredet wurde. Ich dachte eine Weile darüber nach und fragte mich, ob bei uns zu Hause irgendwer über *mich* redete. Soweit ich wusste, hatte nie jemand versucht meine Stimme nachzumachen oder meine Kopfform zu beschreiben, und es war deprimierend, dass ich unbemerkt blieb, während eine große Zahl Leute bereit schienen, für einen Kardinal alles stehen und liegen zu lassen.

Meine Mutter hielt vor dem Apartmentgebäude meiner Schwester, und als ich die Tür öffnete, fing sie plötzlich an zu weinen, was mich beunruhigte, weil sie so etwas normalerweise nicht so leicht tat. Es war nicht einer dieser »Du wirst mir fehlen«-Augenblicke, sondern etwas viel Tieferes und Traurigeres. Ich sollte es erst Monate später erfahren, aber mein Vater hatte mich nicht rausgeworfen, weil ich gammelte, sondern weil ich schwul war. Unsere kurze Unterredung hätte einer der Schlüsselmomente meines späteren Lebens sein sollen, aber mein Vater hatte sich vor dem entscheidenden Wort so sehr geziert, dass er es weglassen und bloß gesagt hatte: »Ich denke, wir wissen beide, warum ich dies tue.« Ich glaube, ich hätte ihn festnageln können, nur wusste ich nicht, wozu es gut sein sollte. »Ist es, weil ich ein Versager bin? Weil ich Drogen nehme? Weil ich trinke? Komm schon, Dad, nenn mir einen vernünftigen Grund.«

Wer will so was schon sagen?

Meine Mutter glaubte, ich wüsste die Wahrheit, und es zerriss ihr das Herz. Hier war gleich noch so ein Schlüsselmoment meines späteren Lebens, und auch diesmal war ich völlig ahnungslos. Sie weinte, bis es klang, als müsse sie sich verschlucken. »Tut mir Leid«, sagte sie. »Tut mir Leid, tut mir Leid, tut mir Leid.«

Ich stellte mir vor, dass ich in ein paar Wochen einen Job und ein lausiges kleines Apartment gefunden hätte. Es schien mir nicht jenseits der Grenzen des Möglichen, doch die Tränen meiner Mutter weckten in mir die Sorge, dass es doch schwerer werden könnte, als ich dachte. War ich in ihren Augen tatsächlich ein so hoffnungsloser Fall?

»Keine Sorge«, sagte ich. »Das schaff ich schon.«

Die Innenbeleuchtung des Wagens brannte, und ich fragte mich, was die vorbeifahrenden Autofahrer dachten, wenn sie meine schluchzende Mutter sahen. Für wen mochten sie uns halten? Glaubten sie, meine Mutter sei eine dieser zart besaiteten Seelen, die gleich in Tränen ausbrechen, wenn jemand eine Macke in die Kaffeetasse schlägt? Nahmen sie an, ich hätte irgendetwas Schlimmes zu ihr gesagt? Sahen sie uns nur als eine weinende Mutter und ihr bekiffter, schwuler Sohn, die zusammen in einem Kombi hockten und eine Radiosendung über Vögel verfolgten, oder stellten sie sich, für einen kurzen Moment nur, vor, wir könnten etwas Besonderes sein?

Slumus Lordicus

Als sie sicher war, dass sie jeden Schwarzweißfilm gesehen hatte, der je gedreht worden war, stieg meine Mutter auf Kabel um und sah bis tief in die Nacht Verkaufsfernsehen in der Küche. Gegen vier kam mein Vater aus dem Keller hoch, und die zwei machten sich eine halbe Stunde lang über das laufende Programm lustig. »Jetzt ist aber genug«, glucksten sie. »Aufhören! Bitte!«

Die einzige dieser Sendungen, die sie ernst nahmen, wurde von einem Selfmademan präsentiert, der sich mit Immobilien eine goldene Nase verdient hatte und auf sein Studiopublikum einredete, als handle es sich um Studenten, die fürs Examen büffelten. Die Tafel war ständig in Gebrauch. Mit einem Zeigestock erläuterte er Tabellen und Grafiken, aber so oft er es auch erklärte, ich begriff nie, worüber der Typ redete. Wie es schien, hatte er durch die Refinanzierung seines Hauses siebzehn weitere gekauft, sie vermietet und sich so gleich noch ein Einkaufszentrum und mehrere Golfplätze geangelt. In seinen Taschen würde man mit viel Glück zwanzig Dollar finden, aber auf dem Papier besaß er Millionen. Zumindest behauptete er das.

Wenn das Anhäufen von Eigentum tatsächlich einfach war, hätte eigentlich jeder den Ratschlägen dieses Millionärs folgen müssen, aber genau da lag der Haken: Nicht jeder war nachts um vier wach. Während der Rest der Welt schlummerte, hatte der Zuschauer daheim vor dem Fernseher entschieden voranzukommen, und war das nicht schon die halbe Miete? Ich hatte zu der Zeit keine Wohnung und sah die Sendung zweimal, bevor ich das Haus meiner Eltern verließ und in eine eigene Wohnung zog. Das war im Frühjahr 1980. Ein Jahr später besaßen mein Vater und meine Mutter ein Dutzend Doppelhäuser im Süden von Raleigh und waren auf dem sicheren Weg nach oben.

Wir nannten meine Eltern Slumlords, dabei sahen die Doppelhäuser nicht einmal schlecht aus. Jede Wohneinheit verfügte über einen Erker mit Fenster, Parkettboden und einen passablen Garten mit schattigen Bäumen. Zuerst waren weiße Mieter eingezogen, doch dann veränderte sich das Viertel, und mit Ausnahme einer älteren Frau im Rollstuhl waren alle Mieter schwarz. Einige wenige hatten Jobs, aber die meisten lebten von der Sozialhilfe, was für uns bedeutete, dass die Miete vom Staat bezahlt wurde, in der Regel pünktlich.

Die Idee meiner Eltern war, als Team zu arbeiten – sie würde sich um die Verträge kümmern und er um die anfallenden Reparaturen. Ich nahm an, dass mein Vater wie üblich alles an sich reißen würde, aber diesmal hielt er sich tatsächlich an die Abmachung. Verträge wurden unterzeichnet, und binnen eines Monats kannte meine Mutter sich bestens aus mit den diversen Abkürzungen der Sozialfürsorge und der Wohnämter. Die Durchschläge der eintreffenden Formulare wurden in Stapeln abgelegt, die sich in Kürze vom Abstellraum im Keller bis hinauf in mein ehemaliges Schlafzimmer ausbreiteten, das jetzt als provisorisches Büro diente. »Muss das unter RHA oder FHA?«, fragte meine Mutter. »Hat B. J. Anspruch auf AFDC oder bloß auf SSI?« Sie saß am Schreibtisch, die Ellbogen mit Kopierflüssigkeit verschmiert, und ich empfand Mitleid mit allen Beteiligten.

Zu meinen Gunsten verschaffte mir »Das Empire«, wie wir es gerne nannten, den einen oder anderen Gelegenheitsjob – eine Woche lang Wände anstreichen oder wetterfest machen oder in einem Garten ein Rohr freibuddeln. Der Nachteil an der Sache war, dass ich für meinen Vater arbeitete und der Lohn somit verhandelbar war. Ich hielt ihm einen Zettel mit den geleisteten Arbeitsstunden hin, die er sofort infrage stellte und auf eine Zahl herunterrechnete, die ihm angemessener erschien.

»Du willst mir doch nicht weismachen, du hättest jeden Tag von neun bis fünf gearbeitet? Ohne Mittagessen, ohne Zigarettenpause, ohne im Schrank zu sitzen und in der Nase zu bohren?«

Der Videomonitor in meinem Kopf zeigte mich bei genau diesen Tätigkeiten, und irgendwie bekam er etwas davon mit. »Hab ich's doch gewusst. Ich zahle dir dreißig Stunden, und das nur, weil ich so gutmütig bin.«

Wenn wir uns auf einen Festpreis geeinigt hatten – sagen wir, dreihundert Dollar in bar für ein gestrichenes Apartment –, gab's zuletzt einen Scheck über zweihundertzwanzig Dollar und am Ende des Jahres ein Steuerformular zum Nachweis besonderer Einkünfte. Jeder Job endete mit einem Streit, wobei ich mir meine leeren Drohungen und kindischen Flüche immer für den Heimweg aufsparte. Die Mieter hätten es gerne gesehen, wenn wir uns vor ihren Augen angebrüllt hätten, doch hatte ich mir fest vorgenommen, ihnen diesen Gefallen nicht zu tun. Zu zweit im Wagen waren wir Wilde, aber auf dem Gelände des Empire waren wir Botschafter unserer Rasse und benahmen uns nicht wie die übrigen Weißen, mit denen wir aufgewachsen waren, sondern wie die weißen Ausnahmegestalten, an die wir uns vage aus verschiedenen Folgen von *Masterpiece Theatre* erinnerten. Man hielt sich gegenseitig die Türen auf und verbrachte große Mengen Zeit damit, dem jeweils anderen den Vortritt zu lassen.

»Nach dir, Vater.«

»Aber nicht doch, mein Sohn, nach *dir*.«

Ohne meine Mutter hätten wir womöglich den ganzen Tag dagestanden. »Jetzt geht schon durch die verdammte Tür!«, schnauzte sie. »Mein Gott, ihr zwei seid wie ein Paar alte Damen«

Im Empire waren die Rollen meiner Eltern auf seltsame Weise verkehrt. Meine Mutter war zwar auch hier die umgänglichere Person, aber wenn ein Mieter einen Aufschub wollte, lernte er schnell, damit zu meinem Vater zu gehen, der ein Maß an Mitgefühl zeigte, das wir von zu Hause nicht kannten. Seine eigenen Kinder konnten keine zehn Cent aus ihm herausbekommen, aber wenn Chester Kingsley sein Portemonnaie verlor oder Regina Potts sich das Schlüsselbein brach, war er stets bereit, ihnen entgegenzukommen. Als Dora Ward mit ihrer Miete in Rückstand geriet, gewährte er ihr eine Verlängerung nach der anderen. Und als sie dann mitten in der Nacht auszog und dabei noch Herd und Kühlschrank mitgehen ließ, sagte er nur: »Was soll's. Da mussten eh neue rein.«

»Von wegen neue«, sagte meine Mutter. »Der Herd war gerade einmal zwei Jahre alt. Was bist du nur für ein Vermieter?«

Ich hatte gehofft, ich könnte mit der Renovierung von Doras leerem Apartment ein paar Dollar verdienen, aber damit war es vorbei, als ein gemischtfarbiges Paar auftauchte, das sich als Lance und Belinda Taylor vorstellte. Meine Eltern und ich waren gerade dabei, uns die ausgeräumte Küche anzusehen, als sie an die Tür klopften, sich die Wohnung ansahen und auf der Stelle erklärten, sie würden die Wohnung so nehmen, wie sie war. Sie bräuchten lediglich einen Herd und einen Kühlschrank, um alles andere würden sie sich kümmern. »Schreinerarbeiten und was sonst noch, davon versteh ich was«, sagte Lance. Er hielt uns zum Beweis die Hände hin, und wir sahen die dicken Schwielen auf den Handflächen.

»Zeig ihnen auch die andere Seite«, sagte seine Frau. »Sie sollen auch deine Knöchel und alles sehen.«

Meine Mutter schlug vor, sie sollten in ein paar Monaten wiederkommen, aber mein Vater sah beinahe etwas Biblisches in ihrer Situation. Ein Zimmermann und seine Frau auf der Suche nach einer Herberge, fehlte nur noch der erschöpfte Esel. Er stöhnte auf, als er hörte, dass sie in einem Motel wohnten, und klappte völlig zusammen, als sie ihm ein Foto von ihren drei Kindern zeigten. »Eigentlich wollten wir hier erst ein bisschen renovieren, aber was soll ich sagen? Sie haben mich überzeugt.«

»Lass uns noch mal darüber nachdenken«, sagte meine Mutter, aber mein Vater hatte genug nachgedacht. Lance hinterlegte die Kaution in bar, und er und seine Familie zogen am nächsten Tag ein.

Als er seine neuen Nachbarn sah, bemerkte Chester vertrauensvoll, ihm täten die Kinder Leid. »Sie und der Mann. Ich meine, ist die weiße Frau nicht abgrundtief hässlich?«

Mein Vater gab sich großherzig und versuchte es ihm auszureden. »Oh, das meinen Sie doch nicht wirklich.«

»Und ob er das meint«, sagte meine Mutter.

Sie waren tatsächlich ein komisches Paar, nicht wegen ihrer unterschiedlichen Hautfarbe, sondern weil sie äußerlich so verschieden waren. Lance sah gut aus und war es gewohnt, bewundert zu werden. Belinda hingegen war dürr und machte einen »*unvorteilhaften* Eindruck«, wie meine Mutter sagte, »und das ist noch die schonendste Art, es auszudrücken«.

Nach ihrem Einzug waren die Taylors ausgesprochen freundlich und voller Eifer. Ob sie einen Gemüsegarten anlegen dürften? Aber sicher! Das Wohnzimmer streichen? Warum nicht? Aber im Garten wurde nie etwas gesät, und die Farbeimer blieben ungeöffnet.

Sie stritten oft und laut, und mehr als einmal musste die Polizei kommen und dazwischengehen. Als er zum ersten Mal mit der Miete im Verzug war, rief Lance bei uns zu Hause an und verlangte von meinem Vater, er solle seine Auffahrt mit Kies bestreuen. »Ich zahle keine dreihundert Dollar im Monat, um über zerstoßene Austernschalen zu laufen«, sagte er. »Das ist schlecht für meine Reifen *und* für meine Schuhe, und ich zahle nicht eher, bis Sie was getan haben.«

Lances Einfahrt mit Kies zu bestreuen hieß, sämtliche Einfahrten mit Kies zu bestreuen, und es überraschte uns alle, dass mein Vater einwilligte.

»Und ich rede nicht von billigem Kies«, sagte Lance. »Ich will die hübschen Steine.«

»Sie meinen Kiesel?«

»Genau die.«

106

Die Einfahrt gehörte bestimmt nicht zu den Dingen, die am dringendsten gemacht werden mussten, aber es war ermutigend, dass jemand sich für irgendetwas einsetzte. Mein Vater hätte genauso gehandelt, wenn er Mieter gewesen wäre, und indem er dies eingestand, konnte er seine widerwillige Anerkennung nicht verhehlen. »Der Kerl hat Unternehmungsgeist«, sagte er. »Keine Frage.«

Eine Fuhre Kies wurde angeliefert, und ich ließ mir drei Tage Zeit, ihn gemächlich in der Einfahrt zu verteilen. Lance zahlte die Miete, bis er einige Monate später anrief und sich beschwerte, im Baum vor seinem Schlafzimmerfenster würden sich Vögel versammeln. Bei Geiern hätten wir Verständnis gehabt, aber hier handelte es sich um Singvögel, deren einziges Verbrechen ihre gute Laune war.

»Was erwarten Sie von mir?«, fragte mein Vater. »Dass ich persönlich vorbeikomme und sie vertreibe? Vögel gehören zum Leben, Kumpel. Man muss lernen, mit ihnen auszukommen.«

Lance bestand darauf, der Baum müsse gefällt werden, und als mein Vater Nein sagte, machte er es kurzerhand selbst. Es war kein besonders alter oder schöner Baum, aber das war meinem Vater egal, der Bäume liebt und für sie schwärmt wie ein Playboy für Frauen. »Jetzt sieh dir das an!«, konnte er unvermittelt sagen und mitten an einer belebten Kreuzung anhalten.

»Sieh dir was an?«

»Na was wohl? Den Ahorn, Blödmann. Ein Wahnsinnsteil.«

Als er erfuhr, was Lance gemacht hatte, zog mein Vater sich in sein Schlafzimmer zurück und starrte auf die Eichen vor dem Fenster. »Zurückschneiden ist eine Sache«, sagte er. »Aber einen Baum einfach abzusägen? Sein Leben tatsächlich *auszulöschen?* Was für ein Tier *ist* dieser Typ?«

Lance hatte den Baum mit einer Axt gefällt und dann einfach liegen gelassen. Ein paar Wochen später, mittlerweile einen ganzen Monat mit der Miete im Verzug, beschwerte er sich, dass Ratten in den Zweigen hausten. »Ich rufe bei der Stadt an und melde Sie«, sagte er zu meinem Vater. »Und sollte eines meiner Kinder gebissen werden, rufe ich bei der Stadt *und* bei meinen Anwälten an.«

»Seine Anwälte, dass ich nicht lache!«, sagte mein Vater.

Meine Mutter hatte versucht, es mit Humor zu nehmen, doch jetzt fürchtete sie, Lance selbst könne die Kinder beißen. Gespräche mit anderen Vermietern hatten sie davon überzeugt, dass er zu der Sorte Mieter gehörte, die ihre Miete nicht zahlten und einen dann so lange bearbeiteten, bis man schließlich nachgab. Wenn ein Vermieter eine Fähigkeit mitbringen musste, dann die, solche Leute auf Anhieb zu erkennen und niemals ins Haus zu lassen. Lance und seine Frau hatten es geschafft, und nun mussten meine Eltern sie wieder loswerden, zielstrebig und nach allen Regeln der Kunst. Um den Taylors keine weitere Handhabe zu bieten, beschlossen sie, den Baum zu entfernen. »Ich sehe keine andere Möglichkeit«, sagte meine Mutter. »Der Mistkerl setzt uns die Pistole auf die Brust, und wir müssen springen.«

Ich fuhr mit meinem Vater hin, um den Baum zu zersägen und wegzuschaffen. Vom ersten Moment an hatte ich das Gefühl, beobachtet zu werden. Es war wie in einem Western – *Zwölf Uhr mittags,* und kein Mensch auf der Straße. »Nur ruhig bleiben«, sagte mein Vater, mehr zu sich selbst als zu mir. »Wir erledigen das hier, und dann sind wir wieder weg.«

Wir waren keine zehn Minuten zugange, als Lance in Jeans und karamellfarbenen Cowboystiefeln aus dem Haus kam. Vielleicht waren die Stiefel zu klein oder noch nicht eingelaufen, jedenfalls ging er sehr langsam und unsicher, als habe er gerade erst laufen gelernt.

»Na bitte«, sagte mein Vater.

Als Erstes beschwerte sich Lance, der Lärm der Kettensäge würde seine Kinder erschrecken, von denen eins mit einer Grippe im Bett läge.

»Im *September*?«, fragte mein Vater.

»Meine Kinder können krank werden, wann immer sie wollen«, sagte Lance. »Ich warne Sie nur, leiser zu sein.« Es war schwerlich möglich, eine Kettensäge leiser zu halten, aber das war auch nicht der springende Punkt. Mein Vater war in Hörweite der anderen Mietparteien verwarnt worden, und das würde Komplikationen nach sich ziehen.

Lance humpelte zurück in seine Wohnung, war kurz darauf aber schon wieder da. Statt der Stiefel trug er jetzt ein Paar Turnschuhe. Ich schleifte gerade einen Ast zur Straße, als er mir vorhielt, ich würde seinen gepflegten Vorgarten ruinieren, der aus abwechselnd kahlen Stellen und dichtem Gestrüpp bestand und so gepflegt war wie eine Müllhalde. »Du musst die Zweige *hochnehmen*«, sagte er. »Schleift noch einmal einer über den Boden, kannst du was erleben. Kapiert?«

Mein Vater war gut fünfzehn Zentimeter kürzer als Lance und musste den Kopf in den Nacken legen, um ihm in die Augen zu sehen. »He«, sagte er, »reden Sie nicht so mit meinem Sohn.«

»Sie haben nicht anders mit meinem Sohn geredet«, sagte Lance. »Sie haben ihn einen Lügner genannt und gesagt, er könne im September keine Grippe haben.«

»Also, zu *ihm* habe ich überhaupt nichts gesagt«, sagte mein Vater.

»Das kommt auf dasselbe raus. Wenn Sie meinen Sohn blöd anmachen, dann kriegt's Ihrer in gleicher Münze zurück.«

»Hören Sie«, sagte mein Vater. »Bitte nicht in diesem Ton.«

Beide redeten gleichzeitig aufeinander ein, und als mein Vater lauter wurde, sagte Lance, er solle ihn gefälligst nicht anschreien. »Ich lasse mich nicht anbrüllen«, sagte er. »Wir sind hier nicht auf den Baumwollfeldern. Die Zeit der Sklaverei ist vorbei.« Er redete wie auf der Bühne, die Arme weit zu den Nachbarfenstern ausgebreitet.

»Mit wem reden Sie?«, fragte mein Vater.

»Sie glauben, ich wäre irgendein Nigger, den man anbrüllen kann? Sie wollen sagen, ich wäre ein Nigger? Nennen Sie mich einen Nigger?«

Ich hatte meinen Vater dieses Wort noch nie sagen gehört, deshalb war es doppelt gemein von Lance, es ihm in den Mund zu legen. Die Leute würden reden, und mit der Zeit würde man glauben, mein Vater hätte Lance *tatsächlich* Nigger genannt. So ist das immer, wenn Geschichten verbreitet werden, und man kann nichts dagegen machen.

»Sie sind nicht ganz bei Trost«, sagte mein Vater.

»Aha, jetzt bin ich also auch noch ein verrückter Nigger, was?«

»Das habe ich nicht gesagt.«

»Nein, aber Sie *denken* es.«

Mein Vater vergaß für einen Moment seine guten Manieren. »Sie reden einen Haufen Müll.«

»So, ich bin also ein Lügner?«

Sie standen sich jetzt so nahe gegenüber, dass ihre Schuhspitzen beinahe aneinander stießen. Im Hintergrund sah ich Belinda im Fenster stehen, etwas weiter Chester, Regina Potts, Donald Pullman – alle mit dem gleichen erwartungsvollen Blick. Hätte jemand meinen Vermieter bedroht, wäre ich genauso gespannt gewesen, aber hier ging es um meinen Vater, und ich hasste sie dafür, dass sie sich so prächtig amüsierten.

Ich weiß nicht mehr, was meinen Vater und Lance dazu brachte, sich wieder zu beruhigen, jedenfalls regten sich beide allmählich ab, wie ein kochender Wasserkessel, den man von der Herdplatte zieht. Die geballten Fäuste lösten sich, die Entfernung zwischen beiden wuchs, und nach und nach sank ihre Stimme auf normale Lautstärke. Meine erste Reaktion war Erleichterung. Ich musste nichts machen. Die schmähliche Pflicht, meinen Vater kämpfen sehen zu müssen, war mir erspart geblieben. Die Vorstellung, wie er sich prügelte, war schlimm genug, aber sich vorzustellen, wie er unterlag, wie sein Gesicht auf den Boden gedrückt wurde und er vor Schmerz oder Erstaunen aufschrie, war unerträglich.

Meine nächste Sorge war, dass die Geschichte damit längst nicht vorbei war. Heute war es noch einmal gut gegangen, aber was würde passieren, wenn Lance und mein Vater das nächste Mal aneinander gerieten? Ein Mensch, der Cowboystiefel trug und Bäume fällte, um Vögel zu vertreiben, war zu allem fähig: ein Angriff aus dem Hinterhalt, gelöste Radmuttern, eine Brandbombe. Mit so etwas musste man rechnen, doch wenn mein Vater Befürchtungen dieser Art hatte, ließ er sich nichts davon anmerken. Als Lance sich umdrehte und ging, zog sich mein Vater einfach seine Arbeitshandschuhe über und machte weiter wie nach einer ganz normalen Unterbrechung, so als hätte Chester ihn gebeten, nach einem tropfenden Wasserhahn zu sehen, oder als hätten die Barrett-Schwestern ihn darauf aufmerksam gemacht, dass die Dachrinne gereinigt werden musste. Lance mochte anders empfunden haben, aber mein Vater kannte diese Art Umgang nicht. Bei IBM oder im Raleigh Country Club ging man nicht aufeinander los, und selbst wenn er sich kleine Böswilligkeiten erlaubte und Leuten im Supermarkt den Einkaufswagen in die Hacken rammte oder hinterm Steuer anderen Autofahrern zubrüllte, sie sollten sich doch einen Blindenhund anschaffen, hatte er bestimmt seit Ewigkeiten nicht mehr ernsthaft daran gedacht, sich zu prügeln. »Das muss man sich nur mal vorstellen«, war alles, was er sagte, dann schüttelte er den Kopf und zog den Anlasser der Säge.

Die Sonne ging bereits unter, als wir das Holz auf den Wagen luden. Mein Vater fischte den Schlüssel aus seiner Tasche, und wir blieben noch eine Weile im Führerhaus sitzen, bevor wir uns auf den Heimweg machten. Gegenüber bei Minnie Edwards öffnete ein Kind die Haustür und ließ Minnies Freund ein, der unangemeldet bei ihr wohnte. Solche Dinge interessierten das Sozialamt, ganz besonders, wenn der Freund einen Job hatte und mit in den Haushalt einzahlte. In regelmäßigen Abständen kam ein Sachbearbeiter vorbei, um nach männlichen Kleidungsstücken oder ungewöhnlichen Neuanschaffungen Ausschau zu halten, und von meinen Eltern wurde dasselbe erwartet. Der Mann ging ins Haus, kurz darauf kam Minnie vor die Tür und winkte meinem Vater, sein Wagenfenster herunterzulassen.

»Mein Bruder«, sagte sie. »Gerade aus der Armee entlassen.« Das ewige Versteckspiel. Die immer gleichen Ausreden.

»Und? Wie denkst du darüber?«, fragte mein Vater. Er meinte nicht Lance oder Minnie Edwards Freund, sondern alles zusammen. Technisch gesehen gehörte das alles uns – die Rasenflächen, die Häuser, die mit Kies bestreuten Auffahrten. Es war der Lohn für besondere Geschäftstüchtigkeit: ein Fleckchen Erde, das mit der Zeit weiter wachsen würde, Grundstück um Grundstück, bis man sich nicht mehr weiter von diesem Ort entfernen konnte, ohne von Sorge und einem schlechten Gewissen geplagt zu werden.

Lance und seine Familie zogen schließlich aus, aber erst, nachdem eine scheinbar grundsolide Badezimmerdecke ohne Fremdeinwirkung seiner Frau auf den Kopf stürzte. Mit dicken Verbänden und einem Halskorsett kam sie in den Gerichtssaal gehumpelt, ein ebenso lächerliches wie leicht zu durchschauendes Manöver, aber die Geschworenen fielen darauf herein und sprachen ihr eine Entschädigung zu. Später erfuhren wir, dass sie sich getrennt hatten. Er war mit einer anderen durchgebrannt. Sie war Zimmermädchen in einem Hotel. Auch Chester trennte sich später von seiner Frau und nahm nicht nur sämtliche Armaturen, sondern obendrein auch die Winterfenster mit.

Eine Sorge folgte der anderen, und mein Vater schien sie beim Blick durch die Windschutzscheibe alle vorbeiziehen zu sehen: die Frau, deren Sohn sein Zimmer anzünden würde, der Mann, der eine Autobatterie durch das Fenster seiner Nachbarn werfen würde, ein undeutlicher, wirbelnder Strom böswilliger Mieter, die sein Imperium Stein um Stein auseinander nehmen würden.

113

»Ich wäre dir zu Hilfe gekommen, wenn Lance dich geschlagen oder sonst wie angegriffen hätte«, sagte ich.

»Aber sicher«, sagte mein Vater, und für einen Moment glaubte er es sogar. »Der Typ wusste nicht, mit wem er es zu tun hatte, was?«

»Absolut nicht.«

»Wir beide, Seite an Seite, mannomann, das wäre ein Anblick gewesen!« Wir mussten beide lachen, Claudius und Nero im Führerhaus eines Toyota Pritschenwagens. Mein Vater schlug mir mit der Hand aufs Knie und fuhr los. »Ich gebe dir zu Hause einen Scheck«, sagte er. »Aber glaube bloß nicht, ich bezahle dich fürs blöde Rumstehen. Das läuft nicht. Jedenfalls nicht bei mir.«

Das Mädchen von nebenan

»*Also, das war es dann* mit deinem kleinen Experiment«, sagte
meine Mutter. »Du hast es versucht, es hat nicht geklappt,
und jetzt ziehen wir weiter.« Sie hatte ihre Handwerker-
Montur an: den ausgewaschenen türkisfarbenen Rock,
einen um den Kopf gebundenen Baumwollschal und eine
der Sportblusen, die mein Vater ihr in der Hoffnung gekauft
hatte, sie für Golf begeistern zu können. »Fangen wir mit
der Küche an«, sagte sie. »Das ist immer das Beste, oder?«

Ich zog mal wieder um. Diesmal wegen der Nachbarn.

»Oh, nein«, sagte meine Mutter. »Die können nichts
dafür. Nur schön ehrlich bleiben.« Sie wollte meine Probleme immer bis zur Wurzel zurückverfolgen, was meistens
hieß, bis zu mir. Holte ich mir beispielsweise eine Lebens-
mittelvergiftung, lag das nicht an der Küche. »*Du* wolltest
unbedingt orientalisch essen gehen. *Du* hast das Lomain
bestellt.«

»Lo mein. Es sind zwei Wörter.«

»Aha, Chinesisch kann er jetzt auch noch! Na dann,
Charlie Chan, verrate mir doch das Wort für sechs Stunden Dauerkotzen und Durchfall.«

Dabei ärgerte es sie nur, dass ich Geld sparen wollte. Der
billige Chinese, das Apartment für fünfundsiebzig Dollar im
Monat: »Was du an der einen Ecke abzwackst, musst du an-

115

derswo doppelt drauflegen« war einer ihrer Sprüche. Aber wie sollte man *nicht* sparen, wenn gar kein Geld da war?

»Und an wem liegt es, dass du kein Geld hast? Ich war mir nicht zu fein, einen Vollzeitjob anzunehmen. Ich bin nicht diejenige, die ihr ganzes Geld zum Heimwerkermarkt schleppt.«

»Schon gut. Ich verstehe.«

»Na prima«, sagte sie, und dann begannen wir das Geschirr in Zeitungspapier einzuschlagen.

In meiner Version der Geschichte begann das Problem mit dem Mädchen von nebenan, einer Drittklässlerin, von der meine Mutter behauptete, man habe ihr das Unheil ansehen können. »Du brauchst nur eins und eins zusammenzuzählen«, sagte sie. »Mach einen Schritt zurück. Und denk darüber nach.«

Aber worüber sollte ich nachdenken? Es handelte sich um ein neunjähriges Mädchen.

»Oh, das sind die Schlimmsten«, sagte meine Mutter. »Wie heißt sie noch? Brandi? Also, wenn das nicht billig ist.«

»Entschuldigung«, sagte ich, »aber rede ich nicht mit jemandem, der seine Tochter *Tiffany* genannt hat?«

»Mir waren die Hände gebunden!«, rief sie. »Die verdammten Griechen hatten mich in der Zange, das weißt du genau.«

»Wie du meinst.«

»Also dieses Mädchen«, fuhr meine Mutter fort – und ich wusste genau, was sie als Nächstes sagen würde. »Was macht ihr Vater?«

Ich erklärte ihr, es gäbe keinen Vater, zumindest würde ich ihn nicht kennen, und wartete, bis sie sich eine neue

Zigarette angezündet hatte. »Fassen wir zusammen«, sagte sie. »Ein neunjähriges Mädchen, das nach einem alkoholischen Getränk benannt wurde. Wächst allein bei der Mutter auf, in einer Gegend, in die sich nicht einmal die Polizei wagt. Hast du noch was für mich?« Sie redete, als hätte ich diese Leute aus Lehm geformt, als könnte ich etwas dafür, dass das Mädchen neun Jahre alt war und ihre Mutter keinen Mann finden konnte. »Ich nehme an, die Mutter hat keinen Job, stimmt's?«

»Sie ist Kellnerin in einer Bar.«

»Na großartig«, sagte meine Mutter. »Erzähl weiter.«

Die Frau arbeitete nachts und ließ ihre Tochter von vier Uhr nachmittags bis zwei oder drei Uhr früh allein. Beide hatten hellblonde, fast weiße Haare, und Augenbrauen und Wimpern waren unsichtbar. Die Mutter zog ihre mit einem Lidstift nach, aber die Tochter schien keine zu besitzen. Ihr Gesicht war wie das Wetter in Regionen ohne erkennbare Jahreszeiten. Gelegentlich verfärbten sich die Ringe unter ihren Augen purpurrot. Man sah sie auch mal mit einer geschwollenen Lippe oder einem Kratzer am Hals, aber ihr Gesicht verriet nichts.

Mit so einem Mädchen musste man Mitleid haben. Kein Vater, keine Augenbrauen und diese Mutter. Unsere Apartments lagen Wand an Wand, und jede Nacht hörte ich die stampfenden Schritte der Frau, wenn sie nach Hause kam. Meistens brachte sie jemanden mit, aber ob nun allein oder in Begleitung, stets fand sie einen Vorwand, ihre Tochter aus dem Bett zu werfen. Mal hatte Brandi einen Donut auf dem Fernseher liegen gelassen, mal hatte sie vergessen, ihr Badewasser abzulassen. Man darf Kindern nicht alles durchgehen lassen, aber man sollte auch mit gutem Beispiel vorangehen. Ich war nie in ihrer Wohnung, aber was

117

man durch die Tür sah, machte einen ziemlich wüsten Eindruck – nicht einfach nur unordentlich oder chaotisch, sondern hoffnungslos, die Behausung einer depressiven Person.

In Anbetracht ihrer häuslichen Situation war es kein Wunder, dass Brandi sich an mich hängte. Eine normale Mutter hätte sich vielleicht Gedanken gemacht, wenn ihre neunjährige Tochter ihre Zeit mit einem sechsundzwanzigjährigen Mann verbrachte, aber Brandis Mutter schien das egal. Für sie war ich eine Art kostenloser Service: Babysitter, Zigarettenautomat oder am besten gleich ein ganzer Supermarkt. Manchmal hörte ich sie durch die Wand sagen: »He, geh zu deinem Freund und frag nach einer Rolle Toilettenpapier.« Oder: »Geh zu deinem Freund und sag ihm, er soll dir ein Sandwich machen.« Wenn Besuch kam und sie ihre Ruhe haben wollte, setzte sie das Mädchen einfach vor die Tür und sagte: »Geh nach nebenan und sieh nach, was dein kleiner Spielkamerad macht.«

Bevor ich eingezogen war, hatte Brandis Mutter sich an das Ehepaar von unten gehalten, aber man sah, dass sich das Verhältnis merklich abgekühlt hatte. Neben den an der Veranda fest geketteten Einkaufswagen hing ein Schild mit der Aufschrift KEIN DURCHGANG, und darunter hatte jemand mit der Hand geschrieben: »Das gilt auch für dich, Brandi!!!«

Auch in der zweiten Etage gab es eine Veranda, von der eine Tür in Brandis und eine in mein Schlafzimmer führte. Technisch gesehen gehörte die Veranda beiden Mietparteien, aber sie war so mit Gerümpel voll gestellt, dass ich sie nur selten benutzte.

»Ich bin nur mal gespannt, wann du deine Slumphase hinter dir hast«, sagte meine Mutter, als sie das Haus zum ersten Mal sah. Sie redete, als sei sie im Luxus groß geworden, dabei war ihre Kindheit noch viel ärmlicher gewesen. Ihre Anzüge, die edlen Brücken in ihrem Gebiss – alles das war reine Erfindung. »Du ziehst nur deshalb in diese runtergekommenen Viertel, damit du dich als was Besseres fühlen kannst«, sagte sie, was immer der Anfang eines Streits war. »Dabei kommt es im Leben darauf an, dass es aufwärts geht. In schwierigen Zeiten meinetwegen auch mal seitwärts, aber welchen Sinn macht es, immer weiter abzusteigen?«

Selbst eben erst in die Mittelschicht aufgestiegen, machte sie sich Sorgen, ihre Kinder könnten zurück in die Welt der Sozialfürsorge und der schlechten Zähne rutschen. Die feine Lebensart war noch nicht in unser Blut übergegangen, oder zumindest sah sie das so. Meine Kleidung aus dem Billigdiscounter trieb sie auf die Palme, genau wie meine gebraucht gekaufte Matratze, die ohne Lattenrost einfach auf dem Holzfußboden lag. »Das ist nicht *alternativ*«, sagte sie. »Das ist auch nicht *natürlich*. Das ist schmierig.«

Große Schlafzimmer waren etwas für Leute wie meine Eltern, aber als Künstler hatte ich es lieber spartanisch. Die Armut verlieh meinen dilettantischen Bemühungen den dringend benötigten Anstrich von Authentizität, und ich stellte mir vor, meine Schuld dadurch zu begleichen, dass ich fast unbemerkt das Leben der Menschen um mich herum verbesserte, nicht auf einen Schlag, sondern eines nach dem anderen, auf die gute alte Art. Es war, glaubte ich, das wenigste, was ich tun konnte.

Als ich meiner Mutter erzählte, dass ich Brandi in meine Wohnung gelassen hatte, seufzte sie laut in den Hörer. »Und ich wette, du hast sie stolz durch die Wohnung geführt, stimmt's? Mr. Großkotz. Mr. Dicke Lippe.« Das ließ ich ihr nicht so einfach durchgehen. Zwei Tage lang meldete ich mich nicht bei ihr. Dann klingelte das Telefon. »He, Kumpel«, sagte sie. »Du hast keine Ahnung, in was du da hineinschlitterst.«

Was macht man denn, wenn ein verwahrlostes Mädchen vor der Tür steht, sie einfach rausschmeißen?

»Genau«, sagte meine Mutter. »Schmeiß sie verdammt noch mal raus.«

Aber ich konnte nicht. Was meine Mutter als Angeberei bezeichnete, war in meinen Augen nur ein ganz normales Vorzeigen. »Das ist meine Stereoanlage«, sagte ich zu Brandi. »Das ist die elektrische Pfanne, die ich letztes Jahr zu Weihnachten bekommen habe, und das hier habe ich letzten Sommer aus Griechenland mitgebracht.« Ich dachte, ich würde ihr Dinge zeigen, die zu einem ganz alltäglichen Haushalt gehörten und einem etwas bedeuteten, aber sie hörte in allem nur den Besitzanspruch. »Das ist meine Schleife für herausragende Examensleistungen« hieß bei ihr: »Die gehört *mir*, nicht dir.« Gelegentlich schenkte ich ihr Kleinigkeiten, die sie immer in Ehren halten würde. Eine Postkarte von der Akropolis, vorfrankierte Umschläge, ein Päckchen Papiertücher mit dem Logo von Olympic Airlines. »Wirklich?«, fragte sie. »Für mich?«

Ihr einzig nennenswerter Besitz war eine dreißig Zentimeter hohe Puppe in einer durchsichtigen Plastikschachtel. Es war die Billigversion einer dieser Sammelpuppen in Kostümen aus der ganzen Welt, eine Spanierin in einem Rote-Bete-farbenen Kleid und mit einer ramschigen Mantilla auf dem Kopf. Auf der Rückwand der Schachtel war die Heimat der Puppe aufgedruckt: eine von Pinien gesäumte Straße, die sich einen Hügel hinauf bis zu einer staubigen

Stierkampfarena wand. Sie hatte die Puppe von ihrer Großmutter bekommen, die vierzig Jahre alt war und in einem
Wohnwagen neben einem Armystützpunkt wohnte.

»Was ist das?«, fragte meine Mutter. »Ein Sketch aus
Hee Haw? Wer zum Teufel *sind* diese Leute?«

»Diese Leute«, sagte ich, »sind meine Nachbarn, und
ich möchte nicht, dass du dich über sie lustig machst. Die
Großmutter muss das nicht haben, ich muss das nicht
haben, und ich bin mir ziemlich sicher, eine Neunjährige
muss das auch nicht haben.« Ich erzählte ihr nicht, dass die
Großmutter mit Spitznamen Filou hieß und dass sie auf
dem Foto, das Brandi mir gezeigt hatte, eine abgeschnit-
tene Jeans und ein Fußkettchen trug.

»Wir reden nicht mehr mit ihr«, hatte Brandi gesagt, als
ich ihr das Bild zurückgab. »Sie gehört nicht mehr zu uns,
und wir sind froh darüber.« Ihre Stimme klang flach und
tonlos, und ich hatte den Eindruck, als hätte ihre Mutter
ihr den Satz eingetrichtert. Mit ähnlicher Stimme stellte
sie mir ihre Puppe vor. »Die ist nicht zum Spielen. Nur
zum Anschauen.«

Wer auch immer diese Regel aufgestellt hatte, hatte sie
offenbar mit einer Drohung unterstrichen. Brandi fuhr mit
dem Finger die Außenhülle entlang, wie um sich in Ver-
suchung zu bringen, aber nicht ein Mal sah ich sie diese
Schachtel öffnen. Gerade so, als würde die Puppe explo-
dieren, wenn man sie aus ihrer natürlichen Umgebung
nahm. Ihre Welt war diese Schachtel, und es war tatsächlich eine äußerst seltsame Welt.

»Sieh nur«, sagte Brandi eines Tages, »sie ist auf dem
Weg nach Hause, um die Muscheln zu kochen.«

Sie meinte damit die Kastagnetten, die am Handgelenk
der Puppe baumelten. Es war ein lustiger, kindlicher Ge-

danke, und ich hätte es vermutlich lieber dabei belassen sollen, anstatt den Neunmalklugen zu spielen. »Wenn es eine amerikanische Puppe wäre, könnten es Muscheln sein«, sagte ich. »Aber sie ist eine Spanierin, und diese Dinger heißen Kastagnetten.« Ich schrieb das Wort auf einen Zettel. »Kastagnetten, schau im Lexikon nach.«

»Sie ist nicht aus Spanien, sondern aus Fort Bragg.«

»Nun ja, vielleicht wurde sie dort *gekauft*«, sagte ich. »Aber sie soll eine Spanierin darstellen.«

»Und was soll *das* nun wieder heißen?« Wegen der fehlenden Augenbrauen war es nicht leicht zu sagen, aber ich glaube, sie war wütend auf mich.

»Es *soll* gar nichts heißen«, sagte ich. »Es ist so.«

»Du lügst. Den Ort gibt's überhaupt nicht.«

»Und ob es den gibt«, sagte ich. »Er liegt gleich neben Frankreich.«

»Ach ja. Und was ist das, ein Geschäft?«

Ich konnte nicht glauben, dass ich diese Unterhaltung führte. Wie konnte man nicht wissen, dass Spanien ein Land war? Selbst wenn man erst neun war, musste man doch im Fernsehen oder sonst wo davon gehört haben. »Oh, Brandi«, sagte ich. »Wir müssen eine Weltkarte für dich auftreiben.«

Weil es mir anders nicht möglich war, folgten unsere Treffen einem strengen Zeitplan. Ich hatte einen Halbtagsjob auf dem Bau und kam um Punkt 5.30 Uhr nach Hause. Fünf Minuten später klopfte Brandi an meine Tür und blinzelte mich an, bis ich sie hereinließ. Ich beschäftigte mich zu der Zeit gerade mit Schnitzarbeiten und fertigte Holzfiguren, deren Köpfe den Werkzeugen nachempfunden waren, mit denen ich es tagsüber auf dem Bau zu tun hatte:

einem Hammer, einem Beil, einer Drahtbürste. Bevor ich mich an die Arbeit machte, legte ich Papier und Buntstifte auf meinen Schreibtisch. »Zeichne deine Puppe«, sagte ich. »Male die Stierkampfarena im Hintergrund. Lerne, dich auszudrücken!« Ich ermunterte sie, ihren Horizont zu erweitern, aber gewöhnlich gab sie schon nach wenigen Minuten mit der Begründung auf, es sei ihr zu anstrengend.

Die meiste Zeit sah sie zu und ließ ihre Augen zwischen meinem Messer und der spanischen Puppe vor ihr auf der Schreibtischplatte hin und her wandern. Sie erzählte mir, wie blöd ihre Lehrer wären, und fragte dann, was ich machen würde, wenn ich eine Million Dollar hätte. Hätte ich zu dem Zeitpunkt meines Lebens eine Million Dollar gehabt, hätte ich sie vermutlich bis auf den letzten Cent für Drogen ausgegeben, aber das verriet ich ihr nicht, weil ich ein gutes Vorbild sein wollte. »Lass mich nachdenken«, sagte ich. »Also, wenn ich das Geld hätte, würde ich es wahrscheinlich weggeben.«

»Klar, sicher doch. Du würdest dich auf die Straße stellen und es unter den Leuten verteilen?«

»Nein, ich würde eine Stiftung gründen und mich dafür einsetzen, dass es einigen Menschen besser geht.« Darüber musste sogar die Puppe lachen.

Als ich sie fragte, was sie mit einer Million Dollar machen würde, zählte Brandi Autos und Kleider und schwere, mit Edelsteinen besetzte Halsketten auf.

»Aber was ist mit den anderen? Willst du nicht auch andere glücklich machen?«

»Nein. Ich will sie neidisch machen.«

»Das meinst du doch nicht im Ernst«, sagte ich.

»Probier's doch.«

»Ach, Brandi.« Ich machte ihr ein Glas Kakao, und sie setzte ihre Liste bis 6.55 Uhr fort, dem offiziellen Ende unserer Freundschaftsbesuche. Wenn ich nur langsam vorangekommen war und es nicht viele Späne aufzufegen gab, durfte sie auch schon mal zwei Minuten länger bleiben, aber dann war endgültig Schluss.

»Warum muss ich immer auf die Minute gehen?«, fragte sie eines Abends. »Musst du zur Arbeit oder was?«

»Äh, nein, nicht direkt.«

»Warum hast du es dann so eilig?«

Ich hätte es ihr nie sagen sollen. Das Gute im Leben eines Zwangsneurotikers ist, dass man nie zu spät zur Arbeit kommt. Das Schlechte ist, dass man alles andere ebenfalls genau nach der Uhrzeit macht. Das Ausspülen der Kaffeetasse, das Bad in der Wanne, der Gang zum Waschsalon – es gibt nicht das kleinste Geheimnis in den alltäglichen Verrichtungen, keinen Raum für Spontaneität.

Zu der Zeit ging ich jeden Abend ins Pfannkuchenhaus, radelte um punkt sieben von zu Hause los und war punkt neun wieder zurück. Ich aß dort nie etwas, sondern trank nur Kaffee, immer am gleichen Tisch am gleichen Platz, und las genau eine Stunde lang Bücher aus der Bibliothek. Danach fuhr ich zum Supermarkt, selbst wenn ich gar nichts brauchte, weil mein Zeitplan das so vorsah. Gab es keine Schlangen an der Kasse, nahm ich den langen Weg nach Hause oder umkreiste ein paar Mal den Block, weil ich unmöglich fünf oder zehn Minuten zu früh nach Hause kommen konnte, denn diese Minuten waren nicht als Zeit in der Wohnung vorgesehen.

»Was wäre, wenn du zehn Minuten zu spät kommst?«, fragte Brandi. Meine Mutter stellte mir oft die gleiche Frage – alle taten das. »Glaubst du, die Welt stürzt ein, wenn du erst um vier nach neun durch die Tür gehst?«

Sie sagten es im Scherz, aber meine Antwort war Ja, genau das, glaubte ich, würde passieren. Die Welt würde einstürzen. An Abenden, an denen ein anderer Gast meinen Platz im Pfannkuchenhaus belegte, war ich am Boden zerstört. »Stimmt was nicht?«, fragte die Kellnerin, und ich war nicht einmal in der Lage, überhaupt etwas zu sagen.

Brandi war seit etwas über einen Monat Teil meines Zeitplans, als ich erstmals bemerkte, dass gewisse Dinge in meiner Wohnung fehlten – Radiergummis oder die kleinen Abrechnungsblöcke, die ich aus Griechenland mitgebracht hatte. Als ich in Schränken und Schubladen danach stöberte, entdeckte ich, dass noch andere Dinge fehlten, eine Schachtel Heftzwecken, ein Schlüsselanhänger in der Form einer Erdnuss.

»Ich weiß, wo die Sachen hin sind«, sagte meine Mutter. »Deine kleine Freundin ist über die Terrassentür eingestiegen und hat sie mitgehen lassen, während du im Pfannkuchenhaus warst. Genau das ist passiert, nicht wahr?«

Ich war wütend, dass sie so schnell dahinter gekommen war. Als ich Brandi zur Rede stellte, gab sie sofort alles zu. Es war, als hätte sie nur auf die Gelegenheit zu gestehen gewartet und ihr Geständnis sogar einstudiert. Die gestammelte Entschuldigung, das Flehen um Gnade. Sie hielt meine Hüften umklammert, und nachdem sie endlich losließ, fühlte ich mit der Hand über mein Hemd, das ich feucht von Tränen glaubte. Das war es aber nicht. Ich weiß nicht, was mich zu dem nächsten Schritt veranlasste, das heißt, doch, ich kann es mir zumindest denken. Es hatte alles mit meinem lächerlichen Plan zu tun, ein gutes Beispiel zu geben. »Du weißt, was wir jetzt tun müssen, nicht wahr?« Ich klang entschlossen und gerecht, bis ich an die Folgen dachte und mein Entschluss ins Wanken geriet. »Wir müssen jetzt rüber ... und deiner Mutter sagen, was du *getan* hast!«

Halb hatte ich gehofft, Brandi würde mir die Sache ausreden, aber sie zuckte nur mit den Schultern.

»Das kann ich mir denken«, sagte meine Mutter. »Ich meine, genauso gut hättest du mit ihr zu ihrer Katze gehen können. Hast du etwa erwartet, die Mutter würde für sie ein Tuch mit den Zehn Geboten sticken? Wach auf, Blödmann, die Frau ist eine Nutte.«

Natürlich hatte sie Recht. Brandis Mutter hörte mir mit vor der Brust verschränkten Armen zu, ein gutes Zeichen, bis mir aufging, dass ihr Zorn sich gegen mich anstatt gegen ihre Tochter richtete. In der hinteren Ecke des Zimmers reinigte sich ein langhaariger Mann mit einer Schere die Fingernägel. Er blickte kurz zu mir herüber und wandte seine Aufmerksamkeit dann wieder dem Fernseher zu.

»Sie hat also einen Radiergummi genommen?«, sagte Brandis Mutter. »Und was soll ich jetzt bitte schön tun? Eins-eins-null anrufen?« Sie sagte das in einem beängstigend gleichgültigen Ton.

»Ich dachte nur, Sie sollten wissen, was passiert ist«, sagte ich.

»Na prima. Jetzt weiß ich's.«

Ich ging zurück in meine Wohnung und horchte an der Wand im Schlafzimmer. »Wer war das?«, fragte der Typ.

»Ach, nur so ein Arschloch«, sagte Brandis Mutter.

Danach kühlte unser Verhältnis merklich ab. Ich konnte Brandi den Einstieg in mein Apartment verzeihen, aber nicht ihrer Mutter. *Nur so ein Arschloch.* Ich wollte zu der Bar fahren, wo sie arbeitete, und sie abfackeln. Wenn ich über die Geschichte sprach, hörte ich mich Sätze sagen, die ich offenbar aus dem Radio aufgeschnappt hatte. »Kinder *wollen* Grenzen«, sagte ich. »Sie *brauchen* sie.« Für mich klang das sehr vage, aber alle anderen schienen dem zuzustimmen, ganz besonders meine Mutter, die vorschlug, in diesem besonderen Fall könnte eine anderthalb mal drei Meter große Zelle weiterhelfen. Noch gab sie nicht mir allein die Schuld, und es tat gut, mit ihr darüber zu reden und mich am wohligen Feuer ihrer Wut zu wärmen.

Als Brandi das nächste Mal an der Tür klopfte, tat ich so, als sei ich nicht da – ein Trick, auf den niemand hereinfiel. Sie rief meinen Namen, erkannte, was gespielt wurde, und setzte sich zu Hause vor den Fernseher. Ich hatte nicht vor, ewig zu schmollen. Ein paar Wochen Funkstille, so stellte ich mir vor, und wir könnten da weitermachen, wo wir aufgehört hatten. In der Zwischenzeit begegnete ich ihr ein paar Mal vor dem Haus. Sie stand einfach nur da, als warte sie auf jemanden, der sie abholen kam. »Hallo, wie geht's?«, fragte ich, erntete dafür aber nur ein dünnes, verkniffenes Lächeln, so wie man einen verhassten Menschen anlächelt, der an einem vorbeiläuft und den Hintern voller Schokoladenflecken hat.

In den besseren Tagen unseres Viertels war das Haus, in dem wir wohnten, ein Einfamilienhaus gewesen, und manchmal stellte ich mir vor, wie es früher ausgesehen hatte, mit hohen Räumen und Kronleuchtern, ein imponierender Haushalt, der von einer Schar Mägde und Kutscher in Gang gehalten wurde. Eines Nachmittags brachte ich den Müll nach unten und stieß dabei auf einen Raum, der einmal der Kohlenkeller gewesen war, ein finsteres, halbhohes Loch, in dem jetzt Dachziegel und schimmelige

Pappkartons standen. Auf dem Boden lagen durchgebrannte Sicherungen und aufgerollte Elektrokabel, und ganz hinten entdeckte ich einen Stapel mit Dingen, die mir gehörten und deren Fehlen ich noch gar nicht bemerkt hatte – Fotos, zum Beispiel, und Dias von meinen missratenen Grafiken. Die Feuchtigkeit hatte die Hüllen aufgeweicht, und als ich mich rückwärts aus dem Keller zwängte und die Dias gegen das Licht hielt, sah ich, dass die Bilder zerkratzt waren, nicht zufällig, sondern absichtlich mit einer Nadel oder einer Rasierklinge. »Du bis ein Asloch«, stand auf einem. »Lutz mein Swanz.« Die Wörter waren voller Fehler, und die wirre, ungestüme Schrift bildete irre Muster, wie man sie von Geisteskranken kennt, die nicht wissen, wann man aufhören muss. Es war genau der Effekt, nach dem ich mit meiner seichten, nachgemachten Volkskunst gesucht hatte, sodass ich mich nicht nur geschändet fühlte, sondern auch neidisch war. Ich meine, dieses Mädchen war durch und durch authentisch.

Es gab seitenweise Dias mit gehässigen Botschaften. Auch die Fotos waren ruiniert. Auf einem war ich als Kleinkind zu sehen, das Wort »Drekksak« auf die Stirn geritzt. Ein anderes zeigte meine frisch verheiratete Mutter beim Krabbenfischen und mit ausgestochenen Augen. Auf dem Stapel auf dem Boden fanden sich auch die vielen kleinen Geschenke, die sie mit vorgespielter Dankbarkeit angenommen hatte, die Umschläge und Postkarten und sogar das Päcken mit Papiertüchern, alles systematisch zerstört.

Ich packte alles zusammen und lief damit direkt zu Brandis Mutter. Es war zwei Uhr nachmittags, und sie trug eine dieser hüftlangen Jacken, die Judokämpfer anhaben. Für sie war es Vormittag, und sie trank Cola aus einem großen Becherglas.

»Scheiße«, sagte sie. »Hatten wir das nicht schon?«

»Leider nein.« Meine Stimme war höher und zittriger als sonst. »*Wir* hatten das noch nicht.«

Ich hatte mich immer als Außenseiter in der Nachbarschaft gesehen, als eine Art Missionar unter Wilden, aber mich schnaubend und mit spinnwebenverklebten Haaren vor einer fremden Tür zu sehen, ließ in mir den schrecklichen Verdacht aufkommen, ich könnte genau hierher gehören.

Brandis Mutter schielte auf den schmierigen Packen in meiner Hand und verzog die Stirn, als wollte ich ihr irgendwelchen Kram an der Tür verkaufen. »Wissen Sie, was?«, sagte sie. »Im Moment kann ich nichts gebrauchen. Ach was, ich kann's überhaupt nicht gebrauchen. Basta. Glauben Sie, ein Kind zu haben ist leicht für mich? Ich habe niemanden, der mir hilft, keinen Ehemann und keine Tagesmutter oder sonst wen, ich bin ganz allein, verstehen Sie?«

Ich versuchte das Gespräch auf das eigentliche Thema zurückzulenken, aber für Brandis Mutter gab es nur ein Thema: Alles drehte sich um sie. »Ich arbeite meine Stunden und schiebe auch noch Schichten für die saublöde Kathy Cornelius, und an meinem einzigen freien Tag soll ich mir von einer Schwuchtel irgendwelchen Scheiß anhören, von dem ich nicht einmal *weiß*? Sicher nicht. Heute jedenfalls nicht, also suchen Sie sich jemand anderen, bei dem Sie Ihren Müll abladen können.«

Sie knallte mir die Tür vor der Nase zu, und ich stand im Flur und dachte nur: *Wer ist Kathy Cornelius? Was ist da gerade passiert?*

In den kommenden Tagen spielte ich unsere Unterhaltung wieder und wieder im Kopf durch und dachte mir

129

immer neue bissige und kluge Antworten aus, wie etwa: »Augenblick mal, *ich* habe mir kein Kind angeschafft.« Oder: »Ist es vielleicht *mein* Problem, dass Sie die Schichten für die saublöde Kathy Cornelius schieben müssen?«

»Das hätte auch nichts gebracht«, sagte meine Mutter. »Eine Frau wie die sieht sich immer als Opfer. Alle sind gegen sie, komme, was wolle.«

Ich war so wütend und aufgebracht, dass ich vorübergehend zu meinen Eltern ans andere Ende der Stadt zog. Jeden Tag fuhr meine Mutter mich zur festgesetzten Zeit zum Pfannkuchenhaus, aber es war nicht dasselbe. Auf dem Fahrrad konnte ich meinen Gedanken hinterherhängen, doch jetzt musste ich mir auf dem Hinweg wie auf dem Rückweg ihre ständigen Belehrungen anhören. »Was hast du dir davon versprochen, das Mädchen in deine Wohnung zu lassen? Komm mir jetzt nicht mit dem Spruch, du wolltest ihr Leben bereichern, ich habe gerade gegessen.« Ich bekam es an diesem Abend zu hören und am nächsten Morgen gleich noch einmal. »Soll ich dich zurück zu deiner Baracke fahren?«, fragte sie, aber ich war so wütend auf sie, dass ich lieber den Bus nahm.

Ich hatte gedacht, schlimmer könnte es nicht kommen, bis zu jenem Abend. Ich kam gerade aus dem Pfannkuchenhaus zurück und stand auf dem Treppenabsatz vor Brandis Tür, als ich sie »Schwuchtel« flüstern hörte. Sie hielt ihren Mund vor das Schlüsselloch, und ihre Stimme klang dünn und melodisch. Genau so hatte ich mir immer die Stimme einer Motte vorgestellt. »Schwuchtel. Was ist los? Traurig, wie?«

Sie lachte, während ich eilig in meiner Wohnung verschwand, dann rannte sie auf die Veranda und setzte ihr Programm durch die Schlafzimmertür fort: »Kleine

130

Schwuchtel, kleiner Aufschneider. Du hältst dich ja für so schlau, dabei bist du saublöd.«

»Das war's dann«, sagte meine Mutter. »Du musst da weg.« Kein Wort davon, zur Polizei oder zur Fürsorge zu gehen, nur: »Pack deine Sachen. Sie hat gewonnen.«

»Aber kann ich nicht …«

»Nichts da«, sagte meine Mutter. »Du hast sie da reingezogen, und jetzt gibt es kein Zurück. Sie braucht nur zur Polizei zu gehen und zu sagen, du hättest sie belästigt. Willst du das? Ein kurzer Anruf, und dein Leben ist ruiniert.«

»Aber ich habe überhaupt nichts gemacht. Vergiss nicht, ich bin schwul.«

»Das wird dich auch nicht retten«, sagte sie. »Wem, meinst du, werden sie wohl glauben, wenn es hart auf hart kommt, einem neunjährigen Mädchen oder einem erwachsenen Mann, der sich daran hochzieht, kleine Monster aus Balsaholz zu schnitzen?«

»Das sind keine kleinen Monster!«, brüllte ich. »Das sind Werkzeugmännchen!«

»Wo ist da der große Unterschied? In den Augen der Richter bist du ein Geistesgestörter mit einem Messer, der im Pfannkuchenhaus rumlungert und eine verdammte Stoppuhr anstarrt. Steck dieses Mädchen in etwas anderes als ein Röhrentop, schick sie in den Zeugenstand und lass sie sich die Augen ausheulen – was glaubst du, was passiert? Und wenn dann noch die Mutter aufläuft und ihre Show abzieht, hast du ein Strafverfahren *und* eine Zivilklage am Hals.«

»Du siehst zu viel fern.«

»Weniger als die«, sagte sie, »das garantier ich dir. Glaubst du, diese Leute könnten das Geld nicht riechen?«

»Aber ich hab keins.«

»Die sind auch nicht hinter deinem Geld her«, sagte sie, »sondern hinter meinem.«

»Du meinst Dads!« Ich hatte ihr die Sache mit den »kleinen Monstern« nicht verziehen und wollte ihr wehtun, aber es funktionierte nicht.

»Ich meine *unser* Geld«, sagte sie. »Denk nicht, ich wüsste nicht, wie so was läuft. Ich bin nicht als gemachte Frau mit einer hübschen Handtasche und einem anständigen Paar Schuhe zur Welt gekommen. Mein Gott, was du alles nicht weißt. Mein *Gott*.«

Meine neue Wohnung lag acht Häuserblocks entfernt, direkt gegenüber der ersten episkopalen Kirche unserer Stadt. Meine Mutter bezahlte die Kaution und die erste Monatsmiete und kam mit ihrem Pritschenwagen, um mir beim Einpacken und beim Transport zu helfen. Als sie mit einer Kiste meiner federleichten Balsaholzskulpturen über den Flur ging, die Haare unter einem bunten Tuch versteckt, fragte ich mich, was Brandi, die uns garantiert durchs Schlüsselloch beobachtete, von ihr denken mochte. Was würde sie in ihr sehen? Das Wort *Mutter* kam nicht infrage, da ich nicht glaube, dass sie dessen Bedeutung wirklich verstand. Eine Person, die einen auf seinem Weg behütet und einem in der Not zu Hilfe kommt – wie würde sie so etwas nennen? Eine Königin? Eine Stütze? Eine Lehrerin?

Ich hörte ein Geräusch hinter der Tür und dann eine leise Mottenstimme. »Miststück«, flüsterte Brandi.

Ich huschte zurück in die Wohnung, aber meine Mutter blieb nicht einmal stehen. »Mädchen«, sagte sie, »du solltest mich erst einmal richtig kennen lernen.«

Blutsbande

Viele Jahre lang reinigte ich Apartments in New York, was kein schlechter Weg ist, sich seinen Lebensunterhalt zu finanzieren. Mein Boss leitete eine kleine Agentur und vermittelte Putzkräfte für fünfzehn Dollar die Stunde, von denen fünf Dollar an ihn und zehn an den Angestellten gingen. Alleine konnte man mehr verdienen, aber mir war es lieber, einen Vermittler zu haben, der sich um die Dienstpläne kümmerte und gelegentlich den Kopf hinhielt. Ging etwas kaputt, sorgte der Boss für Ersatz, und wurde etwas gestohlen oder behauptet, einer der Angestellten habe gestohlen, trat der Boss zu unserer Verteidigung an. Abgesehen von der Praxis eines Chiropraktikers putzte ich ausschließlich in Privatwohnungen, Apartments oder Lofts, entweder einmal die Woche oder auch alle zwei Wochen. Die Besitzer waren meistens bei der Arbeit, und wenn sie doch einmal zu Hause waren, versuchten sie sich so unauffällig wie möglich zu verhalten, als wäre es meine Wohnung und sie nur die Gäste.

Einer meiner Kunden war Mitte sechzig und arbeitete als Gutachter bei einer Versicherung. Ich sah ihn das erste Mal, nachdem ich bereits seit über einem Jahr seine Wohnung putzte und er sich zu Hause von einer Operation erholte. Er hatte irgendwas mit dem Herzen und kam zu mir, als ich gerade den Kühlschrank auswischte. »Ich will Sie nicht belästigen«, sagte er, »aber ich möchte mich etwas hinlegen. Ich habe mir den Wecker gestellt, aber sollte ich aus irgendeinem Grund nicht wach werden, könnten Sie dies in meinen After einführen?« Er reichte mir einen Plastikhandschuh und ein durchsichtiges Zäpfchen mit einer bernsteinfarbenen Flüssigkeit.

»Wenn Sie bis wann nicht wach sind?«, fragte ich.

»Ach, sagen wir drei Uhr.«

Er ging in sein Schlafzimmer, und ich begann mir Gedanken zu machen, was ich tun würde, sollte er vom Wecker nicht wach werden. Was war schlimmer, einem Fremden ein Zäpfchen in den After zu schieben oder sich verantwortlich dafür zu fühlen, wenn sein Herz zu schlagen aufhörte? Wie bei den meisten Dingen, hing es ganz von der Person ab. Der Mann hatte sich nie bei meinem Boss über mich beschwert, und er war so vorausschauend gewesen, mir einen Plastikhandschuh zu geben, warum also sollte ich ihm den Gefallen nicht tun?

Um drei ging der Wecker, doch gerade als ich meinen ganzen Mut zusammennehmen wollte, kam der Gutachter erfrischt und mit neuem Schwung für den Nachmittag aus dem Schlafzimmer. In der folgenden Woche war er wieder bei der Arbeit, und obwohl ich noch zwei weitere Jahre sein Apartment putzte, sahen wir uns nie wieder.

Mein Boss war entsetzt, als ich ihm die Geschichte erzählte, doch mir erschien sie rückblickend wie ein Abenteuer. Es war ziemlich langweilig, den ganzen Tag allein zu sein, deshalb bat ich ihn um mehr Aufträge bei Kunden, die tagsüber zu Hause waren. Oft handelte es sich dabei um einmalige Angelegenheiten. Der Wohnungsbesitzer hatte eine besonders wüste Party geschmissen oder die

Handwerker im Haus gehabt und brauchte nun jemanden, der den ganzen Dreck wegmachte. Einmal war ich in der Wohnung eines früheren Playmates, die Hilfe beim Umräumen ihrer Schränke brauchte. Wir kamen miteinander ins Gespräch, und sie zeigte mir Fotos ihrer drei Exehemänner und erklärte, das Motto ihrer Familie laute: *Eat, drink and remarry.*

»Der ist uralt«, sagte mein Boss, aber für mich war der Spruch neu.

Im Dezember 1992 wurde eine Kurzgeschichte von mir im Radio gesendet, und sechs Monate später brachte die *New York Times* einen kleinen Artikel unter der Überschrift: DER FENSTERPUTZER AUS DEM RADIO. Er erschien in der Sonntagsausgabe, und gegen zehn hatte ich die ersten Leute am Telefon, die mich fürs Putzen engagieren wollten. Viele Anrufer wollten allerdings nur, dass ich über Dinge berichtete, die sie für bedeutend oder ungerecht hielten: diskriminierende Einstellungspraktiken, Geheimtreffen des Firmenvorstands, ein umstrittener medizinischer Durchbruch, der von den Großen an der Spitze unterdrückt wurde. »Das ist nicht mein Gebiet«, erklärte ich, aber sie blieben hartnäckig und bearbeiteten mich mit so genannten »Nummern wichtiger Kontaktpersonen«, die immer nur flüsternd weitergegeben wurden, als lauerten überall Spione.

Wenn Leute sich privat bei mir meldeten, bat ich sie, in der Firma anzurufen und mit dem Boss einen Termin zu vereinbaren. Dadurch bewies ich meine Loyalität und hielt mir die offensichtlichen Härtefälle vom Hals, die sich beschwerten, Opfer einer groß angelegten Verschwörung zu sein. Einen Monat nach Erscheinen des Artikels fuhr mein Boss in die Ferien, und kurz darauf rief ein Fremder an und fragte, ob ich noch einen Termin am Wochenende frei hätte. Er gab mir seinen Namen, Martin, und eine Adresse auf der Achtzigsten East. Ich schlug Sonntag um zwei vor und hatte gerade aufgelegt, als er noch einmal anrief. »Zwei Uhr morgens oder zwei Uhr nachmittags?«, fragte er.

»Nachmittags«, sagte ich.

Später ging mir auf, dass dies das erste Alarmzeichen war.

Die Upper East Side ist an Sommerwochenenden wie ausgestorben, und auf dem Weg von der U-Bahn-Station in Richtung Norden begegneten mir nicht mehr als ein Dutzend Leute. Martin wohnte im fünfzehnten Stock eines Hochhausneubaus. Der Wachmann kündigte mich an, und als ich aus dem Aufzug trat, sah ich eine Wohnungstür aufgehen und einen Mann seinen Kopf in den Flur stecken. Er schien Mitte vierzig zu sein, war untersetzt, hatte ein rundes, sonnenverbranntes Gesicht und fettige, strohblonde Haare, so fein wie die eines Säuglings. Schweißringe hatten sich unter den Achseln seines T-Shirts gebildet, das sich eng um den Bauch spannte und ein Segelboot in stürmischer See zeigte. »Habe ich mit Ihnen telefoniert?«, fragte er.

Über meine Bestätigung schien er leicht enttäuscht, als seien Leute wie ich das Los seines Lebens, doch dann klopfte er mir auf die Schulter und stellte sich vor.

Ich hatte gedacht, Martin sei gerade von irgendeinem Fitnesstraining nach Hause gekommen, aber als ich seine Wohnung betrat, begriff ich, dass der Schweiß aus den eigenen vier Wänden stammte. Draußen herrschten

Temperaturen knapp über dreißig Grad, aber in seinem Wohnzimmer war es noch mal gut fünf Grad wärmer. »Hier drinnen ist es wie im Pizzaofen«, sagte er, allerdings nicht im Ton einer Entschuldigung, sondern als sei er stolz darauf. Ich blickte auf die Klimaanlage, die ausgestöpselt mitten im Zimmer auf dem Boden lag, und auf die Reihe geschlossener Fenster, durch die man auf den Wohnturm nebenan sah.

»Wenn Ihnen heiß ist, können Sie natürlich …« Er schob die Hände in die Taschen seiner Shorts und blickte auf seine nackten Füße herab. »Sie können natürlich … na, Sie wissen schon.«

Ich dachte, er meinte, ich könnte wieder gehen, aber das schien mir dumm, wo ich doch schon einmal da war. »Schon gut«, sagte ich. »Ich habe auch keine Klimaanlage zu Hause.«

»Oh, ich *habe* ja eine«, sagte er. »Ich benutze sie nur nicht.«

»Richtig.«

»Die gehörte zum Apartment.«

»Wie schön.«

»Schön, wenn man auf Klimaanlagen steht.«

»Was Sie nicht tun«, sagte ich.

»Nein«, sagte er, »ganz und gar nicht.«

Normalerweise zeigte ein Kunde einem nach ein oder zwei Minuten Smalltalk den Staubsauger und verdünnisierte sich. Martin starrte weiter auf seine Füße, und ich begriff, dass, wenn ich je hier fertig werden wollte, ich die Initiative ergreifen müsste. »Wenn es Ihnen nichts ausmacht, fange ich mit der Küche an«, sagte ich.

»Wo immer Sie wollen.« Er ging nach nebenan und lehnte gegen den Türrahmen, als ich hinterherkam. Man sah gleich, dass der Typ nicht selbst kochte. Der Herd sah aus wie geleckt, und auf der Küchenplatte stand nichts außer einer Kaffeemaschine.

»Normalerweise bin ich an Wochenenden nicht hier«, erklärte er. »Jedenfalls nicht im Sommer.«

Ich suchte unter der Spüle nach den Putzutensilien. »Ach, ja?«

»Freitags nehme ich gleich den ersten Bus nach Fire Island«, sagte er. »Waren Sie schon mal da? Auf FIRE ISLAND?«

Er sagte *Fire Island* so, als sei es ein geheimer Code, das Signalwort, um ihm den Mikrofilm zuzustecken. Ich erklärte ihm, ich sei noch nie dort gewesen, und er setzte sich auf die Küchenplatte. »Sie waren tatsächlich noch nie auf FIRE ISLAND?«, fragte er. »Ich dachte, *jeder* war schon mal da.«

»Jeder außer mir.« Ich öffnete den Kühlschrank, der bis auf eine Dose Cola Light und Dutzende von kleinen Fläschchen mit irgendeiner klaren Flüssigkeit leer war. Hätte man mich gefragt, hätte ich auf ein Medikament zur Behandlung irgendeiner psychischen Störung getippt. Unterdessen ließ er mit seiner Fire-Island-Geschichte nicht locker.

»Ich kann Ihnen gerne Informationsmaterial geben«, sagte er, und bevor ich ablehnen konnte, hatte er eine Schublade aufgezogen und drückte mir einen Prospekt in die Hand. Auf dem Umschlag waren ein Dutzend kerniger Männer zu sehen, die sich an Bord eines Ausflugsbootes vergnügten. Alle hatten nackte Oberkörper, und einige trugen nichts weiter als einen Stringtanga. Mir war klar, dass er einen Kommentar von mir erwartete, doch stattdessen zeigte ich auf eine winzige Figur, die im Hintergrund am Ufer stand. »Ist das ein Angler?«, fragte ich.

»Kann sein«, sagte Martin. »Aber das ist nicht die Hauptsache auf FIRE ISLAND.«

Ich gab ihm die Broschüre zurück. »Mir fehlt die Geduld zum Angeln. Krabbenfischen mit dem Netz, das schon eher. Sagen Sie, haben Sie Geschwister?«

Der plötzliche Themenwechsel schien ihn aus dem Konzept zu bringen. »Eine Schwester. Drüben in New Jersey. Aber auf FIRE ISLAND, wissen Sie, da …«

»Und was ist mit Ihren Eltern?«

»Mein Vater starb vor ein paar Jahren«, sagte er. »Aber meine Mutter ist noch da.«

Er schien nicht sonderlich daran interessiert, über seine Familie zu reden, also hakte ich nach, in der Hoffnung, ihn zu vertreiben und meine Ruhe zu haben.

»Wen mag Ihre Mutter lieber, Sie oder Ihre Schwester?«

»Keine Ahnung«, sagte er. »Warum fragen Sie?«

»Nur aus Neugierde. Nehmen Sie sie manchmal mit nach Fire Island?«

»Nein.«

»Na ja, auch gut«, sagte ich.

Martin steckte die Broschüre in die Schublade und zog sich ins Wohnzimmer zurück. Er schaltete den Fernseher ein und zappte durch die Programme.

Nachdem ich ihn los war, hatte ich die Küche im Handumdrehen fertig. Danach kamen das Bad und das Schlafzimmer an die Reihe, das muffig und unaufgeräumt war und noch heißer als der Rest der Wohnung. Auf der Kommode lagen Wäschestapel und schwule Pornomagazine, wobei die abwechselnden Schichten von Hemden und Magazinen mich an Schaubilder der Erdkruste

139

erinnerten. Auf dem zerwühlten Bett lagen fünf Laken übereinander, und während ich mir noch den Kopf darüber zerbrach, kam Martin ins Zimmer und setzte sich auf einen Klappstuhl. Die Unterhaltung in der Küche hatte er abgehakt und schien es noch mal von vorne versuchen zu wollen. »Oh, das sieht ja nach richtig harter Arbeit aus.«

»Wie können Sie mit fünf Laken gleichzeitig schlafen?«

»Nun«, sagte er. »Ich habe Diabetes. Mir wird schnell kalt.«

Ich hatte davon noch nie gehört. »Frieren alle Diabetiker im Sommer?«

»Da müssen Sie sie schon selbst fragen.« Er griff in eine offene Schublade und zog ein Plastikgerät in der Größe eines Walkmans heraus. »Ich habe eine Idee«, sagte er. »Was halten Sie davon, wenn wir Ihren Blutzucker testen!«

»Jetzt?«

»Klar«, sagte er. »Warum nicht?«

Ich hätte ihm ein Dutzend Gründe nennen können.

»Ich pikse bloß Ihren Finger, wische das Blut mit einem Papierstreifen ab und stecke ihn in das Gerät. Na, was sagen Sie?«

»Lieber nicht.«

»Die Nadeln sind einzeln verpackt«, sagte er. »Absolut steril. Sie brauchen keine Angst zu haben, dass Sie sich etwas holen.«

»Vielen Dank für das Angebot, aber ich verzichte lieber.«

Ich wollte das Bett machen und griff nach dem Kopfkissen, als er mein Handgelenk packte und mir die Nadel in den Finger stieß. »Erwischt!«, sagte er. Ein kleiner Blutstropfen bildete sich auf der Kuppe meines Zeigefin-

140

gers, und schon war er mit einem schmalen Papierstreifen zur Stelle, um ihn abzuwischen. »Jetzt stecken wir das hier rein … und warten ein paar Sekunden.«

Die gute Nachricht war, dass mein Blutzucker einen ganz normalen Wert hatte. »Sie können sich glücklich schätzen«, sagte Martin. »Meiner ist völlig von der Rolle.« Er zeigte mir eine Narbe mitten auf dem Kopf und erklärte mir, wie er vor einigen Monaten auf dem Boden im Wohnzimmer aufgewacht sei und in einer dicken Blutlache gelegen habe. »Totaler Blackout«, sagte er. »Ich muss beim Sturz auf den Glastisch geknallt sein.« Im Jahr davor war er auf der Straße bewusstlos geworden und hatte eine Nacht im Rinnstein gelegen. »Bei meinem Zustand ist mit allem zu rechnen«, sagte er.

Die Botschaft des Satzes lautete, dass er für sein Verhalten nicht verantwortlich war. Keine sehr beruhigende Nachricht, aber ich blieb trotzdem, nicht aus Mitleid, sondern weil ich nicht wusste, wie ich mich verabschieden sollte. Es hätte seltsam ausgesehen – seltsamer zumindest, als zu bleiben –, und obwohl ich ernstlich darüber nachdachte, fiel mir keine passable Ausrede ein. Außerdem wurde ich den Gedanken nicht los, dass ich den Bluttest in gewisser Weise *verdient* hatte. Ich hatte ihn gefragt, wen seine Mutter mehr liebe, ihn oder seine Schwester. Ich war mir clever vorgekommen und stolz auf meine Fähigkeit, Leute zu vergraulen, und das war die gerechte Strafe dafür. In meinen Augen waren wir jetzt quitt.

Nachdem ich mit dem Schlafzimmer fertig war, gingen wir hinüber ins Wohnzimmer, Martin immer zwei Schritte hinter mir. Ich legte verstreute Zeitungen und Magazine auf einen Stapel und machte mich daran, den Fernseher

141

abzustauben, als Martin sich auf die Couch fallen ließ und per Fernbedienung ein Pornovideo startete. Es war eine Militärgeschichte. Ein aufmüpfiger Gefreiter hatte die Stiefel seines Sergeanten nicht vernünftig gewichst und erwartete dafür eine harte Bestrafung. »Kennen Sie den?«, fragte Martin. Ich erklärte ihm, ich hätte keinen Videorekorder, und wandte mich rasch ab, als er seine Shorts auszog.

Mein großes Vorbild als Putzkraft war eine Frau namens Lena Payne, die Ende der sechziger Jahre bei uns arbeitete. Wenn ich von der Schule nach Hause kam, sah ich andächtig zu, wie sie auf den Knien den Küchenboden schrubbte. »Nehmen Sie einen Mopp«, sagte meine Mutter, »so wie ich«, woraufhin Lena beschämt den Kopf senkte. Sie wusste Dinge, die meine Mutter nicht wusste. Entweder man will einen sauberen Fußboden, oder man will mit dem Mopp putzen, aber beides zusammen geht nicht. Ob es ums Bügeln oder um die Bestrafung der Kinder ging, Lena wusste alles am besten, und so wurde sie für unseren Haushalt unentbehrlich. Wie sie wollte auch ich das Kommando über einen Haushalt führen und Leuten das Gefühl geben, träge und verzogen zu sein, ohne es je laut sagen zu müssen. »Hattet ihr nicht *gestern* erst Kartoffelchips?«, fragte sie und blickte vorwurfsvoll auf die Schüssel so groß wie eine Kesselpauke, die meine Schwestern und ich vor dem Fernseher stehen hatten. Indem sie so tat, als kämen uns die Kartoffelchips bereits zu den Ohren heraus, schmeckten sie plötzlich schal, und sie musste abends weniger Krümel vom Boden saugen. Sie war nicht nur helle, sondern auch eine Eins in ihrem Job. Ich himmelte sie an.

Als ich jetzt mit schweißtropfender Stirn in Martins Wohnzimmer stand, fragte ich mich, was Lena wohl gesagt hätte, wenn einer von uns sich die Hose heruntergezogen und zu einem Film mit dem Titel *Fort Dicks* masturbiert hätte. Wir hatten damals kein Video, aber wenn wir eins gehabt hätten, hätte sie vermutlich das Gleiche wie ich gesagt: »Ich habe keinen Videorekorder.« *Ich* hätte dann auf der Stelle aufgehört, aber Martin war offenbar anders verkabelt.

Ratsch, ratsch, ratsch. Ratsch, ratsch, ratsch. Martins Unterarm schlug im Takt gegen eine Zeitung, die neben ihm auf der Couch lag, und ich stellte den Staubsauger an, um das Geräusch zu übertönen. Ich wollte auf keinen Fall ihn oder den Bildschirm sehen, also starrte ich stur auf den Boden und bearbeitete immer die gleiche Stelle, bis mir die Schulter wehtat und ich auf die andere Hand wechselte. *Tu einfach so, als wäre nichts,* redete ich mir ein, aber dies war etwas anderes, als einen Musiker in der U-Bahn oder einen Verrückten an der Theke im Diner zu ignorieren. Wie der Husten eines Kranken verbreiteten Martins Anstrengungen Keime, einen schwächenden Schambazillus, der durch den Raum schwirrte und nach einem neuen Wirt suchte. Wie schrecklich ist es, danebengelegen zu haben, sich vorgewagt und ein Angebot gemacht zu haben, das nicht erwidert wird. Ich musste an die barbusige Hausfrau denken, die einem schwulen UPS-Boten öffnet, an die unzähligen Artikel, die einen dazu auffordern, den Partner zu überraschen und den Nachtisch nackt zu servieren oder einen spontanen Striptease hinzulegen. Nie steht dabei, was man machen soll, wenn der andere aus dem Zimmer geht oder einen mit einem Blick voller Abscheu und Mitleid ansieht, bei dem einem zehn, zwanzig, fünfzig Jahre danach immer noch heiß wird, wenn man nur daran denkt. Ich hatte darin einige Erfahrung, und Martins trübsinnige, verbohrte Vorführung spülte alles wieder hoch. Ich musste an das eine Mal denken, als … Und dann war da …

Ratsch, ratsch, ratsch. Ratsch, ratsch, ratsch.

Sein Masturbieren diente inzwischen mehr dem Beweis der eigenen Ausdauer als dem Lustgewinn. Natürlich hätte er auch aufhören können, verdammt noch mal, aber schließlich gehörte er zu den Leuten, die eine Sache bis zum bitteren Ende durchziehen, ob es nun darum ging, sich vor einem Fremden zum Idioten zu machen oder bei jemandem das Wohnzimmer zu saugen. *Das schaff ich schon,* denkt man. *Das schaff ich schon.* Zuletzt schaffte er es tatsächlich und kam mit einem freudlosen, lang gezogenen Stöhnen. Die Zeitung hörte auf zu rascheln, das Video wurde ausgeschaltet, und Martin verzog sich ins Schlafzimmer, nachdem er zuvor seine Hose wieder hochgezogen hatte. Ich ging davon aus, ihn nicht noch einmal zu sehen, und war deshalb überrascht, als er kurz darauf mit einem Bündel Scheine in der Hand zurückkam.

»Sie können jetzt Schluss machen«, sagte er.

»Aber ich bin noch nicht fertig.«

»Ich denke schon«, sagte er. Dann trat er auf mich zu und blätterte mir nacheinander die Geldscheine in die Hand. »Zwanzig, vierzig, sechzig, achtzig …« Er zählte ruhig und mit einer anderen Stimme als in den vergangenen zwei Stunden. Sie war höher und weniger drängend, und es war auch etwas von Erleichterung zu spüren, als hätte er sich die ganze Zeit zu einer Rolle gezwungen. »Einhundertzehn, einhundertzwanzig …« Er zählte bis zweihundert, das Sechsfache meines normalen Verdienstes. »Stimmt so, oder?«, fragte er, und noch ehe ich etwas sagen konnte, legte er noch einmal dreißig Dollar Trinkgeld drauf.

»Darf ich Sie mal etwas fragen?«, sagte ich.

Wenn ich die Geschichte nachher jemandem erzählte, war es immer der folgende Teil, der mir die größten Schwierigkeiten bereitete, einmal, weil er so unwahrscheinlich klang, aber mehr noch, weil er nach der Blutprobe und den fünf übereinander liegenden Laken einfach zu viel war. Ich ging davon aus, dass Martin durch die *New York Times* auf mich aufmerksam geworden war, und so war es auch. Er hatte den Artikel gelesen, meinen Namen auf einen Zettel notiert und meine Nummer aus dem Telefonbuch herausgesucht. Anscheinend hatte er aber auch die Nummer einer Nacktputzagentur notiert, die er in den Anzeigenseiten eines Pornomagazins entdeckt hatte. Irgendwie waren die Namen und Nummern durcheinander geraten, und er hatte mich in dem Glauben angerufen, ich sei die heiße Adresse. Ich denke, so was kommt vor, aber spätestens, als er mich sah, hätte er seinen Fehler bemerken müssen. Ich habe noch nie mit einer Nacktputzagentur zu tun gehabt, aber irgendetwas sagt mir, dass deren Mitarbeiter eher für ihre körperlichen Vorzüge als für ihre Staubsaugerkünste angeheuert werden. Irgendetwas sagt mir, dass sie nur sehr oberflächlich putzen.

Wochenlang fragte ich mich, warum Martin das Spiel mitgespielt hatte. In seiner wachsenden Ungeduld hätte er mir nur geradeheraus sagen müssen, was er wollte, doch dazu hätte es eines anderen Temperaments bedurft, einer Direktheit, die weder er noch ich hatten. Im Lexikon der Anspielungen bedeutet »FIRE ISLAND« »Lass uns gemeinsam masturbieren«, während »Wen mag deine

145

Mutter lieber?« mit »Ich möchte die Küche gerne alleine putzen« zu übersetzen ist. »Ich habe keinen Videorekorder« heißt »Ihr Verhalten verunsichert mich«, und »Sie können natürlich ... na, sie wissen schon« meint »Ich denke, Sie können sich jetzt ausziehen«. »Was halten Sie davon, wenn wir Ihren Blutzucker testen?«, war einfach nur dummes Geschwätz.

Nachdem ich meine Tasche genommen hatte, brachte Martin mich zur Tür. »Wir müssen das irgendwann einmal wieder machen«, sagte er, was bedeutete, dass wir uns nie wieder sehen würden.

»Von mir aus gerne«, sagte ich.

Er hielt mir seine warme, klebrige Hand hin, und in einer Geste von Kameradschaft nahm ich sie.

Das Ende einer Affäre

An einem Sommerabend in Paris sahen Hugh und ich uns im Kino *Das Ende einer Affäre* an, Neil Jordans Verfilmung von Graham Greenes Roman. Ich hatte Mühe, die Augen offen zu halten, weil ich müde war und mich der Film nicht sonderlich fesselte. Hugh hatte Mühe, die Augen offen zu halten, weil sie beinahe komplett zugeschwollen waren. Er heulte von Anfang bis Ende, und als wir aus dem Kino kamen, war er vollständig ausgetrocknet. Ich fragte, ob er immer bei Komödien weine, und er warf mir vor, gefühlskalt zu sein, einen Vorwurf, den ich in gehässig abgemildert sehen möchte.

Rückblickend hätte ich besser von vornherein darauf verzichten sollen, mit Hugh in einen Liebesfilm zu gehen. Solche Filme sind immer gefährlich, da anders als beim Kampf gegen Aliens oder der geheimen Jagd nach einem Serienkiller die meisten Erwachsenen zu irgendeinem Zeitpunkt ihres Lebens schon einmal verliebt gewesen sind.

Das Thema ist weithin bekannt und ermuntert den Zuschauer zu einer Reihe ungesunder Vergleiche, die letztlich in der Frage gipfeln: »Warum kann es bei uns nicht so sein?« Es ist ein Fass, das man besser verschlossen halten sollte, und die anhaltende Popularität von Vampirepen und überdrehten Karatefilmen hat damit zu tun, dass die Leute genau das tun.

Das Ende einer Affäre ließ mich wie ein widerliches Ekelpaket erscheinen. Das unersättliche Paar wurde von Ralph Fiennes und Julianne Moore gespielt, die nichts anderes taten, als übereinander herzufallen. Ihre Liebe war verboten und zum Scheitern verurteilt, und selbst wenn rundherum die Bomben fielen, leuchteten ihre Gesichter. Der Film war ziemlich intellektuell, sodass ich einigermaßen überrascht war, als der Regisseur einen altbekannten Trick einsetzte, den man aus Fernsehfilmen unter der Woche kennt: Alles steht bestens, und dann muss einer der Hauptdarsteller husten oder niesen, was bedeutet, dass er oder sie innerhalb der nächsten zwanzig Minuten sterben wird. Es wäre etwas anderes gewesen, wenn Julianne Moore plötzlich aus den Augen geblutet hätte, aber sie husten zu lassen war ziemlich billig. Hugh schossen sofort die Tränen in die Augen. Als ich daraufhin ebenfalls hustete, boxte er mich in die Schulter und sagte, ich solle ein paar Plätze weiter rücken. »Ich kann's nicht erwarten, bis sie stirbt«, flüsterte ich. Ich weiß nicht, ob es an ihrem blendenden Aussehen oder an ihrer Leidenschaft lag, jedenfalls regte mich irgendetwas an Julianne Moore und Ralph Fiennes fürchterlich auf.

Ich bin nicht so gefühllos, wie Hugh mir unterstellt, aber wenn man über zehn Jahre zusammen ist, ändert sich so einiges. Es gibt nur wenige Filme über langjährige Partnerschaften, und das aus gutem Grund: Unser Leben ist langweilig. Am Anfang hatte unsere Beziehung ihre besonderen Momente, doch inzwischen läuft der wenig überraschende Teil II, für den kein vernünftiger Mensch Geld ausgeben würde. (»Wow, sie machen ihre Stromrechnung auf!«) Hugh und ich sind jetzt so lange zusammen, dass wir handgreiflich werden müssen, um außerordentliche Leidenschaft zu erleben. Einmal schlug er mir mit einem zerbrochenen Weinglas auf den Hinterkopf, und ich sank zu Boden und tat so, als sei ich bewusstlos. Das war romantisch oder wäre romantisch gewesen, wenn er sich neben mich gekniet und mir geholfen hätte, anstatt über mich hinwegzusteigen und das Kehrblech zu holen.

Man mag mich für einfallslos halten, aber ich kann mir bis heute keinen anderen Menschen vorstellen, mit dem ich lieber zusammen wäre. An unseren schlimmsten Tagen sage ich mir, dass sich alles schon wieder einrenken wird. Ansonsten denke ich nicht viel über unsere Probleme nach. Keiner von uns würde seine Zuneigung je öffentlich zeigen – es ist einfach nicht unsere Art. Wir können unserer Liebe allenfalls durch Handpuppen Ausdruck verleihen, und wir setzen uns auch nie hin und diskutieren unsere Beziehung. Ich bin darüber sehr froh. Hugh war es auch, bis er diesen verdammten Film sah und daran erinnert wurde, dass ihm noch andere Möglichkeiten offen stehen.

Der Film war um zehn zu Ende, und anschließend gingen wir in ein kleines Café gegenüber vom Luxembourg. Ich wollte den Film so schnell wie möglich vergessen, aber Hugh stand noch ganz unter seinem Eindruck. Er machte ein Gesicht, als sei sein Leben nicht nur an ihm vorübergegangen, sondern habe vorher noch angehalten und ihm ins Gesicht gespuckt. Als der Kaffee kam, schniefte er in eine Serviette, und ich ermunterte ihn, die Dinge von der leichten Seite zu nehmen: »Hör zu«, sagte ich, »wir leben vielleicht nicht in London zu Kriegszeiten, aber was gelegentliche Bombendrohungen angeht, kommt Paris gleich an zweiter Stelle. Wir mögen beide gebratenen Speck und Countrymusic, was willst du mehr?«

Was er mehr wollte? Es war eine unglaublich dumme Frage, und als er keine Antwort gab, ging mir auf, wie groß mein Glück tatsächlich ist. Auf der Leinwand verfolgen sich die Liebenden durch dichten Nebel oder müssen aus brennenden Gebäuden fliehen, aber das ist etwas für Anfänger. Echte Liebe besteht darin, die Wahrheit für sich zu behalten, selbst dann, wenn man praktisch dazu aufgefordert wird, die Gefühle des anderen zu verletzen. Ich wollte etwas in dieser Richtung sagen, aber meine Handpuppen lagen zu Hause in der Schublade. Stattdessen rückte ich mit meinem Stuhl etwas näher, und wir saßen schweigend an unserem kleinen Tisch mitten auf dem Platz, für alle Welt das Bild eines sich liebenden Paares.

Sprich mir nach

Obwohl wir über meinen Besuch in Winston-Salem gesprochen hatten, hatten meine Schwester und ich noch keine genaue Verabredung getroffen, bis ich sie am Vorabend meiner Ankunft von einem Hotel in Salt Lake City aus anrief.

»Ich arbeite noch, wenn du ankommst«, sagte sie. »Der Schlüssel liegt unterm Umenopf interm aus.«

»Wo?«

»Unterm Umenopf.«

Ich dachte, sie hätte was im Mund, bis mir klar wurde, dass sie irgendeinen Code benutzte.

»Von wo rufst du an? Von der Freisprechanlage in einer Methadonklinik? Warum kannst du mir nicht einfach sagen, wo du den verdammten Schlüssel deponiert hast?«

Sie dämpfte ihre Stimme zu einem leisen Flüstern. »Ich weiß nicht, ob ich diesen Dingern trauen kann.«

»Sprichst du über ein Mobiltelefon?«

»Natürlich nicht«, sagte sie. »Es ist ein ganz normales schnurloses Telefon, aber man kann nie vorsichtig genug sein.«

Nachdem ich ihr versichert hatte, sie müsse nicht vorsichtig sein, kehrte Lisa zu ihrer normalen Tonlage zurück und sagte: »Tatsächlich? Aber ich habe gehört ...«

Meine Schwester gehört zu den Menschen, die andächtig die auf Angst getrimmten Augenzeugenberichte im Lokalfernsehen verfolgen und nichts außer der Schlagzeile behalten. Sie erinnert sich, das Apfelmus tödlich sein kann, vergisst aber, dass es dazu direkt in die Vene injiziert werden muss. Meldungen, dass Gespräche übers Mobiltelefon von Fremden mitgehört werden können, vermischen sich mit Nachrichten über die steigende Zahl von Einbrüchen und Hirntumoren, was für sie letztlich heißt, dass alle Telekommunikation potenziell lebensbedrohlich ist. Wenn es nicht im Fernsehen gesendet wurde, hat sie es im Verbrauchermagazin gelesen oder es aus dritter Hand von der Freundin einer Freundin einer Freundin erfahren, deren Ohr beim Abfragen ihres Anrufbeantworters Feuer gefangen hat. Alles ist allezeit gefährlich, und wenn es nicht bereits aus dem Handel genommen wurde, läuft derzeit zumindest eine Überprüfung – noch Fragen?

»Okay«, sagte ich, »aber kannst du mir vielleicht genauer sagen, unter welchem Umenopf? Als ich das letzte Mal bei dir war, hattest du eine ganze Menge davon.«

»Der ote«, erklärte sie. »Na gut, sagen wir ötlich.«

Ich kam am späten Nachmittag des folgenden Tages bei Lisa an, fand den Schlüssel unter dem Blumentopf und ging durch die Hintertür ins Haus. Ein langer Brief auf dem Couchtisch erklärte den Gebrauch sämtlicher Elektrogeräte, vom Fernseher bis zum Waffeleisen, und jede der ausführlichen Bedienungsanleitungen endete mit dem Satz: *Nach Gebrauch ausschalten und Netzstecker ziehen.* Am Ende von Seite drei informierte mich ein Postskriptum, dass, sollte das betreffende Gerät keinen Netzstecker haben – die Spülmaschine zum Beispiel –, ich mich vor Verlassen des Raums zu vergewissern hätte, dass das Spülprogramm durchgelaufen sei und das Gerät sich ausreichend abgekühlt habe. Der Brief ließ eine wachsende Hysterie erkennen und vermittelte indirekt die eine Botschaft: *Oh-mein-Gott-der-ist-fast-eine-Stunde-allein-in-meiner-Wohnung.* Sie hatte die Nummer ihrer Arbeitsstelle hinterlassen, die der Arbeitsstelle ihres Mannes und die Nummer der Nachbarin, allerdings hinzugefügt, dass sie die Frau nicht besonders gut kenne und ich mich nur im Notfall an sie wenden sollte. *PPS: Sie ist Baptistin, sag ihr also nicht, dass du schwul bist.*

Als ich das letzte Mal allein in der Wohnung meiner Schwester war, wohnte sie in einem weiß geklinkerten Apartmentkomplex zusammen mit lauter Witwen und alleinstehenden, berufstätigen Frauen in den mittleren Jahren. Das war in den späten Siebzigern, als wir beide noch im Studentenwohnheim wohnen sollten. Doch im College war es nicht so gelaufen, wie sie sich das vorgestellt hatte, und nach zwei Jahren in Virginia war sie nach Raleigh zurückgekehrt und hatte einen Job in einer Weinhandlung angenommen. Für eine Einundzwanzigjährige war das nichts Ungewöhnliches, nur war eine verkrachte Existenz nicht das, was Lisa sich vorgestellt hatte. Schlimmer noch, es entsprach nicht dem, was *von* ihr erwartet wurde. Als Kinder waren uns verschiedene Rollen zugewiesen worden – die Anführerin, die Trantüte, das Sorgenkind, die Schlampe –, Bezeichnungen, die uns genau sagten, wer wir waren. Als die Älteste, Hellste und Dominanteste von uns Geschwistern, galt es als ausgemacht, dass Lisa ihren Weg gehen, einen Studienabschluss in Manipulation machen und zuletzt ein mittelgroßes Land übernehmen würde. Da wir sie immer nur als autoritäre Person erlebt hatten, erfüllte uns ihr Abstieg mit einer gewissen Genugtuung, andererseits war es verstörend, zu sehen, dass ihr ganzes Selbstvertrauen dahin war. Plötzlich hing sie von der Meinung anderer Leute ab, folgte bereitwillig deren Ratschlägen und knickte bei der leisesten Kritik ein.

Ach ja? Meinst du wirklich? Sie war weich wie Wachs.

Meine Schwester brauchte Geduld und Verständnis, aber mehr als einmal hätte ich sie lieber gepackt und ordentlich durchgeschüttelt. Wenn die Älteste aus ihrer Rolle fiel, was hieß das für den Rest von uns?

Lisa war die mit den größten Erfolgsaussichten, deshalb kam sie schlecht damit klar, an der Kasse zu sitzen und den Preis für Fünfliterkanister Burgunder einzugeben. Ich galt als faul und verantwortungslos, und niemand wunderte sich, als ich ebenfalls das College schmiss und nach Raleigh zurückkehrte. Nachdem meine Eltern mich vor die Tür gesetzt hatten, zog ich zu Lisa in ihren weiß geklinkerten Wohnkomplex. Sie hatte ein kleines Einzimmerapartment – die Erwachsenenversion ihres alten Kinderzimmers –, und als ich schließlich auszog und sie mit einer defekten Stereoanlage und einer ausstehenden Telefonrechnung von achtzig Dollar sitzen ließ, sagten alle nur: »Na, was hast du anderes erwartet?«

Freunden kann ich ein anderes Bild von mir vermitteln, aber in der Familie bin ich bis auf den heutigen Tag derjenige, dem man am ehesten zutraut, das Haus abzufackeln. Während ich gelernt habe, die niedrigen Erwartungen an mich zu akzeptieren, kämpfte Lisa hart um die Rückeroberung ihres Titels. Der Weinladen war nur ein vorübergehender Einbruch, und sie verließ das Geschäft, kurz nachdem sie zur Chefin aufgestiegen war. Aus Interesse für Fotografie brachte sie sich selbst den Umgang mit einer Kamera bei und landete zuletzt einen Job in der Fotoabteilung eines großen internationalen Pharmakonzerns, für den sie

Aufnahmen von Mikroben, Viren und den Reaktionen von Menschen auf Mikroben und Viren machte. An Wochenenden verdiente sie sich als Fotografin auf Hochzeiten noch etwas dazu, was in der Regel leicht verdientes Geld war. Dann heiratete sie und gab ihren Job bei dem Pharmakonzern auf, um einen Uniabschluss in englischer Literatur nachzuholen. Als man ihr erklärte, der Bedarf an dreißigseitigen Essays über Jane Austen sei eher gering, erwarb sie eine Lizenz als Immobilienmaklerin. Und als sie hörte, die Preise auf dem Häusermarkt seien am Boden, ging sie wieder zur Schule und lernte Gartenbau. Ihr Mann, Bob, bekam einen Job in Winston-Salem, also zogen sie dorthin und kauften ein neues, dreistöckiges Haus in einer ruhigen Vorortgegend. Ich konnte mir meine Schwester nur schwer an einem so gesetzten Ort vorstellen und war erleichtert festzustellen, dass weder sie noch Bob sich groß etwas daraus machten. Die Stadt war ganz hübsch, doch das Haus schien einen älter zu machen. Stand man davor, fühlte man sich nicht jung, aber immerhin sorgenfrei. Ging man durch die Tür, kam man sich automatisch zwanzig Jahre älter vor und begann sich Gedanken um die Altersvorsorge zu machen.

Die Wohnung meiner Schwester lud wenig zum Schnüffeln ein, sodass ich die Stunde in der Küche verbrachte und mit Henry plauderte. Es war die gleiche Unterhaltung wie beim letzten Mal, doch fand ich sie immer noch faszinierend. Er fragte, wie es mir ginge. Ich sagte, danke, gut, und als könne sich innerhalb weniger Sekunden dramatisch etwas daran ändern, fragte er gleich noch einmal.

Von allen Dingen im Erwachsenendasein meiner Schwester – das Haus, der Ehemann, ihr plötzliches Interesse für Pflanzen – ist nichts so irritierend wie Henry. Technisch gesehen handelt es sich um eine Blaustirnamazone, doch für den durchschnittlichen Laien ist es einfach ein großer Papagei, die Sorte, die man gelegentlich auf der Schulter eines Piraten sieht.

»Wie geht es dir?« Beim dritten Mal klang es gerade so, als ob es ihm wirklich am Herzen liege. Ich näherte mich dem Käfig, um ihm ausführlich zu berichten, als er einen Satz gegen das Gitter machte und ich schreiend wie ein kleines Mädchen aus der Küche rannte.

»Henry mag dich«, sagte meine Schwester kurze Zeit später. Sie war gerade von der Arbeit in der Pflanzenschule zurückgekommen, saß am Tisch in der Küche und band sich die Turnschuhe auf. »Sieh nur, wie er die Schwanzfedern spreizt! Für Bob macht er das nie, nicht wahr, Henry?«

Bob war ein paar Minuten vor ihr nach Hause gekommen und gleich nach oben gegangen, um nach seinem eigenen Vogel zu sehen, einem fast kahlköpfigen Grünwangensittich, der auf den Namen José hört. Ich hatte geglaubt, die Vögel würden gelegentlich einen Plausch miteinander halten, aber wie sich herausstellte, konnten sich die beiden nicht ausstehen.

»Erwähn bloß nicht den Namen José im Beisein von Henry«, flüsterte Lisa. Bobs Vogel kreischte von oben herab, und der Papagei antwortete mit einem hohen, durchdringenden Bellen. Er hatte den Trick von Lisas Bordercollie Chessie aufgeschnappt, und das Beeindruckendste daran war, dass er tatsächlich genau wie ein Hund klang. Er konnte auch Lisa täuschend nachmachen, wenn er Englisch redete. Es war unheimlich, die Stimme meiner Schwester aus seinem Schnabel zu hören, aber ich kann nicht sagen, dass es unangenehm war.

»Wer hat Hunger?«, fragte sie.

»Wer hat Hunger?«, wiederholte die Stimme.

Ich hob die Hand, und sie hielt Henry eine Erdnuss hin. Ich sah zu, wie er sie mit seinen Krallen festhielt, wobei sein Bauch beinahe bis auf die Sitzstange sackte, und konnte mir vorstellen, was jemand an einem Papagei fand. Der seltsame kleine Fettwanst in der Küche meiner Schwester war ein verständnisvoller Zuhörer, und zwischendurch kam er immer wieder mit der Frage: »Sag, wie geht es dir?«

Auch ich hatte ihr diese Frage gestellt, und sie hatte gesagt: »Oh, danke. Gut.« Sie hat Angst, mir irgendetwas Wichtiges zu erzählen, weil sie weiß, dass ich darüber schreiben werde. Ich sehe mich gerne als eine Art harmloser Lumpensammler, der aus den Abfällen, die er hier und da aufliest, etwas Neues macht, aber meine Familie ist da mittlerweile ganz anderer Meinung. Diese von mir so beiläufig aufgesammelten Abfälle sind ihr Leben, und sie haben die Sammelei gründlich satt. Immer häufiger beginnen ihre Geschichten mit dem Satz: »Versprich mir, dass du nichts davon verwendest.« Ich verspreche es jedes Mal, aber niemand glaubt ernsthaft, dass ich mich daran halte.

Ich war nach Winston-Salem gekommen, weil ich am College einen Vortrag halten sollte, aber auch, weil ich eine Neuigkeit zu verkünden hatte. Wenn man mit Freunden kifft, macht es Spaß, sich vorzustellen, von wem man in einer Verfilmung des eigenen Lebens gespielt würde. Das Lustige daran ist natürlich, dass nie jemand einen Film über das eigene Leben machen wird.

Lisa und ich kifften nicht mehr, deshalb war es umso schwerer, ihr zu sagen, dass jemand die Filmrechte für mein Buch erworben hatte, was bedeutete, dass tatsächlich jemand einen Film über unser Leben drehen würde – kein Stu-

157

dent, sondern ein echter Regisseur mit einem bekannten Namen.

»Bitte *wer?*«

Ich erklärte, er sei Chinese, und sie fragte, ob der Film auf Chinesisch sein würde.

»Nein«, sagte ich, »er lebt in Amerika. In Kalifornien. Er ist schon als kleiner Junge hergekommen.«

»Was macht es dann für einen Unterschied, dass er Chinese ist?«

»Na ja«, sagte ich, »er hat ... na, du weißt schon, Einfühlungsvermögen.«

»Ach, Brüderchen«, sagte sie.

Ich sah Hilfe suchend zu Henry, doch er knurrte nur.

»Jetzt sollen wir also auch noch in einem Film auftreten?« Sie hob ihre Leinenschuhe vom Boden auf und warf sie in die Wäschekammer. »Also«, sagte sie, »nur damit du es weißt, meinen Vogel wirst du da nicht mit reinziehen.« Der Film würde die Zeit vor dem Papagei behandeln, doch im gleichen Moment, in dem sie sein Mitwirken so energisch ablehnte, musste ich bereits darüber nachdenken, wer Henrys Rolle spielen konnte. »Ich weiß, was du gerade denkst«, sagte sie. »Und meine Antwort ist Nein.«

Auf einer Dinner Party begegnete ich einmal einer Frau, deren Papagei die automatische Eismaschine ihres neuen Kühlschranks nachmachen konnte. »Das passiert, wenn man sie alleine lässt«, sagte sie. Es war die deprimierendste Information, die ich seit langem gehört hatte, und sie ließ mich über Wochen nicht mehr los. Da war diese Kreatur, ausgestattet mit der Gabe, seine Mitgeschöpfe im Urwald zu bluffen, und nun musste sie sich damit begnügen, das Geräusch industriell gefertigter Küchengeräte nachzuahmen.

Ich erzählte Lisa die Geschichte, doch sie sagte, es habe nichts mit Vernachlässigung zu tun. Dann machte sie uns einen Cappuccino und gab Henry die Gelegenheit, seine perfekte Imitation des Milchaufschäumers vorzuführen. »Den Mixer kann er auch nachmachen«, sagte sie.

Sie öffnete die Käfigtür, und wir setzten uns und tranken unseren Kaffee, als Henry auch schon auf die Tischplatte gesegelt kam. »Wer möchte ein Küsschen?« Sie streckte ihre Zunge heraus, und er nahm die Spitze vorsichtig zwischen seine Schnabelhälften. Ich hätte so etwas im Traum nicht gewagt, nicht weil es rundheraus abstoßend ist, sondern weil er mir gründlich die Zunge zerbissen hätte. Henry mochte zwar für mich gelegentlich die Schwanzfedern spreizen, doch gilt seine ganze Treue einer einzigen Person, was, wie ich glaube, ein weiterer Grund ist, warum meine Schwester so vernarrt in ihn ist.

»War das ein prima Küsschen?«, fragte sie. »Hat es dir geschmeckt?«

Ich erwartete ein Ja oder Nein und war deshalb enttäuscht, als er die Frage nur noch einmal wiederholte: »Hat es dir geschmeckt?« Ja doch, Papageien können sprechen, nur haben sie leider keine Ahnung, was sie da sagen. Als Lisa ihn bekam, sprach Henry die paar Brocken Spanisch, die er von seinen Fängern aufgeschnappt hatte. Wenn man ihn fragte, ob er gut geschlafen hatte, sagte er »Hola« oder »Bueno«. Er hat Phasen, in denen er sich für ein oft gehörtes Geräusch oder einen Satz begeistert, nach einer Weile wendet er sich dann anderen Dingen zu. Als unsere Mutter starb, lernte Henry zu weinen. Er und Lisa steckten sich gegenseitig an, und beide heulten stundenlang. Ein paar Jahre später, als Lisa einen kurzen akademischen Durchhänger hatte, machte sie ihn zu ihrem Stimmungstherapeuten.

159

Wenn man bei ihr anrief, hörte man ihn im Hintergrund kreischen: »Wir lieben dich, Lisa!« Oder: »Du schaffst es!« Dies wurde nach einiger Zeit abgelöst durch den sehr viel praktischeren Satz: »Wo sind meine Schlüssel?«

Nachdem wir unseren Kaffee getrunken hatten, fuhren Lisa und ich nach Greensboro, wo ich meinen Vortrag hielt. Genauer gesagt, ich las Geschichten über unsere Familie vor. Nach der Lesung beantwortete ich noch Fragen und musste die ganze Zeit daran denken, wie seltsam es war, dass diese wildfremden Menschen so viel über meine Geschwister wussten. Um abends einschlafen zu können, muss ich mich selbst verleugnen und mir einreden, dass die Menschen, die ich liebe, ausdrücklich von sich aus das Licht der Öffentlichkeit suchen. Amy macht mit ihrem Freund Schluss und schickt eine Pressemitteilung raus. Paul breitet seine Verdauung regelmäßig in nachmittäglichen Talkshows aus. Ich bin nicht der Kapellmeister, sondern nur der arme Schreiberling mittendrin, eine Täuschung, die umso schwerer aufrechtzuerhalten ist, wenn ein Mitglied der Familie leibhaftig im Publikum sitzt.

Am Tag nach der Lesung meldete Lisa sich krank, und wir verbrachten den Nachmittag mit verschiedenen Besorgungen. Winston-Salem ist eine Stadt der Plazas – mittelgroße Einkaufszentren mit einem großen Supermarkt in der Mitte. Ich wollte Billigzigaretten einkaufen, und wir fuhren von Plaza zu Plaza, verglichen die Preise und redeten über unsere Schwester Gretchen. Ein Jahr zuvor hatte sie sich ein Paar Fleisch fressende chinesische Dosenschildkröten mit spitzen Nasen und einer gespenstisch durchscheinenden Haut gekauft. Die Tiere waren in einem Auslauf unterge-

bracht und leidlich glücklich, bis sich Waschbären unter
dem Draht durchwühlten und dem Weibchen die Vorder-
beine und dem Männchen die Hinterbeine abbissen.

»Kann auch sein, dass es umgekehrt war«, sagte Lisa.
»Aber du kannst es dir vorstellen.«

Das Schildkrötenpaar überlebte die Attacke und stellte
weiter den ihnen zum Fressen vorgeworfenen lebenden
Mäusen nach, indem sie wie ramponierte VW-Käfer über
den Rasen pflügten.

»Das Traurige an der Sache ist, dass sie es erst zwei Wochen später bemerkte«, sagte Lisa. »Zwei ganze Wochen!«
Sie schüttelte den Kopf und fuhr an unserer Ausfahrt vorbei.
»Tut mir Leid, aber ich kann nicht verstehen, wie ein ver-
antwortungsbewusster Tierhalter so lange brauchen kann,
um so etwas zu bemerken. Das ist unverzeihlich.«

Gretchen zufolge hatten die Schildkröten keine Erinnerung an ihr früheres Leben, aber Lisa wollte nichts davon
wissen. »Ach, komm schon«, sagte sie. »Sie haben bestimmt Phantomschmerzen. Ich meine, wie sollte ein leben-
diges Wesen seine Beine nicht vermissen? Wenn Chessie so
etwas passieren würde, wüsste ich wirklich nicht, wie ich damit leben könnte.« Ihre Augen wurden feucht, und sie
wischte mit dem Handrücken darüber. »Mein kleiner Collie
braucht nur eine Zecke zu haben, und ich bin total fertig.«

Es ist typisch für Lisa, dass sie, als sie einmal Zeugin eines
Autounfalls wurde, als Erstes sagte: »Ich hoffe nur, es war
kein Tier im Wagen.« Menschliches Leid berührt sie nicht
weiter, aber über die Krankengeschichte eines Tieres kann
sie tagelang weinen.

»Hast du den Film über diesen kubanischen jungen Mann
gesehen?«, fragte sie mich. »Er lief hier einige Wochen, aber
ich bin nicht hingegangen. Irgendwer sagte, in der ersten

Viertelstunde wird ein Hund getötet, da habe ich gleich abgewinkt.«

Ich erinnerte sie daran, dass der Hauptdarsteller Aids hat und ebenfalls einen qualvollen Tod stirbt, woraufhin sie in die Parkbucht steuerte und erwiderte: »Also, ich hoffe nur, es war kein echter Hund.«

Zuletzt kaufte ich die Zigaretten bei Tobacco USA, einem Billigshop mit dem Namen eines Themenparks. Lisa hatte das Rauchen vor zehn Jahren offiziell aufgegeben, hätte aber zwischendurch wieder angefangen, wäre Chessie nicht gewesen, die nach Auskunft des Tierarztes anfällig für Lungenkrankheiten war. »Ich will nicht, dass sie von dem Rauch ein Lungenemphysem bekommt, aber ich hätte nichts dagegen, ein paar Pfunde zu verlieren. Sag ehrlich, bin ich zu fett?«

»Überhaupt nicht.«

Sie drehte sich zur Seite und betrachtete ihr Spiegelbild in der Frontscheibe von Tobacco USA. »Du lügst.«

»Das wolltest du doch hören, oder?«

»Schon«, sagte sie. »Aber ich will, dass du es auch wirklich so meinst.«

Dabei hatte ich es so gemeint. Es war nicht so sehr ihr Gewicht, das mir auffiel, sondern die Kleidung, unter der sie es zu verstecken suchte. Die weiten, flatterigen Hosen und die übergroßen Blusen, die ihr fast bis zum Knie hingen. Sie hatte mit diesem Look ein paar Monate zuvor angefangen, nachdem sie und Bob seine Eltern in den Bergen besucht hatten. Lisa hatte am Kamin gesessen und ihren Sessel vom Feuer weg in die Mitte des Raums geschoben, als ihr Schwiegervater sagte: »Was ist los, Lisa? Zu dick – ich meine, zu heiß. Wird es dir zu heiß?«

Er versuchte seinen Versprecher zu vertuschen, aber es war zu spät. Das Wort hatte sich längst ins Hirn meiner Schwester eingebrannt.

»Muss ich im Film auch dick sein?«, fragte sie.

»Natürlich nicht«, sagte ich. »Du musst einfach nur so sein, wie du bist.«

»Nach wessen Vorstellung?«, fragte sie. »Der von Chinesen?«

»Na ja, nicht von *allen*«, sagte ich. »Nur von einem.«

Wenn sie sonst unter der Woche zu Hause ist, liest Lisa gerne Romane aus dem achtzehnten Jahrhundert, unterbrochen vom Mittagessen um eins und einer anschließenden Folge von *Matlock*. Als wir von unseren Einkäufen zurückkamen, war die Folge für diesen Tag bereits gelaufen, und wir beschlossen, ins Kino zu gehen. Lisa sollte sich einen Film aussuchen. Sie entschied sich für die Geschichte einer jungen Engländerin, die mit ihren Pfunden kämpft und sich nicht unterkriegen lassen will, doch zuletzt verwechselten wir die Plazas und landeten vor dem falschen Kino, in dem *Du kannst auf mich zählen* lief, Kenneth Longmans Film über einen umherziehenden Bruder, der seine ältere Schwester besucht. Normalerweise redet Lisa im Kino von Anfang bis Ende. Wenn jemand auf der Leinwand ein Hühnchensandwich mit Mayonnaise bestreicht, beugt sie sich zu einem herüber und flüstert: »Das habe ich auch mal gemacht, und dabei ist mir das Messer in die Kloschüssel gefallen.« Danach lehnt sie sich in ihren Sitz zurück, und ich denke die nächsten zehn Minuten angestrengt nach, was jemanden dazu bringt, sein Hühnchensandwich im Bad zu schmieren. Der Film spiegelte auf so gespenstische Weise unser Leben, dass sie, soweit ich mich erinnerte, zum ersten Mal seit langem wie gebannt dasaß und schwieg. Es gab überhaupt keine äußere Ähnlichkeit zwischen uns und den Hauptdarstellern – Bruder und Schwester im Film waren jünger und Waisen –, doch wie wir stolperten sie ins Erwachsenendasein, indem sie den alten, engen Rollen ihrer Kindheit folgten. Hin und wieder brach einer von ihnen aus, aber die meiste Zeit verhielten sie sich nicht so, wie sie wollten, sondern wie es von ihnen erwartet wurde. In Kürze: Ein Typ steht plötzlich vor dem Haus seiner Schwester und bleibt ein paar Wochen, bis sie ihn rauswirft. Sie will ihm nichts Böses, aber seine Gegenwart zwingt sie, über gewisse Dinge nachzudenken, über die sie lieber nicht nachdenken möchte, was die eigentliche Hauptaufgabe von Familienmitgliedern ist, jedenfalls von denen, die meine Schwester und ich kennen.

Nach dem Kino liefen wir eine Zeit lang stumm und betreten nebeneinander her. Das Erlebnis des gerade gesehenen Films und die Gedanken an den bevorstehenden Film machten uns verlegen und unsicher, als ob wir für unsere eigenen Rollen vorsprechen müssten. Nach einiger Zeit versuchte ich es mit einer belanglosen Meldung über den Schauspieler, der im Film die Rolle des Bruders gespielt hatte, brach aber mittendrin ab und sagte, eigentlich sei die Geschichte völlig unwichtig. Ihr fiel auch nichts ein, sodass wir weiter schwiegen und uns ein gelangweiltes Publikum vorstellten, das in seinen Kinosesseln hin und her rutschte.

Auf der Rückfahrt hielten wir kurz an einer Tankstelle und standen nachher vor ihrem Haus, als sie sich zu mir drehte und eine Geschichte erzählte, die ich inzwischen als die typische Lisa-Geschichte von ihr erwarte. »Einmal«, sagte sie, »war ich mit dem Wagen unterwegs.« Die Begebenheit fing mit einer harmlosen Fahrt zum Supermarkt an und endete, o Wunder, mit einem schwer verwundeten Tier, das sie in einen Kissenbezug gestopft und vor das Auspuffrohr ihres Wagens gehalten hatte. Wie die meisten Geschichten meiner Schwester rief es ein bestürzendes Bild im Kopf hervor, das einen Moment festhielt, in dem das eigene Handeln gleichzeitig unvorstellbar grausam und völlig selbstverständlich erscheint. Die Einzelheiten waren mit Bedacht ausgewählt, und das Erzähltempo zog langsam an, unterbrochen von einer Reihe klug gesetzter Pausen. »Und dann …, und dann …« Zuletzt kam der unausweichliche Höhepunkt, und ich musste laut lachen, während sie den Kopf aufs Lenkrad legte und zu schluchzen anfing. Es war kein sanfter Tränenstrom, ausgelöst durch die Erinnerung an eine einzelne Handlung oder Begebenheit, sondern eine tiefe Erschütterung angesichts der Erkenntnis, dass alle diese Ereignisse zusammenhängen und eine endlose Kette von Schuld und Leid bilden.

Ich griff instinktiv zu meinem Notizbuch, doch sie packte meine Hand und hielt sie fest. »Wenn du jemals«, sagte sie, »jemals über diese Geschichte schreibst, rede ich nie wieder mit dir.«

In der Kinoversion unseres Lebens hätte ich sie getröstet und ihr versichert, dass sie richtig und vernünftig gehandelt hatte. Es entsprach nur der Wahrheit, und außerdem kann sie auch gar nicht anders.

In der *tatsächlichen* Version unseres Lebens ging es mir einfach darum, sie umzustimmen. »Ach, komm schon«, sagte ich. »Die Geschichte ist wirklich lustig, und sei ehrlich, *du machst ganz bestimmt nichts daraus.*«

Dein Leben, deine Privatsphäre, dein gelegentlicher Kummer – du machst ganz bestimmt nichts daraus. Ist das der Bruder, der ich immer schon war, oder der Bruder, zu dem ich geworden bin?

165

Ich hatte mir Sorgen gemacht, der Regisseur des Films könnte mich und meine Familie falsch darstellen, aber jetzt kam mir ein noch viel schlimmerer Gedanke: Was, wenn er uns richtig darstellte?

Dämmerung. Die Kamera fährt eine gesichtslose Vorstadtstraße entlang, bleibt bei einem am Straßenrand stehenden viertürigen Wagen hängen, in dem ein kleiner, böser Mann sich an seine Schwester wendet und sagt: »Was ist, wenn ich die Geschichte verwende, sie aber einer Freundin zuschreibe?«

Vielleicht aber ist das noch nicht das Ende des Films. Vielleicht sehen wir, bevor der Abspann anfängt, den gleichen Mann, wie er mitten in der Nacht aus dem Bett steigt, sich am Schlafzimmer seiner Schwester vorbeischleicht und nach unten in die Küche geht. Das Licht geht an, und wir sehen auf der anderen Seite des Raums einen großen, frei stehenden Käfig, über den ein Tuch geworfen ist. Er nähert sich vorsichtig, zieht das Tuch weg und weckt eine Blaustirnamazone, deren Augen in dem plötzlichen Licht rot leuchten. Durch alles, was bisher geschehen ist, wissen wir, dass der Mann etwas Wichtiges zu sagen hat. Aus seinem eigenen Mund klingen die Worte bedeutungslos, deshalb rückt er einen Stuhl neben den Käfig. Die Uhr zeigt drei, dann vier, dann fünf, und er hockt die ganze Zeit vor dem glänzenden Vogel und wiederholt langsam und deutlich die Worte: »Vergib mir. Vergib mir. Vergib mir.«

Sechs bis acht schwarze Männer

Ich war nie ein großer Freund von Reiseführern; um mich zurechtzufinden, frage ich daher, wenn ich in eine mir unbekannte amerikanische Stadt komme, als Erstes den Taxifahrer oder den Hotelportier irgendeine dumme Frage über die Zahl der Einwohner. Ich sage »dumme«, weil es mich eigentlich nicht interessiert, wie viele Leute in Olympia, Washington, oder Columbus, Ohio, wohnen. Die Städte sind okay, aber Zahlen bedeuten mir nichts. Meine zweite Frage betrifft vielleicht die durchschnittliche jährliche Niederschlagsmenge, aber auch die sagt mir nichts über die Leute, die diese Stadt zu ihrer Heimat erwählt haben.

Was mich wirklich interessiert, sind die im Staat geltenden Waffengesetze. Darf ich versteckt eine Waffe tragen, und wenn ja, unter welchen Bedingungen? Wie lange muss man auf eine Maschinenpistole warten? Könnte ich eine Glock 17 kaufen, wenn ich frisch geschieden wäre oder vor kurzem meinen Job verloren hätte? Aus Erfahrung weiß ich, dass man sich diesen Themen so behutsam wie möglich nähern sollte, besonders dann, wenn man ganz allein mit einem Bewohner der betreffenden Stadt in einem relativ kleinen Raum sitzt. Hat man aber Geduld, bekommt man meist ein paar hervorragende Geschichten zu hören. Zum Beispiel habe ich erfahren, dass Blinde in Texas und in Michigan ganz offiziell jagen dürfen. In Texas müssen sie einen Begleiter dabeihaben, der sehen kann, aber in Michigan, habe ich gehört, können sie ganz alleine losziehen, was als Erstes die Frage aufwirft: Wie finden sie das, was sie geschossen haben? Und gleich als zweites: Wie kriegen sie es nach Hause? Dürfen Blinde in Michigan auch Auto fahren? Ich frage nicht deshalb nach Waffen, weil ich gerne selbst eine hätte, sondern weil die Antworten sich von Bundesstaat zu Bundesstaat gewaltig unterscheiden. In einem Land, das immer einheitlicher wird, empfinde ich diese letzten Farbtupfer des Regionalismus als aufbauend.

In Europa sind Feuerwaffen kein Thema, sodass bei meinen Reisen ins Ausland meine erste Frage meist den Stalltieren gilt. »Wie krähen bei Ihnen die Hähne?«, ist eine gute Frage, um das Eis zu brechen, da jedes Land eine ganz eigene Vorstellung davon hat. In Deutschland, wo die Hunde »wau wau« machen und sowohl Frösche wie Enten »quak« sagen, begrüßt der Hahn den Morgen mit einem kräftigen »kikeriki«. Griechische Hähne krähen »kiri-a-kii«, und in Frankreich machen sie »coco-rico«, was so klingt wie eins von diesen fürchterlichen alkoholischen Mixgetränken, bei dem ein Pirat auf dem Etikett zu sehen ist. Wenn ich erkläre, dass die Hähne in Amerika »cock-a-doodle-doo« sagen, sehen mich meine Gastgeber immer nur ungläubig und mitleidig an.

»Wann werden die Weihnachtsgeschenke ausgepackt?«, ist eine andere gute Frage, um ins Gespräch zu kommen, da die Antwort viel über den jeweiligen Nationalcharakter verrät. Dort, wo die Geschenke traditionellerweise am Heiligen Abend ausgepackt werden, scheinen die Leute eine Spur frommer und familienverbundener zu sein als die, die damit bis zum Weihnachtsmorgen warten. Sie gehen zur Messe, packen die Geschenke aus, essen spät zu Abend, gehen am nächsten Morgen wieder zur Kirche und verbringen den Rest des Tages damit, ein weiteres üppiges Mahl zu verspeisen. Die Geschenke sind meist den Kindern vorbehalten, und die Eltern übertreiben es in der Regel auch nicht. Für mich wäre das nichts, aber ich denke, es ist was für jene, die Essen und die Familie Dingen von echtem Wert vorziehen.

In Frankreich und Deutschland werden die Geschenke am Heiligen Abend verteilt, während die Kinder in den Niederlanden ihre Geschenke am 5. Dezember, dem Nikolaustag, auspacken. Das kam mir seltsam vor, bis mich ein Mann namens Oscar auf dem Weg von meinem Hotel zum Amsterdamer Bahnhof über die Details aufklärte.

Anders als der fröhliche, fettleibige amerikanische Santa ist der Heilige Nikolaus übertrieben dünn und ähnlich wie der Papst gekleidet, wobei die Krönung seines Gewands sein hoher Hut ist, der aussieht wie ein bestickter Kaffeewärmer. Die Tracht, so wurde mir erklärt, stammt noch von seinem vorherigen Amt, als er Bischof in der Türkei war.

»Entschuldigung«, sagte ich, »könnten Sie das noch einmal wiederholen?«

Man will nicht gerne als kultureller Chauvinist auftreten, aber das kam mir alles grundfalsch vor. Zum einen hat Santa nie wirklich etwas gearbeitet. Er hat sich deshalb auch nicht auf sein Altenteil zurückgezogen, und was noch wichtiger ist, er hat nie etwas mit der Türkei zu tun gehabt. Da ist es viel zu gefährlich, und die Leute dort würden ihn auch nicht wirklich haben wollen. Danach gefragt, wie er

von der Türkei zum Nordpol gelangte, erklärte mir Oscar
im Ton tiefster Überzeugung, der Heilige Nikolaus wohne gegenwärtig in Spanien, was ebenfalls einfach nicht
wahr ist. Obwohl er wahrscheinlich wohnen könnte, wo
er wollte, hat Santa sich den Nordpol ausgesucht, gerade
weil es dort so unwirtlich und einsam ist. So kann niemand
ihn ausspionieren, und er muss keine unliebsamen Besucher an der Tür fürchten. In Spanien kann jederzeit irgendwer vor der Tür stehen, und in seinem Aufzug würde er
überall gleich erkannt. Vor allem aber, abgesehen von ein
paar freundlichen Floskeln, spricht Santa kein Spanisch.
»Guten Tag. Wie geht's? Möchtest du ein paar Süßigkeiten?« Prima. Und wahrscheinlich könnte er sich so durch-
schlagen, aber für mehr reicht es nicht, und er mag
bestimmt keine Tapas.

Während unser Santa auf einem Schlitten fliegt, kommt
die holländische Version mit dem Boot und steigt anschließend auf ein weißes Pferd um. Das Ereignis wird im
Fernsehen übertragen, und eine große Menge versammelt
sich am Ufer, um ihn zu empfangen. Ich bin mir nicht
sicher, ob es dafür ein festes Datum gibt, aber in der Regel
trifft der Nikolaus Ende November ein und bleibt für ein
paar Wochen und fragt die Leute, was sie wollen.

»Und er ist ganz allein?«, fragte ich. »Oder bringt er ein
paar Einsatzkräfte mit?«

Oscars Englisch war nahezu perfekt, aber mit einem
Wort, das normalerweise die Verstärkung von Polizei-
truppen bezeichnet, kam er nicht klar.

»Helfer«, sagte ich. »Hat er irgendwelche Elfen dabei?«

Vielleicht bin ich überempfindlich, aber irgendwie fühlte ich mich persönlich beleidigt, als Oscar die bloße Vor-

stellung als grotesk und realitätsfremd abtat. »Elfen«, sagte
er. »So was Albernes.«

Die Wörter *albern* und *realitätsfremd* erhielten eine neue
Bedeutung, als ich erfuhr, dass der Heilige Nikolaus allen
Ernstes mit »sechs bis acht schwarzen Männern« unterwegs war. Ich bat mehrere Holländer um eine genauere
Zahl, aber keiner wollte sich festlegen. Immer waren es
»sechs bis acht«, was reichlich seltsam erscheint, wenn
man bedenkt, dass sie mehrere Jahrhunderte Zeit hatten,
einmal genau nachzuzählen.

Die sechs bis acht schwarzen Männer galten bis Mitte
der fünfziger Jahre als leibeigene Sklaven, bis sich das poli-
tische Klima änderte und entschieden wurde, anstelle von
Sklaven handle es sich lediglich um gute Freunde. Nach
meinem Dafürhalten hat die Geschichte gezeigt, dass
immer noch etwas *zwischen* Sklaverei und Freundschaft
kommt, nämlich ein Zeitraum, der nicht von Gebäck und
gemütlichen Stunden am Kamin geprägt ist, sondern von
gegenseitiger Feindschaft und Blutvergießen. Auch den
Niederlanden ist diese Gewalt nicht fremd, aber anstatt sie
offen untereinander auszutragen, beschlossen Santa und
seine ehemaligen Sklaven, sie an der Bevölkerung auszu-
lassen. Wenn ein Kind früher ungezogen war, wurde es
vom Heiligen Nikolaus und seinen sechs bis acht schwarzen Männern mit »dem dünnen Ast eines Baumes« geschlagen, wie Oscar sich ausdrückte.

»Einer Rute?«

»Genau«, sagte er. »Das meinte ich. Sie traten es und
schlugen mit einer Rute nach ihm. Und wenn es ein
besonders ungezogenes Kind war, steckten sie es in einen
Sack und nahmen es mit nach Spanien.«

»Der Heilige Nikolaus *tritt* Kinder?«

»Na ja, mittlerweile nicht mehr«, sagte Oscar. »Heute *tut* er nur so, als würde er sie treten.«

Er hielt dies für progressiv, aber in meinen Augen ist es in gewisser Weise noch perverser als die tatsächliche Strafe. »Ich tu dir weh, aber nicht wirklich.« Wie oft sind wir darauf hereingefallen? Der bloß gespielte Schlag trifft zuletzt doch immer und fügt dem, was zuvor schlicht und einfach Furcht vor der Strafe war, noch die Elemente von Schock und Betrug hinzu. Was ist das für ein Weihnachtsmann, der so tut, als würde er die Leute treten, um sie anschließend in einen Jutesack zu stecken? Und dann sind da natürlich noch die sechs bis acht früheren Sklaven, die jeden Moment durchdrehen können. Darin besteht, denke ich, der größte Unterschied zwischen uns und den Holländern. Gewisse Teile der Bevölkerung könnten sich mit diesem Brauch wohl anfreunden, aber wenn man dem Durchschnittsamerikaner erklärte, dass sechs bis acht namenlose schwarze Männer sich nachts in sein Haus schlichen, würde er Fenster und Türen verbarrikadieren und sich bis an die Zähne bewaffnen.

»*Sechs bis acht*, sagten Sie?«

In den Jahren vor der Zentralheizung stellten holländische Kinder ihre Schuhe vor den Kamin, dem Versprechen folgend, dass der Heilige Nikolaus und die sechs bis acht schwarzen Männer, sofern sie nicht vorhatten einen zu schlagen, zu treten oder in einen Sack zu stecken, Süßigkeiten in die Holzschuhe stopfen würden. Abgesehen von der Androhung von Gewalt und Entführung ist das nicht großartig anders als unsere Variante, seine Strümpfe am Kaminsims aufzuhängen. Da mittlerweile kaum noch jemand einen funktionstüchtigen Kamin im Haus hat, werden die holländischen Kinder dazu angehalten, ihre Schuhe vor die

Heizkörper, Brennöfen oder Radiatoren zu stellen. Der Heilige Nikolaus und die sechs bis acht schwarzen Männer kommen auf Pferden, die vom Vorgarten auf das Dach springen. Von dort, nehme ich an, springen sie entweder wieder herunter und nehmen die Tür, oder sie bleiben dort und gelangen in atomisiertem Zustand durch Rohre und Leitungskabel ins Haus. Oscar war sich über die Details nicht ganz im Klaren, aber wer wollte ihm das verübeln? Wir haben schließlich das gleiche Problem mit unserem Weihnachtsmann. Er soll durch den Kamin kommen, aber selbst wenn man keinen hat, kommt er doch irgendwie rein. Es ist besser, nicht zu genau darüber nachzudenken.

Auch wenn acht fliegende Rentiere nicht so leicht zu schlucken sind, unsere Weihnachtsgeschichte ist dagegen vergleichsweise einfallslos. Santa lebt mit seiner Frau in einem abgelegenen Dorf am Pol und verbringt eine Nacht im Jahr damit, um die Welt zu reisen. Wenn man böse war, wird man mit Ruß angeschwärzt. Wenn man lieb war und in Amerika lebt, bekommt man von ihm beinahe alles, was man sich wünscht. Wir ermahnen unsere Kinder, schön artig zu sein, und schicken sie ins Bett, wo sie lange wach liegen und sich die bevorstehende Bescherung ausmalen. Holländische Eltern haben da ihren Kindern eine entschieden kniffligere Geschichte beizubringen: »Hört zu, vielleicht möchtet ihr vor dem Schlafengehen noch ein paar Sachen packen. Der ehemalige Bischof der Türkei kommt heute Nacht mit sechs bis acht schwarzen Männern. Vielleicht stecken sie Süßigkeiten in eure Schuhe, vielleicht stecken sie euch aber auch in einen Sack und verschleppen euch nach Spanien, oder vielleicht tun sie nur so, als wollten sie euch treten. Wir wissen leider auch nicht mehr, aber wir möchten, dass ihr Bescheid wisst.«

Das ist die Belohnung dafür, in den Niederlanden zu leben. Als Kind bekommt man diese Geschichte erzählt, und als Erwachsener verkehren sich die Rollen, und man darf sie selber weitererzählen. Als besonderes Bonbon hat die Regierung noch die Legalisierung von Drogen und Prostitution draufgelegt – wie soll man da *nicht* froh sein, Holländer zu sein.

Oscar beendete seine Geschichte genau vor dem Eingang zum Bahnhof. Er war ein höflicher und interessanter Mensch – und sehr unterhaltsam –, aber als er anbot, bis zur Ankunft meines Zuges zu warten, wimmelte ich ihn unter dem Vorwand ab, ich müsste noch einige Anrufe erledigen. Als ich allein in der riesigen, pulsierenden Bahnhofshalle saß, inmitten tausender höflicher, scheinbar interessanter Holländer, kam ich mir irgendwie zweitklassig vor. Gewiss, die Niederlande waren ein kleines Land, aber es hatte sechs bis acht schwarze Männer und eine wirklich grandiose Gutenachtgeschichte. Als vergleichssüchtiger Mensch fühlte ich zunächst Eifersucht, dann Bitterkeit. Ich näherte mich dem Gefühl offener Feindseligkeit, als ich an den blinden Jäger denken musste, der allein in die Wälder von Michigan stapft. Er mag ein Reh zur Strecke bringen oder im Jagdfieber einem Camper in den Bauch schießen. Er mag den Weg zurück zum Wagen finden oder ein, zwei Wochen durch die Gegend irren und zuletzt durch deine Hintertür stolpern. Wir können es nicht mit Sicherheit sagen, aber indem er sich seine Jagderlaubnis an die Brust heftet, inspiriert er zu der Sorte von Geschichten, derentwegen ich letztendlich stolz bin, Amerikaner zu sein.

Der Rooster an der Kette

An dem Abend, als der Rooster geboren wurde, kam mein Vater zu mir ins Zimmer und überbrachte mir persönlich die Nachricht.

Ich war damals elf und nur halb wach, aber ich spürte doch, dass es sich um einen außergewöhnlichen Augenblick unter Männern handelte. Der Patriarch teilt seinem erstgeborenen Sohn mit, dass ein neuer Spieler ins Team aufgenommen wurde.

Ein Blick durchs Zimmer auf die Vase mit den sorgfältig arrangierten Teichkolben und daneben die Schale mit dem Duftpotpourri hätte ihm signalisieren müssen, dass wir beide nicht in der gleichen Mannschaft spielten. Selbst Mädchen beklebten nicht die Steckdosen im Zimmer mit bunten Mustern, doch fand er es offenbar zu schmerzhaft, darüber nachzudenken, und überspielte es einfach. Er ging sogar so weit, mir eine in Plastikfolie eingepackte Zigarre zu geben, auf deren Banderole ES IST EIN JUNGE stand.

Er hatte zwei Zigarren dabei, eine aus Kaugummi für mich und eine echte für sich.

»Ich hoffe, du willst sie nicht hier drinnen rauchen«, sagte ich. »Normalerweise hätte ich nichts dagegen, aber ich habe gerade erst die Vorhänge imprägniert.«

Die ersten sechs Monate war mein Bruder Paul einfach nur ein knuddeliges Etwas, danach eine Puppe, die meine Schwestern und ich ganz nach Belieben windeln und betütteln konnten. In entsprechende Kleider gesteckt, konnte man leicht über den winzigen Penis hinwegsehen, der wie ein Dosenchampigon zwischen seinen Beinen lag. Mit etwas Fantasie und einigen ausgesuchten Accessoires war er Paulette, die kleine Französin mit dem Schmollmund; oder Paola, die *bambina* unter der schwarzhaarigen Perücke direkt aus ihrer toskanischen Heimat; oder Pauline, das bunt gescheckte Hippiebalg. Solange er noch ein hilfloses Kleinkind war, ließ er alles mit sich machen, doch mit achtzehn Monaten zerstörte er gründlich die Theorie, dass man ein Kind zum Schwulsein erziehen kann. Ungeachtet unserer vielen Anstrengungen, behielt die Zigarrenbanderole Recht. Unser Bruder war ein Junge. Er erbte meine Sportausrüstung, immer noch original verpackt, zog mit seinen Kumpels los und spielte, was gerade angesagt war. Wenn er gewann, tolle Sache, und hatte er verloren, war das auch nicht schlimm.

»Aber musst du denn nicht weinen?«, fragten wir ihn. »Nicht einmal ein kleines bisschen?«

Wir versuchten ihm die Vorteile nahe zu bringen, wenn man sich einmal so richtig ausheulen konnte – die anschließende Erleichterung und das Mitleid, das bei anderen geweckt wurde –, aber er lachte uns nur ins Gesicht. Wir alle heulten wie die Schlosshunde, doch bei ihm war die Wasserproduktion auf Schweiß und Urin beschränkt. Seine Bettlaken waren vielleicht feucht, aber sein Kopfkissen war immer trocken.

Gleichgültig in welcher Situation, für Paul ging es immer nur um einen Witz. Eine herzliche Umarmung, ein auf-

richtiges Wort der Anteilnahme – in unseren schwachen
Momenten fielen wir auf seine Tricks herein und schwo-
ren anschließend, ihm nie wieder zu trauen. Als ich mich
das letzte Mal von ihm in den Arm nehmen ließ, flog ich
von Raleigh zurück nach New York, ohne zu ahnen, dass
er mir einen Adressaufkleber auf den Rücken meiner Windjacke gedrückt hatte, auf dem »Hallo, ich bin schwul«
stand. Und das nach der ungemein lustigen Beerdigung
meiner Mutter.

Als meine Schwestern und ich schließlich von zu Hause
auszogen, schien das der natürliche Lauf der Dinge –
junge Erwachsene, die von einer Lebensphase in eine
andere eintreten. Unsere Abschiede verliefen relativ
schmerzlos, doch Pauls Auszug hatte etwas vom Ausset-
zen eines gezähmten Tieres in die freie Wildbahn. Er wusste, was man zur Zubereitung einer Mahlzeit brauchte,
zeigte aber einen beachtlichen Mangel an Geduld, was das
Kochen anging. Tiefkühlgerichte wurden häufig so ver-
zehrt, wie sie aus der Truhe kamen, als handle es sich bei
gefrorenen Hamburgerscheiben um ein Eis ohne Stiel. Als
ich eines Abends bei ihm anrief, hatte er gerade eine Fami-
lienpackung gefrorene Hühnerflügel schräg gegen die
Hintertür gestellt. Er hatte vergessen, sie rechtzeitig auf-
zutauen und versuchte nun, den steinharten Klumpen in
drei fünfzehn Zentimeter große Portionen zu zertreten,
die er anschließend übereinander stapeln und in den Tisch-
grill zwängen konnte.

Ich hörte das unnachahmliche Geräusch eines Stie-
fels, der auf kristallisiertes Fleisch trifft, begleitet vom
schweren Atmen meines Bruders: »Ihr ... verdammten ...
Drecksdinger.«

Am nächsten Abend rief ich wieder an und erfuhr, dass das Fleisch verdorben gewesen war und er sich die ganze Mühe umsonst gemacht hatte. Das Geflügel hatte nach Fisch geschmeckt, also hatte er es in den Müll geworfen und sich zu Bett gelegt. Ein paar Stunden später kam ihm in den Sinn, dass verdorbene Hühnchenflügel immer noch besser waren als gar keine, und er war wieder aufgestanden, in Unterhose nach draußen gegangen und hatte die Reste aus der Mülltonne gefischt und an Ort und Stelle gegessen.

Ich war entsetzt. »In deiner *Unterhose?*«

»Na, was denkst du denn?«, sagte er. »Ich mach mich doch nicht schick, um ein paar nach Fischärschen schmeckende Hühnchen zu essen.«

Ich war beunruhigt, dass mein Bruder in Boxershorts bei Mondschein verdorbenes Geflügel aß. Ich war beunruhigt, als ich hörte, dass er auf einem Parkplatz ins Koma gefallen war und beim Aufwachen unbekannte Initialen entdeckt hatte, die jemand ihm mit dem Lippenstift auf den Arsch gemalt hatte. Aber ich machte mir nie irgendwelche Sorgen, dass er einmal ohne Geld dastehen würde. Seit der Highschool hat er für sich selbst gesorgt und mit sechsundzwanzig eine sehr erfolgreiche Firma gegründet, die Böden schleift. Die Arbeit ist körperlich anstrengend, aber noch viel ermüdender sind die Feinarbeiten am Schluss, das Schreiben der Rechnungen und Anheuern von Leuten oder die endlosen Diskussionen mit unentschlossenen Kunden. Wenn man ihn fragt, wie er mit allen diesen Leuten klarkommt, streicht Paul die Fähigkeit zum Kompromiss heraus und erklärt: »Manchmal muss man den Schwanz in den Mund nehmen und ihn ein bisschen hin und her schieben. Niemand zwingt dich, was zu schlucken, man muss nur eine Weile dranbleiben. Du verstehst, was ich meine?«

»Ähm … ja.«

In einem Alter, als der Rest von uns kaum die eigene Miete aufbringen konnte, besaß er ein eigenes Haus. Mit zweiunddreißig verkaufte er es wieder und erwarb was Schickeres in einer der besseren Wohngegenden am Stadtrand von Raleigh, ein Haus mit vier Schlafzimmern, in dessen Einfahrt die Trucks und Geländewagen bis hinunter auf den Rasen standen, der von einer Gartenbaufirma gepflegt wurde. Und das alles mit einer Geschäftsphilosophie, die auf den Grundlagen der Fellatio basierte.

Paul bezeichnete sein Haus als »das Heim eines durchgeknallten Typen«, aber wenn man sich umsah, schien der Typ vor Selbstsicherheit nur so zu strotzen. Auf dem Kaminsims stand ein furzender, batteriebetriebener Fäkalienklumpen, und Pauls Spitzname Rooster zierte den Wohnzimmerboden, die hellgrün gestrichenen Wände und seine musizierenden Schneidemesser. »Von durchgeknallt keine Spur«, versicherte ich ihm und stolperte über ein Krokodil aus Beton. Das Haus war viel zu groß für eine einzige Person, deshalb war ich erleichtert, als ich hörte, dass eine Freundin in Begleitung einer älteren Mopshündin namens Venus bei ihm eingezogen war.

Mein Bruder überschlug sich fast vor Begeisterung. »Willst du mit ihr reden? Bleib dran, ich hol sie ans Telefon.«

Ich stellte mich darauf ein, die Stimme eines Mädchens aus North Carolina zu hören, ähnlich wie die Pauls, nur ein bisschen tiefer, doch stattdessen hörte ich ein Geräusch wie von einer Kettensäge, die sich hartnäckig durch einen

Baumstumpf frisst. Es war Venus. Monate später verband er mich am Telefon mit dem neuen Hund seiner Freundin, einer sechs Wochen alten Dänischen Dogge, die Diesel hieß. Ich redete mit den draußen lebenden Katzen, den Hauskatzen und mit dem von der Straße aufgelesenen Ferkel, das so lange eine gute Idee zu sein schien, bis es die erste feste Nahrung zu sich nahm. Erst nachdem Paul schon über ein Jahr mit seiner Freundin zusammenlebte, lernte ich sie schließlich kennen, eine ausgebildete Friseuse namens Kathy. Wenn man sich die Tattoos und das Nikotinpflaster wegdachte, erinnerte sie an eine der weltentrückten flämischen Madonnen mit einem kläffenden Mops statt des üblichen Christuskinds im Arm. Ihre Anmut, ihr Humor, ihre pelzbesetzten Pullis – wir mochten sie auf Anhieb. Das Beste aber war, dass sie aus dem Norden stammte. Sollten sie und Paul also je ein Kind bekommen, standen die Chancen fünfzig zu fünfzig, dass es verständliches Englisch sprechen würde. Sie gaben ihre Verlobung bekannt und planten für Ende Mai ihre Hochzeit, die den griechischen Teil der Familie schwer enttäuschte. Sie würde nicht in der Holy Trinity Church stattfinden, sondern in einem Hotel an der Küste von North Carolina. Die Trauung würde von einer Esoterikerin vollzogen, deren Nummer sie aus dem Telefonbuch hatten, und für die Musik sollte ein DJ namens J. D. sorgen, der unter der Woche in der städtischen Strafanstalt auflegte. »Nun denn«, seufzte meine Patentante. »Ich denke, so machen die jungen Leute das heute.«

Ich kam zwei Tage vor der Hochzeit von Paris herübergeflogen und saß in der Küche meines Vaters, als Paul in Anzug und Krawatte vor der Tür stand. Ein ehemaliger

Klassenkamerad von der Highschool hatte sich das Leben genommen, und auf dem Nachhauseweg von der Beerdigung war ihm die Idee gekommen, kurz vorbeizuschauen. Seit unserer letzten Begegnung hatte mein einst schlanker Bruder gute sechzig Pfund zugelegt. Er war rundum fülliger geworden, doch war ein Großteil der hinzugewonnenen Pfunde in Gesicht und Rumpf gewandert, was er als die so genannte Spiegelkrankheit bezeichnete: »Mein Bauch ist so fett, dass ich meinen Schwanz nur noch im Spiegel sehen kann.«

Der zusätzliche Speck hatte gewisse Körperpartien abgepolstert und andere gänzlich verschwinden lassen. Den Hals zum Beispiel. Von einem Doppelkinn verdeckt, schien sein Kopf direkt auf seinen Schultern zu balancieren, und er bewegte sich so vorsichtig, als hätte er Angst, er könnte runterfallen. Ich redete mir ein, wenn mein Bruder irgendwie verändert wirkte, müsse das am Anzug und nicht am Gewicht liegen. Er war jetzt ein gestandener Mann. Er würde in Kürze heiraten, und deshalb hatte sich auch seine Person verändert.

Er trank einen Schluck von dem dünnen Kaffee meines Vaters und spuckte ihn zurück in den Becher. »Die Brühe ist wie eine Nummer im Pool.«

»Wie bitte?«

»Mehr Wasser als Pulver.«

Vielleicht, dachte ich, *liegt es doch eher am Gewicht.*

Früh am nächsten Morgen fuhr ich mit Lisa und ihrem Mann Rob zur Küste. Als die älteste und einzig verheiratete von uns Geschwistern hatte sie die Chance ergriffen und die Doppelrolle der erfahrenen älteren Schwester und designierten Bräutigammutter übernommen. Erwähnte man nur die Namen Paul, Kathy oder Atlantic Beach, flossen bei ihr die Tränen, und sie schluchzte: »Ich hätte nie gedacht, dass ich diesen Tag noch erlebe.« Von Morehead City aus weinte sie so ziemlich in einer Tour, ausgelöst durch die Wahrzeichen unserer Jugend. »Oh, die Brücke! Der Pier! Der Minigolfplatz!«

Pauls Hochzeit fand im ehemaligen John Yancy statt, das inzwischen in Royal Pavillon umbenannt worden war. Das Haus war mit viel Aufwand umgebaut worden, und das bescheidene Küstenhotel von damals präsentierte sich jetzt stolz mit Empfangsräumen und einem Hochzeitserker. Die Kellnerinnen trugen Fliegen und empfahlen die Scampi mit dem Hinweis, es handle sich um ein italienisches Gericht. Wer die achtziger Jahre im Koma verbracht hatte, wäre von den Gipssäulen und Pastelltönen vermutlich beeindruckt gewesen, doch so wirkte die Einrichtung eher traurig und erinnerte an ein Einkaufszentrum.

Während die Hochzeit im Royal Pavillon stattfand, waren die Gäste nebenan im Atlantis untergebracht, einem dreistöckigen Motel, das sich seit den frühen Tagen der Weltraumfahrt kaum verändert hatte. Hier hatten wir in einem Alter unsere Wochenenden verbracht, als aus Trips *zum* Strand Trips *am* Strand geworden waren. Pilze, Kokain, Acid, Meskalin: Ich hatte noch nie hier eingecheckt, ohne nicht wenigstens gut zugedröhnt zu sein, und war deshalb überrascht, als ich ins Zimmer trat und das Mobiliar tatsächlich stillstand.

Mein Bruder hatte das Atlantis nicht aus sentimentalen Gründen gewählt, sondern weil die diversen Hunde in der Familie mitgebracht werden durften. Pauls Freunde, die von uns nur »die Schickeria« genannt wurden, hatten ebenfalls ihre Vierbeiner dabei, die bellten und jaulten und an der automatischen Glastür kratzten. So erging es Leuten, die keine Kinder hatten und nicht einmal Leute mit Kindern kannten. Die Brautjungfer war läufig. Beim Probeessen gab es sowohl Dosenfutter als auch Trockennahrung, und als mein Bruder einen Toast auf sein »prächtiges Miststück« erhob, dachten alle, er meinte den Mops.

Eine Stunde vor der Trauung waren die Männer unserer Familie in Pauls Zimmer verabredet, keine Frauen oder Mitglieder der Schickeria erlaubt. Ich ging hin in der Erwartung eines im Leben einmaligen männlichen Moments, und im Rückblick war es das wohl auch. Im Gegensatz zu meinem Zimmer, das tadellos war, glich Pauls Zimmer einer düsteren, mit Knochen übersäten Höhle. Obwohl er erst am Nachmittag zuvor eingetroffen war, sah es so aus, als hause er schon seit Jahren hier und hätte sich in dieser Zeit von Dosenbier und verschollenen Strandläufern ernährt. Ich breitete eine Zeitung aus, setzte mich aufs Bett und sah zu, wie mein Vater, der Trauzeuge war, meinem Bruder den Kummerbund umband. Es war fünf Uhr nachmittags an einem der bedeutendsten Tage ihres Lebens, und beide sahen fern. Ein privater Nachrichtenkanal brachte eine Sondersendung über eine Flutkatastrophe in einer fernen Stadt, die man am Ufer eines unzuverlässigen Flusses erbaut hatte. Die Menschen versuchten einen Damm mit Sandsäcken zu errichten. Ein Schubkarren trieb durch die Straßen eines Wohnviertels. »Und immer noch«, sagte der Sprecher, »fällt Regen.«

Ich hatte einmal gehört, vielleicht war es bloß ein Gerücht, dass der Regisseur bei der Verfilmung von *Gandhi* Statisten angeheuert hatte, die Sandsäcke spielen sollten, weil sie einfacher aufzutreiben waren als richtige Säcke. Die Geschichte schien mir ein guter Aufhänger für eine

Unterhaltung, doch gleich beim ersten Satz herrschte mein Vater mich an, den Mund zu halten.

»Wir sehen gerade fern«, sagte er. »Herrgott, hast du Tomaten auf den Augen?« Gegenüber in der Suite der Braut wurde Make-up aufgetragen und systematisch weggeheult. Tiefsinnige Dinge wurden gesagt, und ich hatte das untrügliche Gefühl, am falschen Ort zu sein. Mein Vater drehte meinen Bruder mit dem Gesicht zu sich und band ihm die Krawatte, mit einem Auge weiterhin auf den Bildschirm schielend.

»Bei so viel Wasser ist der ganze Holzboden im Arsch«, sagte mein Bruder. »Die armen Schweine können sich auf 'ne Totalrenovierung einstellen, das sag ich dir.«

»Ich glaub's auch.« Mein Vater half dem Bräutigam in sein Jackett und warf einen letzten Blick auf die Flutopfer. »Also los«, sagte er. »Auf zur Hochzeit.«

Es war ein geschäftiger Tag im Royal Pavillon. Die Fünfuhrhochzeit hatte sich etwas verzögert, und wir schauten von der Seite aus zu, wie ein Kaplan des Marine Corps einem attraktiven Pärchen Anfang zwanzig die besten Wünsche mit auf den Weg gab. Lisa und Amy gaben dem Paar maximal drei Jahre. Gretchen und ich tippten eher auf achtzehn Monate, und Tiffany schlug vor, wenn wir die wahre Antwort wissen wollten, müssten wir nur die Esoterikerin fragen, die neben einer Krüppelkiefer stand und sich mit Pauls Patentante unterhielt. Sie war eine große, konservativ gekleidete Frau mit fleischfarbenen Haaren und dazu passend lackierten Fingernägeln. Ihre Sonnenbrille hing an einer Kette um ihren Hals, und sie putzte die Gläser, während sie ihre zahlreichen Fähigkeiten aufzählte. Abgesehen davon, dass sie freitags immer Tarotkarten legte, schien sie auch Krebs, Diabetes und Herzkrankheiten durch Handauflegen an geheimen, schier unzugänglichen Stellen zu heilen. »Ich habe diese Gabe seit meinem siebten Lebensjahr«, sagte sie. »Und glauben Sie mir, ich bin *sehr* gut in dem, was ich tue.«

Was Hochzeiten betraf, las sie der zukünftigen Braut und dem Bräutigam die Zukunft, indem sie sich in deren tiefstes Selbst versenkte und das, was sie dort entdeckte, für einmalige, ganz persönliche Trauschwüre nutzte.

»Also, ich finde das wunderbar«, sagte Lisa.

»Ich weiß«, sagte die Esoterikerin. »Ich weiß.«

Die Marines marschierten in Reih und Glied aus dem Hochzeitserker, und wir übernahmen die Plätze. »Für wen hält diese Frau sich?«, flüsterte Lisa. »Ich wollte doch nur höflich zu ihr sein.«

»Ich weiß«, sagte ich. »Ich weiß.«

J.D., der DJ, hing auf der Brücke fest, also begann die Zeremonie ohne den Hochzeitsmarsch vom Band. Lisa fing erwartungsgemäß in dem Moment an zu heulen, als die Braut am Arm ihres Vaters hinter dem Colaautomaten um die Ecke bog. Die Hunde sprangen sofort hinzu, während ich fest entschlossen war, mich nicht dem Zug anzuschließen, sondern über die Schulter der Esoterikerin auf einen schmalen Streifen Ozean blickte, der zwischen den Bäumen hindurchschimmerte. Genau an dieser Stelle war mein Bruder vor zweiundzwanzig Jahren beinahe ertrunken. Wir hatten uns von der Flut hinaustragen lassen und stellten plötzlich fest, dass wir uns auf offenem Meer befanden und immer weiter vom Hotel abtrieben. Normalerweise wagten wir uns nicht so weit raus, und ich war sogleich auf die Küste zugeschwommen, in dem Glauben, mein Bruder sei direkt hinter mir.

185

»*Seid gegrüßt Freunde und Verwandte*«, sagte die Esoterikerin.
»*Wir stehen auf …*« Sie schaute zur Braut herüber, die mei-
nen zu kurz geratenen Bruder ein gutes Stück überragte.
»*Wir stehen auf Zehenspitzen, um heute Nachmittag die Liebe von …
Paul und Kathy zu feiern.*«

Er sollte eigentlich gar nicht im Wasser sein, erst recht
nicht mit mir. »Du machst ihn noch ganz verrückt«, sagte meine Mutter. »Um Himmels willen, gönn ihm eine
Pause.« Der Vorwurf, ich würde meine Schwestern auf-
ziehen, machte mich immer etwas verlegen, aber dass ich
es auch bei einem zwölfjährigen Jungen konnte, gefiel mir.
Als der ältere Bruder war das mein Job, und ich bildete mir
ein, ihn gut zu erledigen. Ich schwamm etwa eine Pool-
länge und drehte mich um. Aber Paul war nicht da.

»*Diese Liebe gibt es nicht … im Supermarkt*«, sagte die Esoterikerin. »*Man findet sie nicht … unter einem Baum, unter einer …
Muschel und auch nicht in …*« Man sah, wie sie nach einem
passenden Versteck suchte. »*Auch nicht in einer Schatzkiste, die
vor vielen hundert Jahren auf den … geschichtsträchtigen Inseln hier
vor der Küste vergraben wurde.*«

Eine Dünung rollte heran und verschluckte meinen Bruder, von dem nur noch der rechte Arm aus dem Wasser
ragte und in Zeichensprache signalisierte: »Ich ertrinke,
und du allein trägst die Schuld.« Ich schwamm zu ihm
zurück und versuchte mich an den Rettungsschwimmer-
kurs zu erinnern, den ich vor vielen Jahren im Country
Club mitgemacht hatte. *Denk nach*, ermahnte ich mich.
Handle wie ein Mann. Ich versuchte mich zu konzentrieren, aber das Einzige, woran ich mich erinnerte, war
der Schwimmlehrer, ein athletischer Siebzehnjähriger, der
Chip Pancake hieß. Ich erinnerte mich noch genau an
die Sommersprossen auf seinen breiten, bronzefarbenen

Schultern und an den wilden Hoffnungsschimmer, als er unter den Teilnehmern nach einem Freiwilligen zur Wiederbelebung suchte. *Oh, bitte nimm mich*, flüsterte ich. *Hier! Sieh doch!* Ich erinnerte mich an den Geruch gegrillter Hamburger, der vom Klubhaus herüberzog, an das Stechen der Rettungsweste auf meinem sonnenverbrannten Rücken und an den bitteren Schmerz der Enttäuschung, als Chip sich für Patsy Pyle entschied, der das Erlebnis nachher als »lebensverändernd« beschrieb. Keine Erinnerungen, mit denen man Leben rettet, also ließ ich die Vergangenheit hinter mir und folgte stattdessen ganz meinem Instinkt.

»Wir erbitten für diese Ehe so viel Segen, wie es ... Sandkörner im Ozean gibt.«

Zuletzt packte ich Paul einfach an den Haaren und brüllte ihn an, sich flach aufs Wasser zu legen. Er erbrach einen Schwall Meerwasser, dann paddelten wir zurück zum Ufer und erreichten eine halbe Meile unterhalb des Hotels den Strand. Als wir nebeneinander im flachen Wasser lagen und nach Luft japsten, schien es mir der rechte Moment, meinem Gefühl der Erleichterung und der brüderlichen Liebe Ausdruck zu verleihen.

»Hör zu«, sagte ich. »Ich will, dass du weißt ...«

»Ach, leck mich«, hatte Paul zu mir gesagt.

»Ja«, sagte Paul zu Kathy.

»Ich hätte nie gedacht, dass ich diesen Tag noch erlebe«, schluchzte Lisa.

Mein Bruder küsste die Braut, und die Esoterikerin blickte ins Publikum und nickte wissend, als wolle sie sagen: Ich wusste, dass es so kommen würde.

Kameras klickten, und ein plötzlicher Windstoß hob Kathys Schleier und Schleppe hoch in die Luft. Ihr überraschter Blick, die hastige Umarmung meines Bruders – auf den Fotos sah es nachher so aus, als sei sie geradewegs vom Himmel gefallen und im letzten Moment von jemandem aufgefangen worden, der sich ihr als der glücklichste Mann der Welt vorstellte.

Auf der anschließenden Feier tanzte mein Bruder den Wurm und warf sich der Länge nach auf den Boden, und die Schickeria sang: »Party, fat man, party.« Mein Vater hielt eine kurze, steife Ansprache auf den Rooster, bei der er die ganze Zeit ein Plastikhuhn durch die Luft schwenkte, und wieder klickten die Kameras.

»Ich fasse es nicht«, sagte ich. »Ein Plastikhuhn?«

Er verteidigte sich, dass er keinen Hahn aus Plastik auftreiben konnte, und ich erklärte, dies sei noch nicht das Schlimmste. »Nicht jeder hat das Talent, frei zu sprechen«, sagte ich. »Wo waren deine Notizen? Warum bist du nicht zu mir gekommen?«

Mein Zorn rührte vor allem daher, weil ich die große Rede hatte halten wollen. Seit Pauls Kindertagen arbeitete ich daran, aber niemand hatte mich gefragt. Jetzt würde ich bis zur Beerdigung warten müssen.

Um ein Uhr nachts lief die Saalmiete aus, und wir beschlossen, die Feier an den Strand zu verlegen. Kathy ging sich umziehen, und Paul und ich nahmen die Hunde mit auf einen kurzen Spaziergang auf dem Rasen vor dem Atlantis. Zum ersten Mal während der Hochzeit waren wir unter uns, und ich wollte einen denkwürdigen Augenblick daraus machen. Das entscheidende Wort hier ist *wollte*, weil man damit von vornherein alles vermasselt. Gerade wenn man besonders feierlich sein will, redet man nur dummes Zeug, an das man sich nachher zwar erinnert, aber ganz anders als beabsichtigt. Mein Bruder hatte mich ein Leben lang vor solchen Momenten bewahrt, und er würde es auch dieses Mal tun.

Es fing leicht an zu nieseln, und gerade als ich mich räusperte, schiss Venus einen Haufen erdnussgroßer Kötel auf den Rasen.

»Willst du das nicht wegmachen?«, fragte ich.

Paul zeigte auf den Boden und pfiff die Dänische Dogge herbei, die über den Rasen gesprungen kam und den Haufen mit einem Bissen verschlang.

»Das war ein Versehen, oder?«, sagte ich.

»Von wegen Versehen. Ich hab die Töle darauf *abgerichtet*«, sagte er. »Manchmal hält er sogar die Schnauze an ihren Arsch und schluckt das Zeug frisch vom Hahn.«

Ich stellte mir meinen Bruder vor, wie er im Garten steht und seinem Hund beibringt, Scheiße zu fressen, und ich wusste, dass ich dieses Bild mein Lebtag mit mir herumtragen würde. Die Tränen und Gespräche unter Brüdern konnte man vergessen, das hier war der Stoff, aus dem Erinnerungen sind.

Die Dänische Dogge leckte sich die Lippen und stöberte im Gras nach mehr. »Was wolltest du sagen?«, fragte Paul.

»Ach, nichts.«

Von der Kuppe einer für Strandbesucher gesperrten Düne aus hallte das Kriegsgeheul der Schickeria herüber. Kathy rief von der Tür ihres Zimmers, und begleitet von seinen Hunden, stapfte Paul los, eine Liebe schenkend, die man nicht unter einem Baum findet, nicht unter einer Muschel und auch nicht in einer Schatzkiste, die vor vielen hundert Jahren auf einer der geschichtsträchtigen Inseln hier vor der Küste vergraben wurde.

Eigentum

»*Die richtige Wohnung zu finden* ist fast so, wie sich zu verlieben«, erklärte uns die Immobilienmaklerin. Sie sah aus wie eine flotte Großmutter mit strenger Designersonnenbrille. Sie hatte blond gefärbte Haare, trug schwarze Strümpfe und einen kurzen Schal, der leger um ihren Hals geschwungen war. Drei Monate lang kutschierte sie uns in ihrem Sportwagen um Paris herum, Hugh auf dem Beifahrersitz und ich wie ein zusammengeklappter Gartenstuhl auf die Rückbank gezwängt.

Nach jeder Fahrt musste ich erst einmal wieder gehen lernen, aber das war nur ein kleines körperliches Übel. Mein eigentliches Problem war, dass ich mich bereits in eine Wohnung verliebt hatte. Unser augenblickliches Heim war perfekt, und sich nach einem anderen umzusehen kam mir treulos und geheimniskrämerisch wie ein Ehebruch vor. Im Anschluss an eine Besichtigung stand ich bei uns im Wohnzimmer, sah hinauf zu den hohen Deckenbalken und versuchte zu erklären, dass das fremde Schlafzimmer mit den zwei Betten mich kalt gelassen hatte. Hugh sah es genau andersherum und gab unserer Wohnung die Schuld für unsere Untreue. Wir hatten angeboten, ja geradezu darum gebettelt, das Haus zu kaufen, aber der Eigentümer wollte es seinen Töchtern vermachen, zwei kleinen Mädchen, die heranwuchsen und uns schließlich vor die Tür setzen würden. Der Mietvertrag hätte für fünfzehn Jahre verlängert werden können, aber Hugh wollte sein Herz nicht an eine aussichtslose Sache hängen. Als er hörte, dass die Wohnung nie wirklich uns gehören würde, rief er die Immobiliengroßmutter an, wie es seine Art ist, wenn er etwas nicht bekommt: Er ergreift die Initiative und sieht sich anderswo um.

Das Haus war für ihn gestorben, aber ich hoffte weiter auf ein Wunder. Ein Reitunfall, ein Feuer in der Spielhütte: Kleinen Mädchen kann so vieles zustoßen.

Wenn wir unterwegs waren, versuchte ich für alles offen zu sein, doch je mehr Häuser wir besichtigten, desto mehr verließ mich der Mut. War eine Wohnung nicht zu klein, war sie zu teuer, zu modern oder zu weit vom Zentrum entfernt. Ich wusste gleich, wenn es nicht Liebe war, aber Hugh befand sich auf dem Absprung und sah überall mögliche Kandidaten. Er steht auf baufällige Häuser, die er wieder aufmöbeln kann, und war Feuer und Flamme, als die Großmutter gegen Ende des Sommers ein Angebot hereinbekam, das übersetzt »ein Freudenhaus in guter Lage« offerierte. Seine Begeisterung wuchs, als wir die Treppe zum Eingang hochstiegen, und blühte auf, als die Tür aufging und uns der Geruch abgestandener Pisse aus dem Flur entgegenschlug. Die Vormieter waren ausgezogen, hatten aber überall Hinweise auf ihre Größe und ihr Temperament hinterlassen. Alles unterhalb Hüfthöhe war entweder eingedrückt, zersplittert oder mit einer Soße aus Blut und Menschenhaar beschmiert. Auf dem Wohnzimmerboden fand ich einen Zahn, und unter der Klinke innen an der Haustür war mit Rotz etwas festgeklebt, das aussah wie ein kompletter Fingernagel. Aber natürlich war das nur wieder typisch für mich, den ewigen Nörgler und Griesgram. Während ich nach dem restlichen Leichnam suchte, flitzte Hugh mit irre glänzenden Augen zwischen dem Loch, das sich Küche schimpfte, und dem Loch, das sich als Badezimmer ausgab, hin und her.

Wir hatten beide diesen Blick, als wir zum ersten Mal unsere alte Wohnung sahen, aber jetzt war er allein und fühlte etwas, das mir abging. Ich versuchte an seiner Begeisterung teilzuhaben – »Sieh nur, die verrotteten Kabel!« –, aber es klang irgendwie hohl, wie jemand, der sich mit etwas zufrieden gab und krampfhaft versuchte so zu tun, als wäre dem nicht so. Es war kein unansehnliches Haus. Die Räume waren groß und hell, und auch gegen die Lage war gewiss nichts einzuwenden. Es riss mich nur nicht vom Hocker.

»Vielleicht verwechselst du Liebe mit Mitleid«, sagte ich zu Hugh, und er erwiderte: »Wenn du so denkst, habe ich tatsächlich Mitleid, aber mit dir.«

Die Großmutter spürte meine fehlende Begeisterung und schrieb sie einem Mangel an Fantasie zu. »Manche Leute sehen nur das, was sie unmittelbar vor Augen haben«, seufzte sie.

»Hören Sie«, sagte ich, »ich habe« – und dann sagte ich das Dümmste überhaupt – »ich habe ein gutes Vorstellungsvermögen.«

Sie zog ihr Mobiltelefon aus der Handtasche. »Beweisen Sie es«, sagte sie. »Der Eigentümer hat drei Angebote vorliegen, und er wird nicht ewig warten.«

Wenn die richtige Wohnung zu finden wie sich zu verlieben ist, ist eine zu kaufen so, als würde man gleich bei der ersten Begegnung einen Heiratsantrag machen und untereinander vereinbaren, sich bis zur Hochzeit nicht wiederzusehen. Wir machten unser Angebot, und als wir den Zuschlag erhielten, gab ich vor, genauso glücklich zu sein wie Hugh und seine Brautjungfer, die Großmutter. Wir trafen uns mit einem Mann von der Bank und einem Notar, den wir mit Master LaBruce ansprachen. Ich hoffte, einer von beiden würde der Geschichte ein Ende bereiten – uns das Darlehn verweigern, irgendeine versteckte Klausel im Testament ausgraben –, aber es verlief alles nach Plan. Unser Master leitete den Vertragsabschluss, und einen Tag später standen die Handwerker vor der Tür. Selbst nach Beginn der Renovierungsarbeiten stöberte ich weiter in den Immobilienanzeigen, in der Hoffnung, doch noch was Besseres zu entdecken. Ich machte mir nicht nur Sorgen, wir könnten das falsche Haus gekauft haben, sondern ebenso eins in der falschen Gegend, in der falschen Stadt und im falschen Land. »Das sind die Zweifel nach dem Kauf«, sagte die Großmutter. »Aber seien Sie beruhigt, das ist ganz natürlich.« *Natürlich*. Ein seltsames Wort aus dem Mund einer Achtzigjährigen ohne eine einzige Falte im Gesicht und mit Haaren in der Farbe eines amerikanischen Schulbusses.

Drei Monate nach unserem Einzug machten wir einen Ausflug nach Amsterdam, einer Stadt, die oft mit dem Satz angepriesen wird: »Da kann man so herrlich versumpfen.« Ich stellte mir neonbunte Brücken und Kanäle mit dem Wasser aus Haschpfeifen vor, aber in Wirklichkeit gleicht die Stadt eher einem Bruegel-Gemälde als einem Mr.-Natural-Comic. Wir waren begeistert von den schmalen Backsteinhäusern und dem feinen Rascheln von

Fahrradreifen auf frisch gefallenem Laub. Unser Hotel ging auf die Herengracht, und schon beim Einchecken beschlich mich das Gefühl, dass wir einen furchtbaren Fehler gemacht hatten. Wie konnten wir uns in Paris niederlassen, ohne vorher die Möglichkeiten von Amsterdam zu erkunden? Wo hatten wir unseren Verstand gelassen?

An unserem ersten Nachmittag machten wir einen Spaziergang und kamen am Anne-Frank-Haus vorbei, von dem ich einigermaßen überrascht war. Ich hatte mir das Haus immer als eine schummerige Absteige vorgestellt, dabei ist es ein sehr hübsches Gebäude aus dem siebzehnten Jahrhundert gleich an einem Kanal. Die Straße ist mit Bäumen gesäumt, und die Einkaufsmöglichkeiten und die Anbindung ans öffentliche Verkehrsnetz sind bestens – kurzum, ein Haus in bester Lage. Durch unsere monatelange Häusersuche hatte ich mir einen ganz speziellen Blick angewöhnt, und als ich die Leute vor dem Haus Schlange stehen sah, war mein erster Gedanke nicht *Anstehen für Eintrittskarten*, sondern *Besichtigungstermin!*

Durch den berühmten Drehschrank gelangten wir in das Hinterhaus, und als wir über die Schwelle schritten, spürte ich, was die Großmutter mit einem Blitzschlag verglichen hatte, nämlich die absolute Gewissheit, dass dies die richtige Wohnung für mich war. Dass sie mir gehören würde. Das komplette Gebäude wäre zu unpraktisch und viel zu teuer, aber der Teil, in dem Anne Frank und ihre Familie gelebt hatten, das dreistöckige Hinterhaus, besaß genau die richtige Größe und war hinreißend, was einem natürlich nie jemand sagen würde. In sämtlichen Theaterstücken und Filmen macht es immer einen tristen, altbackenen Eindruck, doch wenn man nur die Vorhänge von den Fenstern wegzieht, ist der erste Gedanke nicht »trotz allem glaube ich immer noch an das Gute im Menschen«, sondern »wen muss ich aus dem Weg räumen, um an diese Wohnung zu kommen?«. Das soll nicht heißen, dass mir nicht die eine oder andere Veränderung vorgeschwebt hätte, aber der Grundriss war da und klar zu erkennen, da man sämtliche Möbelstücke und privaten Gegenstände entfernt hatte, die einen Raum in der Regel deutlich kleiner wirken lassen.

Hugh blieb stehen, um die Bilder der Filmstars zu betrachten, die Anne auf die Wand ihres Zimmers geklebt hatte – eine Wand, die ich persönlich eingerissen hätte –, während ich gleich weiter ins Badezimmer eilte und mir das Wasserklosett mit der Schüssel aus Delfter Porzellan ansah, die tatsächlich so aussah wie eine große Suppenschüssel. Danach ging es die Treppe hoch in die Küche, ein Raum mit zwei Fenstern, in dem gekocht und gegessen wurde. Die Küchenplatte müsste raus, und es müssten auch komplett neue Installationen verlegt werden, aber als Erstes würde ich den Holzofen rauswerfen und den alten Kamin wieder flott machen. »Das ist der Blickfang dieses Raums«, hörte ich die Großmutter sagen. Das Zimmer neben der Küche schwebte mir als Arbeitszimmer vor, doch dann sah ich den Dachboden mit den reizenden Giebelfenstern, und aus dem Zimmer neben der Küche wurde eine kleine Schlafkammer.

Dann ging es wieder runter zu einer zweiten Inspektion der Toilettenschüssel, von dort hoch, um noch einmal die Küchenplatte in Augenschein zu nehmen, die, genauer besehen, auch bleiben konnte. Oder doch nicht? Es war nicht leicht, in Ruhe nachzudenken, mit den vielen Leuten im Haus, die einem die Treppe versperrten und große Reden schwangen. Eine Frau mit einem Disneyland-Sweatshirt stand in der Tür und machte Fotos von meinem Waschbecken, und ich stieß sie absichtlich am Arm, damit die Bilder verwackelten und nicht viel hermachten. »He Sie!«, sagte sie.

»Oh, ›He Sie‹ auch.« Ich war wie im Rausch, und das Einzige, was zählte, war diese Wohnung. Es hatte nichts mit der Berühmtheit der einstigen Bewohner oder der Geschichtsträchtigkeit des Hauses zu tun und war etwas anderes, als eine Wimper von Maria Callas oder einen Unterrock von J. Edgar Hoover zu besitzen. Natürlich würde ich *erwähnen*, dass ich nicht der erste Mensch in diesem Haus war, der ein Tagebuch schrieb, aber das war nicht der Grund, warum ich mich in es verliebt hatte. Auch wenn es ziemlich bekifft klingt, aber ich hatte das Gefühl, als wäre ich endlich zu Hause angekommen. Eine grausame Laune des Schicksals hatte mich aufgehalten, aber jetzt war ich zurückgekehrt, um mein rechtmäßiges Erbe anzutreten. Es war das großartigste Gefühl der Welt: Aufregung und Erleichterung, verbunden mit der trunkenen Vorfreude, etwas zu erwerben und ganz nach seinen Wünschen einzurichten.

Ich kehrte erst in die Wirklichkeit zurück, als ich zufällig aus dem Hinterhaus in das angrenzende Gebäude trat, das heute Teil eines Museums ist. Über einem Schaukasten hing in großen, unübersehbaren Lettern ein Ausspruch Primo Levis an der Wand: »Eine Einzelperson wie Anne Frank erweckt mehr Anteilnahme als die Ungezählten, die wie sie gelitten haben, deren Bilder aber im Dunkeln geblieben sind. Vielleicht muss es so sein; müssten oder könnten wir die Leiden aller erleiden, könnten wir nicht leben.«

Er sagte nicht ausdrücklich, dass wir nicht *in ihrem* Haus leben konnten, aber das war zweifellos auch gemeint, und der Ausspruch vertrieb nachhaltig jeden Gedanken an

Besitz. Das Tragische an Anne Franks Schicksal ist, dass sie es beinahe geschafft hätte, dass sie und ihre Schwester nur wenige Wochen vor der Befreiung ihres Lagers starben. Nachdem sie zwei Jahre in ihrem Versteck ausgeharrt hatten, hätten sie und ihre Familie es bis zum Ende des Kriegs schaffen können, wenn sie nicht ein Nachbar, dessen Name nie bekannt wurde, verraten hätte. Ich sah aus dem Fenster und fragte mich, was für ein Mensch so etwas tun konnte, und bemerkte plötzlich mein Spiegelbild in der Scheibe. Dahinter, schräg über den Hof, fiel der Blick auf eine ganz entzückende Wohnung.

Mach den Deckel drauf

In der Toilette des La Guardia Airports fiel mir ein Mann auf, der sein Mobiltelefon aus der Jackentasche nahm, in eine freie Kabine ging und eine Nummer wählte. Ich nahm an, er wollte gleichzeitig pinkeln und telefonieren, aber dann sah ich unter dem Türspalt seine heruntergelassene Hose. Er saß auf der Schüssel.

Die meisten Flughafengespräche beginnen mit geografischen Angaben. »Ich bin in Kansas City«, sagt man zum Beispiel. »Ich bin in Houston.« »Ich bin am Kennedy Airport.« Der Mann mit dem Mobiltelefon sagte auf die Frage nach seinem augenblicklichen Aufenthalt nur: »Ich bin am Flughafen, was glaubst du denn?«

Die Geräusche einer öffentlichen Toilette sind nicht unbedingt das, was man mit einem Flughafen in Verbindung bringt, jedenfalls nicht mit einem sicheren Flughafen, sodass mir die Bemerkung »Was glaubst du denn?« unfair vorkam. Die Person am anderen Ende dachte offenbar genauso. »Was soll das heißen, ›Welcher Flughafen?‹«, sagte der Mann. »Ich bin in La Guardia. Und jetzt gib mir bitte Marty.«

Kurz darauf war ich in Boston. Meine Schwester Tiffany holte mich in der Lobby meines Hotels ab und schlug vor, den Rest des Nachmittags bei ihr zu verbringen. Der Portier winkte ein Taxi, und als wir eingestiegen waren, erzählte ich ihr die Geschichte von dem Mann in La Guardia. »Stell dir vor, der hat telefoniert *und dabei auf dem Klo gesessen!*«

Tiffany nimmt es sehr genau mit Regeln, ist aber ausgesprochen nachsichtig, wenn es um Kapitalverbrechen geht: Vergewaltigung, Mord, Kinderverwahrlosung – alles das muss im Einzelfall betrachtet werden. Wirklich ärgern kann sie sich über die kleinen Dinge, und ihr harsches Urteil beginnt meist mit »kein normaler Mensch«. »Kein normaler Mensch bastelt Gegenstände aus Kiefernzapfen«, heißt es dann, oder: »Kein normaler Mensch sagt *Würstel* zu einem Hot Dog. Das ist weder lustig noch originell. Das macht man einfach nicht.«

Ich war davon ausgegangen, Tiffany würde sich über die Geschichte von dem Mann auf der Toilette einigermaßen entsetzt zeigen. Ich hatte ein klares Urteil erwartet, doch stattdessen sagte sie nur: »Ich glaube nicht an Mobiltelefone.«

»Aber du *glaubst* daran, dass man Gespräche von der Toilette aus führen kann?«

»Was heißt *glauben*«, sagte sie. »Aber von mir aus, warum nicht?«

Ich dachte wieder an die Toilette in La Guardia. »Aber meinst du nicht, die Leute hören, was los ist? Wie willst du die Hintergrundgeräusche erklären?«

Meine Schwester tat so, als hätte sie einen Telefonhörer in der Hand. Dann verzog sie das Gesicht und sprach mit gequälter, abgehackter Stimme, die man gemeinhin mit schweren Lasten verbindet. »Ich sage einfach: ›Wundere dich nicht. Ich kriege nur gerade diesen … verdammten … Deckel … nicht ab.‹«

200

Tiffany lehnte sich in ihren Sitz zurück, und ich musste an die vielen Male denken, als ich auf diesen Satz hereingefallen war und mir vorgestellt hatte, wie sie hilflos in der Küche stand. »Versuch mal, den Deckel gegen die Küchenplatte zu schlagen«, sagte ich oder: »Halte das Glas unter heißes Wasser; das klappt manchmal.«

Nach langem, zähen Ringen kam dann endlich ein erleichtertes Aufatmen: »Na also … ich hab's geschafft.« Danach bedankte sie sich bei mir, und ich fühlte mich stark, weil ich mich für den einzigen Mann auf Erden hielt, der übers Telefon ein Glas aufschrauben konnte. An meine Eitelkeit zu appellieren war ein alter Trick, aber es steckte noch mehr dahinter.

Tiffany ist eine ausgezeichnete Köchin. Bequemlichkeit ist nicht ihre Sache, und deshalb vermutete ich in dem Glas immer etwas, das sie selbst eingemacht hatte. Gelee vielleicht oder Pfirsiche. Wenn der Deckel runter war, stellte ich mir vor, wie ihr ein verlockend süßer Duft in die Nase stieg und sie ein Gefühl von Stolz und Meisterschaft verspürte, sich noch ganz »auf die gute alte Art« zu verstehen. Indirekt hatte auch ich mich stolz gefühlt, aber jetzt fühlte ich mich betrogen.

»Daddy hat sich mal wieder viel zu viele Gedanken gemacht«, sagte sie.

»Daddy?«

»Ja doch«, sagte sie. »Du.«

»Niemand sagt Daddy zu mir.«

»Mama schon.«

Das ist ihre neuste Masche. Alle Männer sind bei ihr Daddy und alle Frauen Mama. Mit vierzig redet sie wie ein ziemlich aufgewecktes Kleinkind.

Meine Schwester wohnt in Somerville, in der Parterrewohnung eines kleinen zweistöckigen Hauses. Ein Maschendrahtzaun trennt den Vorgarten vom Bürgersteig, und hinterm Haus steht eine Garage, in der ihr Fahrrad und die selbst gebaute Rikscha untergebracht sind, die sie hinten an ihr Rad hängen kann. Es ist ein monströses, kutschenartiges Teil mit einem Sperrholzboden und zwei Rädern von einem ausgeschlachteten Zehngangrad. Es gibt eine ganze Reihe Regeln, die Rikscha betreffend, von denen die meisten sich darum drehen, was man sich bei ihrem Anblick erlauben darf und was nicht. Lachen geht auf keinen Fall, genauso wenig wie eine Hupe nachmachen, mit dem Finger drauf zeigen oder mit den Händen Schlitzaugen ziehen. Letzteres kommt öfter vor, als man glaubt, und es ärgert Tiffany am meisten. Sie ist eine entschiedene Fürsprecherin der Chinesen geworden, ganz besonders von Mrs. Yip, ihrer Vermieterin, die ihr beigebracht hat, Fett durch rhythmisches Klopfen auf Hüften und Bauch zu bekämpfen. Jeden Morgen steht meine Schwester im Wohnzimmer vor dem Fernseher und trommelt eine halbe Stunde auf sich herum. Sie behauptet, es halte sie fit, obwohl es vermutlich eher am Fahrrad und an der schweren Rikscha liegt.

»Sie hat eine wunderbare Stimme«, sagt mein Vater. »Wenn sie nur etwas daraus *machen* würde.«

Fragt man ihn, was er mit *etwas* meint, sagt er, sie solle ein Album herausbringen.

»Aber sie singt gar nicht.«

»Na, sie könnte aber.« Er redet so, als sei die Tatsache, dass sie kein Album herausbringt, nur ihrer Faulheit zuzuschreiben, als ob die Leute einfach so in ein Studio spazierten, ein Dutzend Stücke aufnähmen und die Radiosender

202

einem die Aufnahmen aus der Hand reißen würden. Ich habe Tiffany noch nicht einmal »Happy Birthday« singen hören, aber was ihre Stimme angeht, hat mein Vater Recht, sie hat eine wunderbare Stimme. Schon als Kind klang sie rauchig und voll, was selbst ihren banalsten Äußerungen einen verruchten, leicht erotischen Unterton gab.

»Jeder Mensch soll mit seinen Talenten wuchern«, sagt mein Vater. »Wenn sie kein Album machen will, kann sie vielleicht im Empfang arbeiten. Da muss sie nur das verdammte Telefon abnehmen.«

Aber Tiffany braucht keine Tipps für die Karriere, schon gar nicht von unserem Vater.

»Ich glaube, sie ist glücklich mit dem, was sie macht«, wende ich ein.

»Ach, Mumpitz.«

Mit dreizehn bekam Tiffany eine Zahnspange, und mit vierzehn versuchte sie sie mit einer Kneifzange herauszubrechen. Zuvor war sie von zu Hause ausgerissen und wollte alle Ähnlichkeit mit dem Klassenfoto loswerden, das meine Eltern der Polizei gegeben hatten. Beim Versuch, etwas über ihren Verbleib zu erfahren, redete ich mit einer ihrer Freundinnen, einem Mädchen, das einen wirklich hartgesottenen Eindruck machte und sich Scallywag nannte. Sie behauptete, nichts zu wissen, und als ich ihr vorwarf, sie lüge, öffnete sie eine Colaflasche mit den Zähnen und spuckte den Kronkorken in ihren Vorgarten. »Hör zu«, sagte ich, »ich bin nicht dein Feind.« Aber sie hatte einiges über mich gehört und wusste, dass mir nicht zu trauen war.

Nachdem man sie aufgegriffen hatte, saß Tiffany eine Weile in Jugendarrest und landete dann in einer Erziehungsanstalt, von der meine Mutter in einer Talkshow im

Nachmittagsprogramm gehört hatte. Zur Strafe musste man sich dort flach auf den Boden legen und den Mund öffnen, und ein Aufseher versenkte dann Golfbälle darin. »Böses Handikap« sagte man dazu. Letzten Endes machte man dort nichts anderes, als die Jugendlichen zu foltern, bis sie achtzehn waren und damit alt genug, ganz legal wegzulaufen.

Nach ihrer Entlassung entwickelte Tiffany eine Leidenschaft fürs Backen. Sie besuchte eine Kochschule in Boston und arbeitete mehrere Jahre in einem Restaurant, in dem man es originell fand, Kekse mit Estragon und schwarzem Pfeffer zu bestreuen. Es war eine Küche für Leute, die lieber lesen statt essen, aber der Job war gut bezahlt, und es gab Sozialleistungen. Von Mitternacht bis in die frühen Morgenstunden stand Tiffany in der Küche, siebte Mehl und hörte AM Talk Radio, was lustig oder gespenstisch sein kann, je nachdem, wie gut man sich von den Anrufern distanzieren kann. Tommy aus Revere, Carol aus Fall River – beide sind einsam und durchgeknallt. Man selbst ist das nicht. Aber gegen vier Uhr früh verwischt die Grenze und verschwindet völlig, wenn man allein und mit einer großen Papiermütze auf dem Kopf dasteht und frischen Schnittlauch auf eine Buttercremeglasur streut.

»Darf ich rauchen?«, fragt Tiffany unseren Taxifahrer und hat die Zigarette bereits angezündet, noch ehe der Mann etwas sagen kann. »Sie können auch eine rauchen, wenn Sie möchten«, sagt sie. »Das stört mich überhaupt nicht.« Der Mann, ein Russe, lächelt in den Rückspiegel und entblößt einen Mund voller Goldzähne.

»Whoa, Daddy. Jetzt wissen wir, wo *du* dein Geld anlegst«, sagt Tiffany, und ich fange an mir zu wünschen, einer von uns hätte einen Führerschein. Wie unsere Mutter kann Tiffany problemlos mit den Leuten reden. Wäre ich nicht mit im Wagen und könnte sie sich ein Taxi leisten, säße sie zweifellos vorne neben dem Fahrer und lobte ihn für sein sicheres Blinken, um sich im nächsten Moment über das Foto auf seiner Fahrerlizenz oder den darunter stehenden Namen lustig zu machen. Als Kind hatte sie den Ruf einer notorischen Lügnerin, was sie heute dadurch wettzumachen versucht, dass sie jederzeit die Wahrheit sagt, so unpassend sie auch sein mag. »Ich will dich nicht belügen«, sagt sie und vergisst, dass nichts zu sagen auch eine Möglichkeit wäre.

Auf der Fahrt von Cambridge nach Somerville zeigt Tiffany mir die verschiedenen Arbeitsstätten, an denen sie in den letzten Jahren gearbeitet hat. Zuletzt in einer traditionellen italienischen Backstube, in der außer ihr lauter ergraute Kriegsveteranen mit Namen wie Sal oder Little Joey waren. Den ganzen Tag über suchten sie nach passenden Gelegenheiten, ihr an den Hintern zu packen oder ihr mit der freien Hand vorne über die Schürze zu fahren, und sie ließ sie gewähren, weil: »(a) Es tat nicht weh, (b) ich war die einzige Frau, welchen anderen Arsch sollten sie da begrapschen? und (c) der Boss ließ mich rauchen.«

Der Lohn war niedriger als bei früheren Jobs, aber sie blieb dennoch fast ein ganzes Jahr, bis der Besitzer ankündigte, er werde Urlaub machen, weil seine weitläufige Verwandtschaft ein Familientreffen in Providence veranstalte. Die Bäckerei bliebe in den ersten beiden Oktoberwochen geschlossen, und die Angestellten müssten ohne Lohn auskommen. Tiffany besitzt weder Kreditkarten noch einen Telefonanschluss für Fernverbindungen. Ihr ganzes Geld fließt in die Miete und den Kabelanschluss, sodass sie die Ferien zu Hause vor dem Fernseher verbrachte, auf ihren leeren Bauch trommelte und zusehends schlechtere Laune bekam. Zwei Wochen später ging sie wieder zur Arbeit und fragte ihren Boss, ob er sich bei dem »Itaker-Auflauf« amüsiert habe. Normalerweise weiß sie ganz genau, wie weit sie bei jemandem gehen kann, aber diesmal hatte sie sich verschätzt. Als wir an der Bäckerei vorbeifahren, schnippt sie ihre Zigarette aus dem Fenster. »Itaker-Auflauf«, sagt sie. »Wie kann jemand das *nicht* lustig finden?«

Nach dem Italiener kam die Rikscha und die Rückkehr zur Arbeit in den frühen Morgenstunden, wie damals, als sie in der Küche des Restaurants gestanden hatte. Doch wenn jetzt alle Welt schläft, macht sie sich daran, den Abfall anderer Leute zu durchwühlen. Sie zieht mit einer Taschenlampe und Gummihandschuhen los und fischt erstaunlich viele Zähne aus dem Müll. »Aber keine wie ihre«, sagt sie unserem Taxifahrer. »Die meisten sind künstlich.«

»Die meisten?«, frage ich.

Sie greift in ihren Rucksack und drückt mir zwei lose Backenzähne in die Hand. Der eine ist klein und hell wie ein Milchzahn, der andere ist ein richtiger Brocken und sieht aus, als hätte man ihn irgendwo aus der Erde gezogen. Ich klopfe damit gegen die Scheibe, überzeugt davon, dass es sich um einen Plastikzahn handelt. »Wer würde einen echten Zahn einfach wegschmeißen?«, frage ich.

»Ich nicht«, sagt der Fahrer, der sich zwischendurch immer mal wieder in unsere Unterhaltung einmischt, seit Tiffany ihm erlaubt hat zu rauchen.

»Sicher«, sagt sie. »*Sie* würden das nicht machen. Jeder andere, zumindest jeder *Amerikaner*, denkt sich, raus und weg damit. Was bei uns den Leuten aus dem Mund fällt, landet im Müll, Daddy.«

Neben Zähnen findet meine Schwester auch Geburtstagskarten und Ponys aus Keramik. Wütende Briefe an Kongressabgeordnete, die nie abgeschickt wurden. Unterhosen. Talismankettchen. Kleinere Fundstücke stopft sie in ihren Rucksack, alles andere landet in der Rikscha und anschließend in ihrer Wohnung. Ist irgendwo jemand gestorben, fährt sie in einer Nacht drei- oder viermal und schleppt alles ab, vom Lehnsessel bis zum Papierkorb.

»Letzte Woche hab ich einen Truthahn gefunden«, erklärt sie uns.

Ich warte auf den zweiten Teil des Satzes: »Ich habe einen Truthahn gefunden ... den jemand aus Pappmaché gebastelt hatte. Ich habe einen Truthahn gefunden ... und ihn hinterm Haus vergraben.« Als klar wird, dass kein zweiter Teil kommt, werde ich stutzig. »Was soll das heißen, du hast einen Truthahn *gefunden*?«

»Tiefgefroren«, sagt sie. »Im Abfall.«

»Und was hast du damit gemacht?«

»Na ja, was machen die meisten Leute schon mit einem Truthahn?«, sagt sie. »Ich habe ihn gebraten und dann gegessen.«

Sie stellt mich auf die Probe, und ich falle durch, weil ich genau die langweiligen Dinge sage, die man von einem gesetzten Mann erwarten darf. Dass der Truthahn mit Sicherheit aus gutem Grund fortgeworfen wurde. Dass er womöglich vom Erzeuger zurückgerufen wurde, wie eine Lieferung verdorbener Fischstäbchen. »Vielleicht hat auch jemand dran herumgemacht.«

»Wer würde freiwillig einen tiefgefrorenen Truthahn ficken?«, fragt sie.

Ich versuche mir eine solche Person vorzustellen, aber es klappt nicht. »Na gut, vielleicht war er aufgetaut und wurde nachher wieder eingefroren. Das ist gefährlich, oder?«

»Du solltest dich reden hören«, sagt sie. »Wenn er nicht von Balducci's stammt und mit Polenta und wilden Mini-eicheln gemästet wurde, kann er nur gefährlich sein.«

So hatte ich das überhaupt nicht gemeint, doch als ich mich zu rechtfertigen versuche, legt sie dem Fahrer eine Hand auf die Schulter. »Wenn Ihnen jemand einen völlig normalen Truthahn anbieten würde, würden Sie ihn nehmen, nicht wahr?«

Der Mann bejaht, und sie streichelt ihm den Kopf. »Mama mag dich«, sagt sie.

Sie hat ihn auf ihre Seite gezogen, allerdings auf eine unfaire Art, und ich bin selbst erstaunt, wie wütend mich das macht. »Es ist ein Unterschied, ob man einen ›völlig normalen Truthahn‹ angeboten bekommt oder ob man einen Truthahn in der Mülltonne findet«, sage ich.

»Abfalltonne«, verbessert sie mich. »Mein Gott, du tust so, als ob ich mich hinterm Großmarkt durch die Müll-container wühle. Es war nur ein einziger Truthahn. Reg dich ab.«

Sie hat natürlich auch schon wertvolle Dinge gefunden und Kontakte zu Leuten geknüpft, die sich dafür inte-ressieren. Es sind die Typen, die sich auf Flohmärkten he-rumtreiben, Männer mit Bärten und langen Fingernägeln, die sich darüber aufregen, wenn man die Farbe eines be-stimmten Fiestaporzellans orange anstatt rot nennt. Sie haben etwas an sich, das mich misstrauisch macht, aber wenn man mich fragt, kann ich nicht mehr sagen, als dass ich mich in ihrer Nähe unwohl fühle. Wenn ich Freunde von Amy oder Lisa treffe, fühle ich eine Art Vertrautheit, doch die Leute, mit denen Tiffany herumhängt, sind ein völlig anderer Schlag. Ich denke nur an die Frau, die sieben Schussverletzungen abbekam, als sie sich der Polizei entziehen wollte. Sie ist wirklich sehr nett, aber *sich der Polizei entziehen?* Das ist irgendeine Outlawkacke, würde mein Bruder sagen.

Je näher wir ihrer Wohnung kommen, desto mehr unterhält meine Schwester sich mit dem Taxifahrer, und als wir vor ihrem Haus halten, bin ich praktisch völlig abgemeldet. Wie es scheint, hatte seine Frau große Probleme, sich an das Leben in den Vereinigten Staaten zu gewöhnen, und ist deshalb vor kurzem in ihr Heimatdorf bei St. Petersburg zurückgekehrt.

»Aber Sie sind nicht *geschieden*«, sagt Tiffany. »Sie lieben sich noch immer, richtig?«

Als ich dem Mann sein Geld gebe, spüre ich, dass sie viel lieber ihn als mich zu Besuch hätte. »Möchten Sie kurz reinkommen und das Bad benutzen?«, fragt sie ihn. »Haben Sie irgendein Ortsgespräch zu erledigen?« Er lehnt die Einladung höflich ab, und ihre Schultern sinken, als er davonfährt. Er war ein netter Typ, aber mehr noch als seine Bekanntschaft bräuchte sie ihn als Puffer, der sich zwischen sie und mein aus ihrer Sicht unvermeidliches Urteil stellt. Als wir die Stufen zu ihrer Veranda hochgehen, zögert sie einen Moment, bevor sie die Schlüssel aus ihrer Tasche zieht. »Ich habe keine Zeit gehabt aufzuräumen«, sagt sie, doch sogleich ärgert sie ihre Lüge, und sie korrigiert: »Was ich sagen wollte, ist, dass es mir scheißegal ist, was du von meiner Wohnung hältst. Ich wollte eigentlich gar nicht, dass du herkommst.«

Ich sollte mich gut fühlen, dass Tiffany sich das endlich von der Seele geredet hat, aber erst muss der Schmerz sich legen. Würde ich nachfragen, könnte meine Schwester mir genau erklären, wie sehr sie meinen Besuch gefürchtet hat, also lass ich es lieber und frage nach der Katze, die ihren dicken rostroten Kopf am Verandageländer scheuert. »Ach die«, sagt sie. »Das ist Daddy.« Dann streift sie ihre Schuhe ab und schließt die Tür auf.

Die Wohnung, die ich mir bei unseren Telefongesprächen vorstelle, ist nicht die Wohnung, die Tiffany tatsächlich bewohnt. Es ist der gleiche physikalische Raum, doch ziehe ich es vor, sie mir so vorzustellen, wie sie vor einigen Jahren ausgesehen hat, als sie noch einen festen Job hatte. Sie war nie besonders schick oder sorgfältig eingerichtet, aber sie war sauber und bequem und schien ein Ort zu sein, auf den man sich nach der Arbeit freute. Es gab Vorhänge vor den Fenstern und ein zweites Schlafzimmer für Gäste. Dann kam die Rikscha, und nachdem sich ihre Wohnung in ein blühendes Ramschlager verwandelt hatte, gab sie auch den letzten Rest von Sentimentalität auf. Dinge werden angeschleppt, und wenn es Zeit für die Miete wird, wandern sie wieder raus, der gefundene Küchentisch genauso wie die Servierschüssel, die ein Erbstück unserer Großtante ist, oder die Weihnachtsgeschenke vom Vorjahr. Eine Zeit lang wurden gewisse Objekte ersetzt, bis sie eine wirklich harte Phase durchmachte und lernte, ohne Dinge wie Stühle und Lampenschirme auszukommen. Beim Betreten ihrer Wohnung versuche ich mich vom Fehlen dieser Dinge nicht irritieren zu lassen, was mir einigermaßen gelingt, bis wir in die Küche kommen.

Bei meinem letzten Besuch hatte Tiffany gerade damit begonnen, den Linoleumboden herauszureißen. Ich war davon ausgegangen, dass es sich um ein Projekt mit mehreren Arbeitsschritten handelte und auf Phase eins Phase zwei folgen würde. Nicht im Traum hätte ich daran gedacht, es könnte bei diesem einen Schritt bleiben und das Ergebnis wäre ein Fußboden aus Teerpappe. Stellt man sich dazu noch nackte Füße vor, hat man den schlimmsten Albtraum jedes Fußpflegers. An den Knöcheln meiner Schwester befinden sich Fortsätze, die über Zehen und einen Spann verfügen, aber ich würde nicht Füße dazu sagen. Von der Farbe her erinnern sie an die ledrigen Pfoten von Menschenaffen, doch was die Festigkeit angeht, gleichen sie eher Hufen. Um gerade stehen zu können, streift sie regelmäßig Abfälle von der Fußsohle – einen Kronkorken, Glassplitter, einen Hähnchenknochen –, aber im nächsten Moment ist sie schon wieder in etwas getreten, und die Prozedur geht von vorne los. Das passiert, wenn man Besen und Staubsauger gleichzeitig verkauft.

Ich sehe den dreckigen Lappen vor der unteren Hälfte des Küchenfensters und die verkrusteten Bratpfannen mit den abgebrochenen Stielen, die auf der fettigen Ofenplatte verteilt sind. Meine Schwester lebt in einer Fotografie von Dorothea Lange, und der Schwule in mir will gleich auf die Knie sinken und schrubben, bis die Finger bluten. Bisher habe ich das bei jedem meiner Besuche gemacht und jedes Mal gehofft, es könnte einen bleibenden Eindruck hinterlassen. Glänzende Küchengeräte, ein nach Scheuermilch duftendes Bad. »Riecht das nicht herrlich!«, sage ich anschließend immer. Als ich das letzte Mal hier war und den Boden im Wohnzimmer abgekratzt, gewischt und gebohnert hatte, musste ich mit ansehen, wie sie ein Weinglas umstieß und gute sechs Stunden Arbeit zunichte machte. Es war kein Missgeschick, sondern ein wohl-überlegtes Statement: Deine Sorge um meinen Haushalt kann mir gestohlen bleiben. Später rief sie meinen Bruder an und nannte mich Fairy Poppins, was an sich nicht schlimm ist, wenn es nicht so passend wäre. Diesmal habe ich mir vorgenommen, eisern zu bleiben, aber wenn ich nicht putze, komme ich mir überflüssig vor und weiß so recht nichts mit mir anzufangen.

»Wir könnten *reden*«, schlägt Tiffany vor. »Damit haben wir es noch nie versucht.«

Ach ja?, denke ich. Wenn ich mit Tiffany weniger als mit meinen anderen Schwestern rede, dann deshalb, weil sie nie nach Hause kommt. Es dauerte Monate, sie zu über-reden, zur Hochzeit meines Bruders zu kommen, und selbst als wir sie so weit hatten, rechnete niemand wirklich mit ihrem Erscheinen. Sie und Paul kommen prima mit-einander aus, aber komplett versammelt, macht sie die Familie nervös. Wir haben nur untätig dagesessen, als ihr Golfbälle in den Mund geschlagen wurden, und je weni-ger Zeit sie mit uns verbringt, desto glücklicher ist sie. »Kapiert ihr nicht?«, sagt sie. »Ich kann euch Typen nicht *ausstehen*.« *Euch Typen.* Als wären wir ein Unternehmen, das Spenden sammelt.

Tiffany tritt ihre brennende Zigarette auf der Teerpap-pe aus und hopst auf die Küchenplatte. Unter ihrem rech-ten Huf sehe ich die noch schwelende Kippe. »Ich habe ne Menge an den Fliesen gemacht«, erklärt sie mir und zeigt mit dem Finger in Richtung Kühlschrank, wo eine Mosaikplatte gegen die Wand gelehnt ist. Schon vor Jah-ren hat sie damit angefangen, einzelne Porzellansplitter zu verarbeiten, die sie im Abfall findet. Ihr neuestes Projekt hat die Größe einer Badematte und konzentriert sich um die Reste einer Hummelfigur, deren Engelsgesicht von einem wirbelnden Kranz aus Kaffeetassensplittern umgeben ist. Wie schon die kunstvollen Lebkuchenhäuser aus ihrer Zeit in der Backstube spricht aus Tiffanys Mosaiken die manische Energie eines Menschen, der eingeht, wenn er sich nicht ausdrücken kann. Es ist eine seltene Gabe, die vollkommene Unbefangenheit voraussetzt, und deshalb weiß sie auch nichts davon.

»Eine Frau wollte es kaufen«, erklärt sie mir. »Wir hatten sogar einen Preis vereinbart, aber irgendwie kam ich mir unanständig vor, dafür Geld zu nehmen.«

Ich kann verstehen, wenn man glaubt, man sei nicht gut genug, aber keiner hat Geld dringender nötig als Tiffany. »Du könntest es verkaufen und dir einen Staubsauger zulegen«, sage ich. »Einen neuen Linoleumboden in der Küche legen, wäre das nichts?«

»Was hast du nur mit meinem Küchenboden?«, fragt sie. »Wen kümmert schon dieses gottverdammte Linoleum?«

In der Ecke des Zimmers nähert Daddy sich meiner Windjacke und knetet sie mit seinen Pfoten, um sich anschließend daraufzulegen und sich einzurollen. »Ich weiß nicht, warum ich mich überhaupt mit dir streite«, sagt Tiffany. Sie wollte mir ihre künstlerischen Arbeiten zeigen – etwas, das sie wirklich interessiert und worin sie gut ist –, und ich komme ihr, genau wie mein Vater, mit klugen Ratschlägen, wie sie etwas ganz anderes aus sich machen kann. Als ich in ihr Gesicht sehe und darin eine Mischung aus Erschöpfung und Trotz entdecke, muss ich an eine Unterhaltung denken, die ich jedes Jahr mit meinem Freund Ken Shorr führe:

213

ICH: Hast du schon einen Baum?

KEN: Ich bin Jude, ich schmücke keinen Weihnachtsbaum.

ICH: Dann hast du einen Kranz?

KEN: Ich sagte doch, ich bin Jude.

ICH: Oh, ich verstehe. Du suchst noch nach einem billigen Kranz.

KEN: Ich suche nach überhaupt keinem Kranz. Und jetzt lass mich bitte in Frieden.

ICH: Wahrscheinlich bist du genervt, weil du die Weihnachtseinkäufe noch nicht erledigt hast.

KEN: Ich mache keine Weihnachtseinkäufe.

ICH: Was soll das heißen? Du *bastelst* alles selbst?

KEN: Ich mache keine Weihnachtsgeschenke, *kapiert?* Verdammt noch mal, ich sagte doch, ich bin Jude.

ICH: Na gut, aber musst du nicht wenigstens was für deine Eltern kaufen?

KEN: Die sind ebenfalls Juden, du Hornochse. Deshalb bin ich auch einer. Man wird so geboren, verstehst du?

ICH: Klar doch.

KEN: Dann sag's laut: »Ich verstehe.«

ICH: Ich verstehe. Aber sag, wo hängst du den Gabenstrumpf auf?

Ich scheine irgendwie nicht zu begreifen, dass alles, was mir wichtig ist, nicht automatisch wichtig für alle anderen ist, weshalb ich mir wie ein Missionar vorkomme, der immer nur bekehren will, anstatt zuzuhören. *Ja doch, euer Tiki-Gott ist ganz hübsch, aber wir wollen hier über Jesus sprechen.* Kein Wunder, dass Tiffany meine Besuche fürchtet. Selbst wenn ich nichts sage, scheine ich sie mit meinen spießigen Vorwürfen zu bedrängen, indem ich die Frau, die sie ist, mit der Frau vergleiche, die sie niemals sein wird, eine keimfreie Version, die mit echten Glasdeckeln kämpft und die anderer Leute Zähne und gefrorene Truthähne lässt, wo sie sie findet. Nicht, dass ich sie nicht mag – ganz im Gegenteil –, ich sorge mich nur, ohne einen festen Job und einen anständigen Linoleumboden könnte sie durch die Maschen fallen und irgendwohin verschwinden, wo wir sie nicht mehr finden.

Im Wohnzimmer klingelt das Telefon, und es wundert mich nicht, dass Tiffany drangeht. Sie sagt dem Anrufer nicht, dass sie Besuch hat, sondern scheint sich, zu meiner großen Erleichterung, auf ein längeres Gespräch einzurichten. Ich beobachte meine Schwester, wie sie durchs Wohnzimmer geht und mit ihren mächtigen Hufen Staub aufwirbelt, und als ich sicher bin, dass sie nicht länger herüberschaut, scheuche ich Daddy von meiner Windjacke. Dann lasse ich heißes Putzwasser in die Spüle, krempel die Ärmel hoch und mache mich daran, ihr Leben zu retten.

Eine Dose Würmer

Hugh wollte Hamburger, also gingen er, seine Freundin Anne und ich zu einem Restaurant, das sich Apple Pan nannte. Es war in Los Angeles, einer Stadt, die mir völlig fremd ist. Ich kenne die Namen einiger Stadtteile aus dem Fernsehen, aber ich habe keine Ahnung, worin der Unterschied zwischen Culver City und, sagen wir, Silver Lake oder Venice Beach besteht. Schlägt jemand ein Ziel vor, gehe ich mit und lasse mich überraschen.

Ich dachte, das Apple Pan wäre ein Restaurant, aber es war eher wie ein Diner – keine Tische, sondern nur Stühle entlang einer hufeisenförmigen Theke. Wir bestellten unsere Hamburger bei einem Mann mit einer Papiermütze auf dem Kopf, und während wir auf unser Essen warteten, zeigte Anne uns Fotos von ihrem Bullterrier. Sie ist professionelle Fotografin, deshalb waren es auch eher Porträtaufnahmen als Schnappschüsse. Auf einem Bild blinzelte der Hund hinter einem Vorhang hervor. Auf einem anderen lümmelte er sich wie ein Mensch im Sessel, eine Pfote auf den Bauch gelegt. Ich glaube, er hieß Gary.

Wenn sie nicht Fotos von ihrem Hund macht, fliegt Anne im Auftrag verschiedener Magazine durchs Land. Am Tag zuvor war sie aus Boston zurückgekehrt, wo sie einen Feuerwehrmann fotografiert hatte, dessen Nachname Bastardo war. »Wie *Bastard* mit einem *o* hinten dran«, sagte sie. »Lustig, was?«

Hugh erzählte ihr von Nachbarn in der Normandie, deren Nachname übersetzt »Breitarsch« lautet, aber wenn man kein Französisch spricht, ist der Witz nur schwer zu verstehen.

»Wird es mit Bindestrich geschrieben?«, fragte Anne. »Ich meine, hat Mr. Breit Mrs. Arsch geheiratet, oder ist es ein Wort?«

»Ein Wort«, sagte Hugh.

Da ich mir sicher war, dass die Unterhaltung noch eine Weile so weitergehen würde, suchte ich nach einem eigenen Beispiel, dabei war mir klar, wie leicht es für die anderen ist, immer noch eins drauf zu setzen. Kennt man eine Candy Dick, kommt der andere garantiert mit einem Harry Dick oder einem Dick Eater. Erst kürzlich hatte ich von dem Rennwagenpiloten Dick Trickle gehört, doch im Augenblick bewegten wir uns noch auf gehobenerem Niveau, sodass ich Bronson Charles erwähnte, eine Frau, die ich Anfang der Woche in Texas getroffen hatte. Wäre sie jünger gewesen, hätte ich mich gewundert, weniger über sie als über ihre Eltern, die sich offenbar für besonders originell hielten. Aber Bronson Charles war bereits über siebzig und hatte den Nachnamen von ihrem Mann bekommen. Es war nicht lustig, sondern nur ein komischer Zufall – die gesittete alte Dame und der Actionheld, Geschlecht, Name und Charakter genau umgekehrt. Gerade so, als würde man einem unscheinbaren Männchen mit Namen Taylor Elizabeth begegnen.

Anne und Hugh kennen sich vom College und schwelgten, als unsere Hamburger kamen, in Erinnerungen an ihre Studienfreunde von damals. »Wie hieß der Typ noch?

Der studierte, glaube ich, Kunst, Mike vielleicht oder Mark. Er war lange mit Karen zusammen, so hieß sie, glaube ich. Oder Kimberly. Na, du weißt schon, wen ich meine.«

Solche Gespräche können Stunden dauern, und wenn man auch nichts dagegen machen kann, braucht man zumindest nicht zuzuhören. Ich starrte geradeaus vor mich hin und beobachtete einen Koch mit schiefer Nase dabei, wie er einen Hamburger mit Käse belegte, drehte mich dann leicht nach links und lauschte heimlich der Unterhaltung der beiden Männer neben mir. Sie wirkten erschöpft wie Leute, die es sich nicht leisten können, sich zur Ruhe zu setzen, und deshalb wie Pferde weiterschuften, bis sie tot umfallen. Der Mann gleich neben mir hatte ein T-Shirt mit einem Floridaaufdruck an, wohingegen sein Gesprächspartner, als herrsche auf der anderen Seite der Ketchupflasche ein völlig anderes Klima, einen dicken Wollpullover und eine warme Kordhose trug. Über seinem Schoß lag ein Mantel, und vor sich auf der Theke hatte er eine Zeitung und eine leere Tasse Kaffee. »Hast du das mit den Würmern gelesen?«, fragte er.

Er bezog sich auf die Dose Nematoden, das sind kleine Würmer, die man vor kurzem in der texanischen Wüste gefunden hatte. Sie waren an Bord des verunglückten Space Shuttle gewesen und hatten auf wundersame Weise die Explosion überlebt, deren Ursache immer noch Rätsel aufgab. Der Mann im Pullover rieb sich das Kinn und blickte ins Leere. »Ich bin mir sicher, wir könnten das Problem im Handumdrehen lösen«, sagte er. »Wenn wir die verflixten Biester nur irgendwie zum Reden bringen könnten.«

Es klang verrückt, aber ich erinnere mich, dass ich über den Akita im Mordprozess gegen O. J. Simpson genau das

Gleiche gedacht hatte. *Ladet den Hund als Zeugen vor. Lasst uns hören, was er zu sagen hat.* Es war eine dieser Ideen, die einem einen kurzen Moment lang völlig logisch erscheinen, als hätte man die Lösung, auf die noch niemand gekommen war.

Der Mann im T-Shirt spann den Gedanken weiter. »Also«, sagte er, »selbst wenn die Würmer reden *könnten,* würde uns das nicht weiterbringen. Schließlich waren sie in der Dose, nicht wahr?«

»Ich glaube, du hast Recht.«

Die beiden Männer standen auf, um zu bezahlen, und noch ehe sie aus der Tür waren, setzten sich zwei neue, einander fremde Gäste auf ihre Plätze. Es waren ein Mann in einem eleganten Anzug und eine junge Frau, die Platz nahm und sogleich etwas zu lesen anfing, das aussah wie ein Drehbuch. Zu meiner Rechten war Hugh zu dem Entschluss gekommen, dass es statt Karen oder Kimberly doch eher Katharina gewesen sein musste. Während ich ins Gespräch meiner Nachbarn vertieft gewesen war, hatte Anne für mich ein Stück Kuchen bestellt, und als ich die Gabel in die Hand nahm, erklärte sie mir, es müsse verkehrt herum gegessen werden, also vom Rand aus nach innen. »Zum Schluss bleibt nur noch die Spitze, und wenn man die in den Mund steckt, muss man sich etwas wünschen«, sagte sie. »Hast du noch nie davon gehört?«

»Wie war das noch mal?«

Sie blickte mich an wie jemanden, der regelmäßig Geldscheine im Kamin verbrennt. Alles zwecklos! Totalausfall! »Na ja, besser jetzt als niemals«, sagte sie und drehte meinen Teller um.

Nachdem Anne und Hugh ihr Gespräch wieder aufgenommen hatten, dachte ich an die vielen Kuchenstücke, die ich im Laufe meines Lebens gegessen hatte, und überlegte, was alles anders sein könnte, wenn ich mir bei den Spitzen immer etwas gewünscht hätte. Zuerst einmal würde ich nicht im Apple Pan sitzen, so viel war sicher. Hätte ich meinen Wunsch mit acht Jahren erfüllt bekommen, würde ich immer noch Mumien in Ägypten jagen, sie aus ihren Gräbern locken und in große eiserne Käfige einsperren. Alle nachfolgenden Wünsche hätten mit diesem einmal eingeschlagenen Weg zu tun: ein Paar neue Stiefel, eine bessere Peitsche, ein größeres Verständnis der Mumiensprache. Das Problem bei Wünschen ist, dass man immer der Angeschmierte ist. Im Märchen sorgen sie für nichts als Ärger und vermehren nur die Selbstsucht und Eitelkeit desjenigen, dem sie gewährt werden. Die beste Wahl – und das ist die Moral aller Wunschgeschichten – ist es, selbstlos zu sein und anderen etwas zu erfüllen, im Vertrauen darauf, durch das Glück der anderen selbst glücklich zu werden. Das ist der größte Sieg.

Seit unserer Ankunft war es im Apple Pan laufend voller geworden. Mittlerweile waren alle Plätze besetzt, und einige Leute lehnten an der Wand und blickten reihum, um festzustellen, wer jetzt besser zahlen und gehen sollte. Ein Blick in die Runde sagte mir, dass wir die wahrscheinlichsten Kandidaten waren. Der Mann mit der Papiermütze hatte unsere Hamburgerverpackungen weggeräumt, und an unserem Platz stand nur noch ein einziger Teller mit der Spitze meines Kuchenstücks. Ich wünschte mir, die Leute an der Wand würden uns nicht so anstarren, um es ganz schnell zurückzunehmen, aber es war zu spät.

»Ich glaube, wir sollten gehen«, sagte Hugh, und er und Anne zückten beide ihr Portemonnaie. Es gab eine kleinere Auseinandersetzung, wer zahlen durfte – »Ich habe euch

eingeladen«, »Nein, ich« –, an der ich mich nicht betei-
ligte, weil ich mir ausmalte, was hätte sein können, wenn
ich meinen Wunsch nicht so leichtfertig vergeudet hätte.
Ein Labor mit langen Reihen hochempfindlicher Mess-
geräte. Männer in weißen Kitteln, die sich bebend vor
Staunen und Erwartung vorbeugen und einer kaum ver-
nehmbaren Stimme lauschen: »Also, jetzt, wo ich drüber
nachdenke«, sagt der Wurm, »da war tatsächlich etwas
Verdächtiges.«

Küken im Hühnerstall

Es war eins dieser Hotels ohne Zimmerservice, über das man sich nicht weiter aufregt, wenn man selbst die Rechnung zahlt, aber sich beschwert, wenn ein anderer die Kosten übernimmt. Ich zahlte nicht selbst, wodurch alle Mängel gleich doppelt auffielen und mir als Beweis für die Gleichgültigkeit meines Gastgebers dienten. Statt einer Badewanne gab es nur eine Duschkabine aus Plastik, und die Seife war hart und roch nach Spülmaschinenentkalker. In der Nachttischlampe fehlte die Glühbirne, obwohl das noch am einfachsten zu beheben gewesen wäre. Ich hätte nur an der Rezeption nach einer Birne fragen müssen, aber ich wollte keine. Ich wollte mich einfach nur angepisst fühlen.

Es hatte damit angefangen, dass am Flughafen mein Gepäck verloren gegangen war und ich erst einmal mehrere Formulare ausfüllen musste. Das kostete so viel Zeit, dass ich direkt vom Flughafen zu einem College etwa eine Stunde nördlich von Manchester fahren musste, wo ich einen Vortrag vor Studenten hielt. Anschließend gab es noch einen Empfang und dann eine Dreiviertelstunde Fahrt zum Hotel, das irgendwo in der tiefsten Pampa lag. Ich kam um ein Uhr nachts an und stellte fest, dass sie mir ein Zimmer im Souterrain gegeben hatten. Mitten in der Nacht war das egal, aber am nächsten Morgen nicht. Zog man die Vorhänge beiseite, kam man sich vor wie auf einer Theaterbühne, und die Einwohner von New Hampshire gafften ohne jede Spur von Scham. Es gab nicht viel zu sehen, nur wie ich mit einem Telefon am Ohr auf der Bettkante saß. Die Fluggesellschaft hatte geschworen, ich hätte meinen Koffer am nächsten Morgen, doch da dem nicht so war, wählte ich die 800-Nummer innen auf dem Umschlag meines Flugtickets. Ich hatte die Wahl, eine Nachricht zu hinterlassen oder darauf zu warten, mit einem Angestellten verbunden zu werden. Ich entschied mich für den Angestellten, doch nach acht Minuten in der Warteschleife legte ich auf und suchte nach jemandem, an dem ich meine Wut auslassen konnte.

»Es ist mir egal, ob es mein Sohn, der Kongressabgeordnete meines Staates oder sonst wer ist. Ich lehne diese Lebensweise einfach ab.« Die Sprecherin hieß Audrey, und sie hatte bei ihrem Lokalsender angerufen, um ihre Meinung zu sagen. Der Skandal in der katholischen Kirche füllte seit einer Woche die Schlagzeilen, und nachdem über Priester alles gesagt war, verlagerte sich die Diskussion auf Pädophile im Allgemeinen und anschließend auf homosexuelle Pädophile, die gemeinhin als die schlimmste Sorte angesehen wird. Für das Talk Radio war es ein gefundenes Fressen, ähnlich wie Steuererhöhungen oder Serienmörder. »Wie denken Sie über erwachsene Männer, die sexuell mit Kindern verkehren?«

»Also, ich bin *dagegen*!« Der Satz wurde immer so vorgebracht, als sei die Antwort irgendwie überraschend, eine Minderheitenposition, zu der sich noch niemand zu bekennen gewagt hatte.

Ich war in den vergangenen zehn Tagen durchs Land gereist und hatte überall das Gleiche gehört. Der Moderator

gratulierte dem Anrufer oder der Anruferin zu ihrer mora-
lischen Entschlossenheit, und um dieses Lob noch einmal
zu hören, wiederholte die Person ihre Aussage, diesmal
unterstrichen durch ein zusätzliches Adverb oder eine
kurze Ergänzung: »Man mag mich für altmodisch halten,
aber ich bin ganz entschieden dagegen.« Im weiteren Gespräch wurden nach und nach die Wörter *Homosexueller* und
Pädophiler im gleichen Zusammenhang genannt, als be-
zeichneten sie ein und dasselbe. »Jetzt haben wir sie sogar
schon im Fernsehen«, sagte Audrey. »Und in den Schulen!
Man kennt ja das Sprichwort vom Küken im Hühnerstall.«

»Fuchs«, sagte der Moderator. »Das Sprichwort heißt
›der Fuchs im Hühnerstall‹, nicht ›das Küken im Hühnerstall.‹«

Audrey stutzte einen Moment. »Habe ich Küken gesagt? Na, Sie wissen, worauf ich hinaus will. Diese Homosexuellen können keinen Nachwuchs bekommen, deshalb
gehen sie in die Schulen und versuchen unsere jungen Leute anzuwerben.«

Ich hörte das nicht zum ersten Mal, nur war ich sonst
weniger schlecht gelaunt. Mit einer einzelnen Socke am
Fuß stand ich mitten im Zimmer und brüllte den Radio-
wecker an: »Mich hat niemand angeworben, Audrey, und
ich hätte drum *gebettelt.*«

Es war allein *ihre* Schuld, dass ich hier in diesem Keller-
loch ohne Gepäck saß, ihre und die all der anderen Leute, die wie sie waren, dieser zufriedenen Familien, die vom
Parkplatz zum Restaurant in der ersten Etage stapften, der
Hotelgäste, die einen Whirlpool im Bad hatten und Zimmer, von denen aus man auf die umliegenden Wälder
blickte. *Warum die Aussicht an einen Homosexuellen verschwenden?*
Der sieht sich doch nur das Rektum von Schulknaben an. Und einen

Koffer? Als ob wir nicht alle wüssten, wozu er den braucht. Sie mochten es vielleicht nicht laut sagen, aber sie dachten es. Da war ich mir sicher.

Es war nur logisch, dass, wenn die Welt sich gegen mich verschworen hatte, die Kaffeemaschine im Zimmer ebenfalls nicht funktionierte. Sie stand auf der Ablage im Badezimmer und spuckte tröpfchenweise kaltes Wasser aus. Mit einem kurzen, ziemlich verunglückten Aufschrei beendete ich das Ankleiden und ging aus dem Zimmer. Neben der Treppe am Ende des Flurs knieten ein gutes Dutzend älterer Damen auf dem Teppich und nähten an einer Patchworkdecke. Als ich an ihnen vorbeiging, blickten sie zu mir auf, und eine fragte: »Genz' irsche?« Sie hatte lauter Nadeln im Mund, und es dauerte einen Moment, bis ich begriff, was sie sagte: Gehen Sie zur Kirche? Es war eine seltsame Frage, aber dann fiel mir ein, dass Sonntag war und ich eine Krawatte trug. Irgendwer hatte sie mir gestern am College geliehen, und ich hatte sie umgebunden in der Hoffnung, damit von meinem zerknitterten Hemd und den Schweißrändern unterm Arm abzulenken. »Nein«, antwortete ich, »ich gehe *nicht* zur Kirche.« O Mann, ich hatte eine Mordslaune. Mitten auf der Treppe drehte ich mich noch einmal um. »Ich gehe *nie* zur Kirche«, sagte ich. »Niemals. Und ich werde jetzt nicht damit anfangen.«

»Smüssnz issen«, sagte sie.

Nachdem ich am Restaurant und am Souvenirshop vorbeigekommen war, entdeckte ich mitten in der Lobby einen kleinen Tisch für Getränke. Ich wollte mir einen Kaffee holen und ihn mit vor die Tür nehmen, als im letzten Moment ein Junge an mir vorbeisprang und sich daran machte, eine Tasse heißen Kakao zu rühren. Er sah aus wie alle die anderen Burschen, die ich in den letzten Tagen an Flughäfen und auf Parkplätzen gesehen hatte: Schlabbersweatshirt mit aufgedrucktem Vereinsemblem, Baggy-Pants und aufgemotzte Turnschuhe. Seine fette Uhr war aus Plastik und wie ein Jo-Jo um sein Handgelenk gebunden, und seine Haare sahen aus, als hätte man sie mit einem Dosendeckel geschnitten, die ungleichmäßig langen Fransen mit Gel eingeschmiert und dann so gezupft, dass sie in alle Himmelsrichtungen vom Kopf abstanden.

Sich einen Becher heißen Kakao zu machen war ein ziemlich kompliziertes Unternehmen. Man musste dazu das Kakaopulver von einem Ende des Tischs bis zum anderen verteilen, möglichst viele Holzstiele zum Umrühren benutzen und anschließend die Enden gut durchkauen, bevor man sie auf einen Stapel unbenutzter Servietten warf. Genau das ist es, was ich an Kindern so mag: dass sie sich ganz auf eine Sache konzentrieren können und dabei blind für alles andere sind. Nachdem er endlich fertig war, ging er zum Kaffeeautomaten, füllte zwei Becher mit schwarzem Kaffee und drückte auf beide einen Deckel. Er stapelte alle drei Becher übereinander und hob sie versuchsweise von der Tischplatte. »Ooaah«, flüsterte er. Heißer Kaffee war über den Rand des unteren Bechers gequollen und lief über seine Hand.

»Kann ich dir irgendwie behilflich sein?«, fragte ich.

Der Junge sah mich einen Augenblick an. »Ja«, sagte er. »Bringen Sie die nach oben.« Statt *bitte* oder *danke* sagte er nur noch: »Mit dem Kakao komme ich allein klar.«

Er stellte die beiden Kaffeebecher zurück auf den Tisch, und ich wollte sie schon nehmen, als mir einfiel, dass dies vielleicht doch keine so gute Idee war. Ich war ein Fremder, ein bekennender Homosexueller, unterwegs in einer

227

Kleinstadt, und er war vielleicht zehn. Und allein. Die Stimme der Vernunft flüsterte mir ins Ohr: *Tu's nicht, Kumpel. Du spielst mit dem Feuer.*

Ich zog meine Hände zurück, stockte einen Moment und dachte: *Augenblick. Das ist nicht die Stimme der Vernunft. Das ist Audrey, die blöde Kuh aus dem Radio.* Die echte Stimme der Vernunft klingt wie Bea Arthur, und als die sich nicht meldete, nahm ich die Kaffeebecher vom Tisch und lief damit zum Lift, wo der Junge den Anforderungsknopf mit kakaobeschmierten Fingern bearbeitete.

Ein Zimmermädchen ging vorbei und verdrehte die Augen in Richtung Empfang. »Putziges Kerlchen.«

Vor dem Kirchenskandal hätte ich vielleicht das Gleiche gesagt, allerdings ohne den begleitenden Sarkasmus. Jetzt hingegen schien jede Äußerung dieser Art verdächtig. Auch wenn Audrey mir dies nie abnehmen wird, spüre ich bei Kindern keinerlei körperliche Anziehung. Sie sind für mich wie Tiere, nett anzusehen, aber jenseits der Grenzen meiner sexuellen Vorstellungskraft. Dessen ungeachtet bin ich ein Mensch, der sich schuldig fühlt für Vergehen, die er nicht begangen hat oder die zumindest Jahre zurückliegen. Die Polizei sucht auf dem Bahnhof einen mehrfachen Sexualstraftäter, und ich verstecke mein Gesicht hinter der Zeitung und frage mich, ob ich es vielleicht im Schlaf getan habe. Das letzte Mal, dass ich etwas mitgehen lassen habe, war ein Achtspurtonband, aber bis auf den heutigen Tag kann ich kein Geschäft betreten, ohne mir wie ein Ladendieb vorzukommen. Es sind immer nur die Gefühle von Angst da, nie die Erleichterung darüber, es nicht gewesen zu sein. Noch schlimmer wird alles dadurch, dass ich ein ernstes Transpirationsproblem entwickelt habe. Mein Gewissen ist mit meinen Schweißdrüsen verkabelt, aber irgendwo muss sich ein Kurzschluss befinden und alle Schleusen öffnen, selbst wenn ich gar nichts getan habe, was mich nur noch verdächtiger macht.

Einem Kind zu Hilfe zu kommen war eine *gute* Sache – das wusste ich –, doch kurz nachdem ich die beiden Kaffeebecher in die Hand genommen hatte, war ich nass geschwitzt. Wie üblich, schwitzte ich am schlimmsten auf der Stirn, unter den Armen und, so grausam es ist, am Arsch, was ich mir selbst am allerwenigsten erklären kann. Hält die Stresssituation länger an, spüre ich die Schweißperlen an den Beinen hinunterrinnen, bis sie unten von den Socken aufgefangen werden, weshalb ich nur besonders saugfähige Socken aus Baumwolle trage.

Hätte es in der Lobby eine Kameraüberwachung gegeben, sähe der Film etwa so aus: Ein ein Meter vierzig großer Junge drückt und hämmert wild auf den Aufzugknopf. Neben ihm steht ein Mann, etwa dreißig Zentimeter größer, in Hemd und Krawatte und mit einem Kaffeebecher mit Deckel in jeder Hand. Regnet es draußen? Wenn nicht, kommt er vielleicht gerade aus der Dusche und ist, ohne sich abzutrocknen, in seine Kleider gestiegen. Seine Augen wandern unruhig hin und her, als suche er nach jemandem. Könnte es dieser Gentleman mit den silbergrauen Haaren sein? Er ist gerade hinzugetreten und sieht sehr elegant aus in seiner Tweedjacke und der dazu passenden Kappe. Er redet mit dem Jungen und legt ihm eine Hand auf den Hinterkopf, offenbar weil er ihn zurechtweist, was auch dringend nötig ist. Der andere Mann, der triefend nasse, steht nur da mit den beiden Bechern in der Hand und versucht gleichzeitig, seine Stirn mit dem Ärmel abzuwischen. Ein Deckel springt ab, und eine Flüssigkeit – es könnte sich um Kaffee handeln – ergießt sich über sein

Hemd. Er hüpft, ja springt geradezu in die Luft und reißt
sich den Stoff von der Haut. Der Junge scheint wütend zu
sein und sagt etwas. Der ältere Herr hält ihm ein Taschen-
tuch hin, und der Mann setzt eine Tasse ab und hetzt – wie
von der Tarantel gestochen – aus dem Blickfeld der Kamera, um dreißig Sekunden später mit einem neuen Becher
mit Deckel zurückzukommen. Inzwischen ist der Aufzug
eingetroffen. Der Gentleman hält den Türknopf gedrückt,
und er und der Junge warten, bis der Mann den zweiten
Becher vom Boden genommen hat und sicher im Aufzug
ist. Dann schließt sich die Tür, und sie sind verschwunden.

»Na, wen haben wir denn hier?«, fragte der ältere Herr.
Seine Stimme klang leutselig und vertrauenswürdig.
»Wie heißt du denn, junger Freund?«

»Michael«, sagte der Junge.

»Also, das ist ja ein Name für einen richtig großen Jungen, was?«

Michael sagte, könnte sein, und der Mann blinzelte mir
viel sagend zu, als wolle er sich meines geheimen Einver-
ständnisses versichern. *Da wollen wir den Kleinen mal ein bisschen
in die Mangel nehmen, wie?* »Ich wette, ein großer Kerl wie du
hat jede Menge Freundinnen«, sagte er. »Hab ich Recht?«

»Nein.«

»*Nein?* Also, woran liegt's?«

»Keine Ahnung. Ich hab eben keine. Mehr nicht«, sagte Michael.

Ich hatte es immer gehasst, wenn Männer mit der Frage
nach den Freundinnen kamen. Sie war nicht nur abgedro-
schen, sondern sie zeugte von Vorstellungen des Fragen-
den, die ich als Privatsache empfand. Sagte man Ja, malten
sie sich aus, wie man der Angebeteten den Hof machte:

Hot Dogs und Kartoffelchips bei Kerzenschein, das zerknüllte Snoopykopfkissen. Sagte man Nein, hielten sie einen für jemanden, der nicht rangelassen wird, der frustrierte Junggeselle aus der zweiten Klasse. Es entsprach einer Vorstellung von Kindern als kleine Erwachsene, die mir etwa so lustig vorkam wie ein Hund mit Sonnenbrille.

»Aber da ist bestimmt *eine*, auf die du ein Auge geworfen hast?«

Der Junge schwieg, aber der Mann ließ nicht locker. »Schläft Mami heute etwas länger?«

Wieder nichts.

Der Mann gab's auf und wandte sich an mich: »Ihre Frau«, sagte er, »ist also noch im Bett?«

Er hielt mich für Michaels Vater, und ich beließ ihn in diesem Irrtum. »Ja«, sagte ich. »Sie ist oben ... im Koma.« Ich weiß nicht, warum ich das sagte, oder vielleicht doch. Der Mann hatte sich ein hübsches kleines Familienidyll zurechtgelegt, und es machte Spaß, es zu durchkreuzen. Da war Michael, da war Michaels Dad, und jetzt war da noch Michaels Mom, lang ausgestreckt auf den Badezimmerfliesen.

Der Aufzug hielt im dritten Stock, und der Mann tippte sich an die Kappe. »Also denn«, sagte er. »Ihnen beiden noch einen angenehmen Morgen.« Michael hatte den Knopf für die fünfte Etage bestimmt zwanzigmal gedrückt, legte aber zur Sicherheit noch ein paar Schläge nach. Dann waren wir allein, und plötzlich kam mir ein sehr unangenehmer Gedanke.

In einer angespannten Situation habe ich manchmal das Bedürfnis, irgendwen am Kopf zu berühren. Es passiert mir oft im Flugzeug. Ich sehe auf die Person im Sitz vor mir,

231

und binnen Sekunden wird aus der bloßen Vorstellung ein Zwang. Es gibt keine Alternative – es muss einfach sein. Der einfachste Weg ist, so zu tun, als wolle ich aufstehen, mich dabei auf die Rückenlehne des Vordermanns zu stützen und ihm mit den Fingern durchs Haar zu fahren. »Oh, Verzeihung«, sage ich.

»Keine Ursache.«

Meistens stehe ich dann wirklich auf, gehe für ein paar Minuten nach hinten oder zur Toilette und versuche, das zwanghafte Bedürfnis niederzuringen, auch wenn ich weiß, dass es letztlich aussichtslos ist: Ich muss erneut den Kopf dieser Person berühren. Die Erfahrung hat gelehrt, dass man es dreimal machen kann, bevor der Besitzer des Kopfes einen anbrüllt oder nach der Stewardess ruft. »Stimmt etwas nicht?«, fragt sie.

»Danke, alles in Ordnung.«

»Von wegen ›alles in Ordnung‹«, sagt der Fluggast. »Der Typ hier fummelt mir ständig auf dem Kopf herum.«

»Stimmt das, Sir?«

Es muss nicht immer der Kopf sein. Manchmal muss ich auch eine bestimmte Tasche oder ein Portemonnaie berühren. Als Kind war diese Art von zwanghaftem Verhalten mein Leben, doch inzwischen überkommt es mich nur noch an Orten, an denen ich nicht rauchen kann: in Flugzeugen zum Beispiel, oder eben in Aufzügen.

Streich dem Jungen einfach über den Kopf, dachte ich. *Der alte Mann hat es auch getan, warum sollst du es nicht machen?*

Mir einzureden, dass es sich nicht gehört, macht die Stimme nur noch drängender. Ich muss es tun, gerade *weil* es sich nicht gehört. Wenn es anders wäre, brauchte ich mich nicht damit zu quälen.

Er wird es nicht einmal bemerken. Na los doch, mach schon.

Auf einem längeren Flug hätte ich den Kampf verloren, doch zum Glück dauerte unsere Fahrt nicht lange. Sobald der Aufzug in der fünften Etage hielt, sprang ich heraus, stellte die beiden Becher auf den Boden und zündete mir eine Zigarette an. »Kleinen Augenblick nur«, sagte ich.

»Aber mein Zimmer ist gleich am Ende des Gangs. Und außerdem ist dies eine Nichtraucheretage.«

»Ich weiß, ich weiß.«

»Es ist nicht gut für Sie«, sagte er.

»Das stimmt für die meisten Leute«, erklärte ich, »aber für mich ist es *tatsächlich* gut. Glaub mir.«

Er lehnte gegen eine Zimmertür und nahm das BITTE-NICHT-STÖREN-Schild von der Klinke, schaute es einen Augenblick an und ließ es in seiner Hosentasche verschwinden.

Ich musste nur ein paar Züge machen, doch als ich fertig war, bemerkte ich, dass es keine Aschenbecher gab. Neben dem Aufzug war ein Fenster, aber es ließ sich natürlich nicht öffnen. Hotels. Sie tun alles, damit man sich aus dem Fenster stürzen will, und dann sorgen sie dafür, dass es nicht aufgeht.

»Hast du den Kakao ausgetrunken?«, fragte ich.

»Nein.«

»Brauchst du den Deckel noch?«

»Glaub nicht.«

Er gab ihn mir, und ich spuckte in die Mitte – keine leichte Aufgabe, da mein Mund völlig ausgetrocknet war. Fünfzig Prozent meines Wasserhaushalts tröpfelten aus meinem Arsch, und die andere Hälfte war auf Achse.

»Das ist eklig«, sagte er.

»Ja doch, aber dieses eine Mal musst du drüber hinwegsehen.« Ich drückte die Zigarette in die Spucke, setzte den Deckel auf den Boden und nahm die beiden Becher wieder auf. »Okay. Wo geht's lang?«

Er zeigte den Gang entlang, und ich marschierte hinter ihm her, in Gedanken bei einer Frage, die mich schon seit vielen Jahren quält. Was wäre, wenn ich ein Baby hätte und … und es unbedingt an einer Stelle berühren müsste, an der es sich nicht gehört. Ich meine nicht, dass man es dort berühren wollte. Man hätte nicht mehr *Verlangen*, es zu berühren, als man Verlangen hat, seine Hand ein zweites Mal auf den Kopf seines Vordermanns zu legen. Die Handlung wäre eher zwanghaft als sexuell, und während es für einen selbst einen gewaltigen Unterschied machte, könnte man das Gleiche nicht von einem Richter und schon gar nicht von einem Kleinkind erwarten. Man wäre ein schlechter Vater, und sobald das Kind sprechen könnte und man ihm erklärte, es keinem weiterzusagen, würde man auch noch zum Manipulator, letztendlich also zu einem Monster, und die Gründe für das eigene Verhalten würden nicht weiter zählen.

Je näher wir dem Ende des Flurs kamen, desto mehr wuchs meine Angst. Ich hatte den Kopf des Jungen nicht einmal mit dem Finger berührt. Ich habe noch nie einen Säugling oder ein Kind mit dem Finger gestupst oder geknufft, warum also kam ich mir so verdorben vor? Zum Teil lag es an mir selbst und der tief sitzenden Überzeugung, dass ich ein Zimmer im Keller verdient hatte, der weitaus größere, hässlichere Teil aber hatte mit den Anrufern aus dem Radio zu tun und mit meinem Hang, ihnen wider besseres Wissen Glauben zu schenken. Der Mann im Aufzug hatte nicht die leisesten Skrupel, Michael persönliche Dinge zu fragen oder ihm die Hand auf den Hinterkopf zu legen. Weil er weder Priester noch Homosexueller war,

234

brauchte er sich nicht selbst zu beobachten und bei jedem Wort und jeder Geste zu befürchten, sie könnten missverstanden werden. Er konnte unbekümmert mit einem wildfremden Jungen durch Hotelflure streifen, während es für mich einer politischen Demonstration gleichkam – der Beteuerung, dass ich so gut oder schlecht war wie jeder andere auch. Ja, ich bin schwul; ja, ich bin nass geschwitzt; ja, mich überkommt manchmal der Drang, anderen Leute an den Kopf zu fassen, aber ich kann trotzdem einen Zehnjährigen unbeschadet bis zu seiner Zimmertür bringen. Es ärgerte mich, dass ich etwas so Selbstverständliches beweisen musste. Und zudem noch vor Leuten, von denen ich nicht hoffen durfte, sie jemals zu überzeugen.

»Hier ist es«, sagte Michael. Hinter der Tür hörte ich den Fernseher laufen. Es war eins dieser Magazine am Sonntagvormittag, in dem eine Stunde in der Woche ausnahmslos gute Meldungen gebracht werden. Der blinde Jimmy Henderson trainiert eine Volleyballmannschaft. Einem kranken Murmeltier wird ein Wirbelsäulenkorsett angepasst. Diese Sorte Nachrichten. Der Junge schob seinen Schlüsselchip in den Schlitz, und die Tür zu einem hellen, stilvoll eingerichteten Zimmer öffnete sich. Es war doppelt so groß wie meins, mit deutlich höheren Wänden und hatte eine kleine Sitzecke. Durch das eine Fenster blickte man auf den See, durch das andere auf eine Gruppe roter Ahornbäume.

»Oh, da bist du ja«, sagte die Frau. Sie war eindeutig die Mutter des Jungen, da beide das gleiche Profil hatten und ihre Stirn beinahe unmerklich in eine stumpfe, sommersprossige Nase überging. Beide hatten blonde, vom Kopf abstehende Haare, obwohl die Frisur bei ihr eher zufallsbedingt war und von den Kissen herrührte, die sie hinter ihren Kopf geklemmt hatte. Sie lag unter den Decken eines Himmelbetts und blätterte in einer der zahllosen Broschüren, die auf der Tagesdecke verstreut lagen. Neben ihr schlief ein Mann, der sich bei ihren Worten leicht zur Seite drehte und sein Gesicht in seiner Armbeuge vergrub. »Wo hast du so lange gesteckt?« Sie blickte zur offenen Tür und weitete erschrocken die Augen, als sie mich sah. »Was zum ...«

Mit dem Rücken zu mir stieg die Frau aus dem Bett und zog einen gelben Morgenmantel über, der am Fuß des Bettes lag. Ihr Sohn wollte mir den Kaffee abnehmen, doch hielt ich die beiden Becher fest umklammert, da ich sie als meine wichtigsten Requisiten betrachtete und nicht hergeben wollte. Durch sie wurde aus einem Fremden ein hilfsbereiter Fremder, und ich sah mich schon mit den Bechern dastehen, im Kreuzverhör mit den Eltern, die von mir wissen wollten, was hier vor sich ging.

»Geben Sie schon her«, sagte er, und um keine Szene zu machen, lockerte ich meinen Griff. Kaum war ich die Becher los, spürte ich meine Selbstsicherheit schwinden. Mit leeren Händen war ich ein Widerling, ein unheimlicher, nass geschwitzter Typ, der sich aus dem Keller nach oben geschlichen hatte. Die Frau lief quer durchs Zimmer zur Kommode, doch noch ehe sich die Tür ganz geschlossen hatte, rief sie hinter mir her: »He, warten Sie.« Ich drehte mich um, bereit, den Kampf meines Lebens zu kämpfen, als sie auf mich zutrat und mir einen Dollar in die Hand drückte. »Sie haben hier ein ganz entzückendes Hotel«, sagte sie. »Ich wünschte, wir könnten noch ein paar Tage länger bleiben.«

Die Tür ging zu, und ich stand allein auf dem leeren Flur, drehte mein Trinkgeld in der Hand und dachte: *Das ist alles?*

Wer ist der Chef?

Mein Boss hat eine Gummihand, erzählte ich unseren Pariser Gästen, die wir zum Abendessen eingeladen hatten, nach meinem ersten und einzigen Arbeitstag. Das französische Wort für *Boss* ist unser Wort für *Koch,* was die Geschichte noch fantastischer machte, als ich erhofft hatte. Ein Koch mit einer Gummihand. Da denkt jeder, die schmilzt ihm weg. Die Gäste beugten sich über den Tisch, unschlüssig, ob ich mich vielleicht im Wort geirrt hatte. »Dein *Chef?* Seit wann arbeitest du denn?« Sie wandten sich zur Bestätigung an Hugh. »Er hat einen Job?«

Offenbar in dem Glauben, ich würde es nicht bemerken, ließ Hugh seine Gabel sinken und flüsterte: »Er leistet freiwillige Sozialarbeit.« Was mich so sehr daran ärgerte, war die Art, wie er es sagte – nicht gerade heraus, sondern hintenrum, als würde ein Dreijähriger von seinem ersten Tag in der Schule erzählen und ein Elternteil leise von der Seite murmeln: »Er meint den Kindergarten.«

»Freiwillig oder nicht, ich hatte jedenfalls einen Chef«, sage ich. »Und seine Hand war aus Gummi.« Seit Stunden lief ich mit diesem Satz herum, hatte ihn sogar laut ein studiert und alle wichtigen Vokabeln im Wörterbuch nachgeschlagen. Ich weiß nicht, was ich erwartet hatte – aber das ganz bestimmt nicht.

»Ich bin sicher, es war kein *echtes* Gummi«, sagte Hugh.
»Vermutlich eine Art Plastik.«

Die Gäste stimmten ihm zu, aber sie hatten meinen
Chef nicht gesehen und nicht mitbekommen, wie er sich
unbekümmert einen Bleistift zwischen die künstlichen Finger steckte. Eine Plastikhand hätte nie so leicht nach-
gegeben. Eine Plastikhand hätte ein anderes Geräusch auf
der Tischplatte gemacht. »Ich weiß, was ich gesehen
habe«, sagte ich. »Es war Gummi, und es roch wie ein
Radiergummi.«

Wenn jemand mir erzählt hätte, die Hand seines Bosses
würde wie ein Radiergummi riechen, hätte ich den Mund
gehalten und es gut sein lassen, aber Hugh hatte einen seiner schlechten Tage. »Wie, der Typ hat dich an seiner
Hand schnuppern lassen?«

»Äh, nein«, sagte ich. »Nicht direkt.«

»Also denn, es war Plastik.«

»Moment mal«, sagte ich, »alles, was einem *nicht* unmittelbar unter die Nase gehalten wird, ist also Plastik?
Ist das jetzt die neue Regel?« Einer unserer Vorsätze zum
neuen Jahr lautete, sich vor anderen Leuten nicht zu strei-
ten, aber er machte es einem wirklich schwer. »Die Hand
war aus Gummi«, sagte ich. »Hartgummi, wie ein Auto-
reifen.«

»Gab's auch ein Ventil zum Aufpumpen?« Die Gäste
lachten über Hughs kleinen Scherz, und ich dachte mir
meinen Teil. Eine Hand zum Aufpumpen ist albern und
unsinnig. Sahen sie das nicht?

»Also bitte«, sagte ich, »ich habe das nicht irgendwo im
Schaufenster gesehen. Ich war ganz nahe dran. Im gleichen Raum.«

»Schön«, sagte Hugh. »Was noch?«

»Wie, ›was noch‹?«

»Dein Sozialdienst. Dein Boss hatte also eine künstliche Hand – was noch?«

Ich muss dazu sagen, dass es nicht einfach ist, in Paris freiwillige Sozialarbeit zu machen. Die Regierung bezahlt lieber jede Art von Tätigkeit, ganz besonders in einem Wahljahr, und als ich bei der Caritaszentrale nachfragte, konnten sie mir nur einen Eintagesjob anbieten, der darin bestand, Blinde beim Gang durch eine der Pariser Metrostationen zu begleiten. Das Hilfsangebot wurde von meinem Chef geleitet, der in einem winzigen, fensterlosen Raum gleich neben dem Fahrkartenschalter sein Büro eingerichtet hatte. Es war nicht meine Schuld, dass keine Blinden aufgekreuzt waren. »Jetzt hör mal gut zu«, sagte ich. »Ich habe sechs Stunden unbeachtet neben einem Mann mit einer Gummihand gesessen. Und da fragst du, ›was noch‹? Was brauche ich denn, bitte schön, noch?«

Unsere Bekannten blickten irritiert, und mir ging auf, dass ich Englisch gesprochen hatte.

»Auf Französisch«, sagte Hugh. »Sag es noch einmal auf Französisch.«

Es war eine der Situationen, in der einem der Unterschied zwischen sprechen und sich ausdrücken deutlich wird. Ich kannte die Vokabeln – *Blinde, Wahljahr, Lagerraum* –, aber selbst verbunden durch Verben und Pronomen ergaben sie nicht das, was ich brauchte. Auf Englisch konnte ich mit meinen Sätzen problemlos eine doppelte Aussage vermitteln, nämlich dass ich mich um eine Sozialarbeit beworben hatte und dass Hugh es bereuen würde, nichts von der einzig wirklich interessanten Geschichte hören zu wollen, die ich seit unserem Umzug nach Paris erlebt hatte.

»Vergiss es«, sagte ich.

»Wie du meinst.«

Ich stand vom Tisch auf, um mir ein Glas Wasser zu holen, und als ich wiederkam, redete Hugh über den Klempner, Monsieur DiBasio, der bei uns im Bad ein neues Waschbecken installiert hatte.

»Er hat nur einen Arm«, erklärte ich unseren Gästen.

»Nein, hat er nicht«, sagte Hugh. »Er hat zwei.«

»Ja, aber ein Arm ist taub.«

»Okay, aber trotzdem hat er ihn«, sagte Hugh. »Er ist da, und er füllt einen Ärmel aus.«

Er macht das ständig, mir vor anderen Leuten zu widersprechen. Also machte auch ich, was ich immer tue, und stellte ihm eine Frage, ohne ihm die Möglichkeit zur Antwort zu geben.

»Was bedeutet denn *Arm* für dich?«, fragte ich. »Wenn du damit das lange, behaarte Ding meinst, das von deiner Schulter baumelt, okay, davon hat er zwei, aber wenn du von einem langen, behaarten Ding sprichst, das sich bewegt und tatsächlich auch etwas *macht*, hat er nur einen, hab ich Recht? Ich muss es schließlich wissen. Ich bin derjenige gewesen, der das verdammte Waschbecken drei Stockwerke hoch geschleppt hat. Ich, nicht du.«

Die Gäste machten einen leicht betretenen Eindruck, aber das kümmerte mich nicht. Technisch gesehen, da hatte Hugh Recht, hatte der Klempner zwei Arme, aber wir waren hier nicht im Gerichtssaal, und man musste für eine kleine Übertreibung nicht gleich ermahnt werden. Die Leute sind dankbar für ein starkes geistiges Bild. Es regt ihre Vorstellungskraft an, und sie müssen nicht bloß zuhören. Hatten wir das nicht alles schon? Anstatt mich zu unterstützen, hatte er mich vor aller Augen zum Lügner gemacht, und, oh, wie ich ihn dafür hasste.

Nachdem er meine Glaubwürdigkeit im Hinblick auf den einarmigen Klempner untergraben hatte, konnte man die Geschichte mit der Gummihand praktisch vergessen. Die Gäste dachten nicht einmal mehr an Plastik, sondern nur noch an eine tatsächlich arbeitende Hand aus Fleisch, Knochen und Muskeln. Das geistige Bild war ausradiert, und sie würden nie verstehen, dass eine Hand mehr durch ihre Bewegung als durch ihre Form bestimmt wird. Die des Chefs hatte Fingernägel und Falten – vermutlich hätte man ihm sogar aus der Hand lesen können –, aber sie war rosa und ziemlich steif wie eine künstliche Hand, mit der ein Dompteur einem gefährlichen Tier beibringt, sich zu rühren. Ich weiß nicht, wie und wo sie befestigt war, aber ich bin mir ziemlich sicher, er konnte sie ohne große Probleme abnehmen. Als ich mit ihm in dem kleinen Raum saß und auf die Blinden wartete, die nicht kamen, stellte ich mir vor, wie die Hand auf dem Nachttisch aussah, wenn er sie dort ablegte. Es machte vermutlich keinen Sinn, sie auch im Schlaf zu tragen. Das Ding war nicht besonders hilfreich; die Finger ließen sich nicht strecken und beugen. Es war nur ein Stück Kosmetik, wie eine Perücke oder falsche Augenwimpern.

Die Unterhaltung bei Tisch schleppte sich dahin, aber der Abend war gelaufen. Jeder konnte das sehen. In ein paar Minuten würden die Gäste auf die Uhr sehen und von dem Babysitter daheim anfangen. Die Mäntel würden geholt, und wir würden im Flur stehen und die Gäste nacheinander verabschieden und sie die Treppe hinuntersteigen sehen. Anschließend würde ich den Tisch abräumen und Hugh das Geschirr abwaschen, ohne dass einer von uns auch nur ein Wort sagte, und wir würden beide überlegen, ob dies das Ende wäre. »Ich habe gehört, ihr habt euch

241

wegen einer Plastikhand getrennt«, würden die Leute sagen, und meine Wut würde erneut hochkommen. Der Streit würde weitergehen, bis einer von uns starb, und selbst dann wäre er noch nicht vorbei. Träfe es mich zuerst, stünde auf meinem Grabstein: ES WAR GUMMI. Hugh würde mit Sicherheit das Grab daneben erwerben und auf seinen Grabstein setzen lassen: NEIN, ES WAR PLASTIK.

Tot oder lebendig hätte ich keinen Frieden, und so ließ ich die Sache ruhen, wie man es macht, wenn man immer nur den Kürzeren ziehen kann. In den folgenden Wochen stellte ich mir vor, wie die Hand jemandem zum Abschied winkte oder in die Luft schoss, um ein Taxi anzuhalten, und alle die anderen Dinge machte, die auch meine Hand tat. Hugh fragte, weshalb ich lächelte, und ich sagte: »Ach, nichts«, und redete nicht mehr davon.

Baby Einstein

Meine Mutter und ich waren am Strand, rieben uns gegenseitig den Rücken mit Sonnenöl ein und überlegten, wer aus der Familie als Erstes Kinder bekommen würde. »Ich glaube, Lisa«, sagte ich. Das war in den frühen Siebzigern. Lisa war damals vielleicht vierzehn, und wenn sie auch nicht unbedingt mütterlich wirkte, kam bei ihr alles schön der Reihe nach. Erst ging man aufs College, danach wurde geheiratet, und dann kamen die Kinder. »Ich wette mit dir«, sagte ich, »mit sechsundzwanzig hat Lisa« – drei Einsiedlerkrebse näherten sich einem weggeworfenen Sandwich, was ich als Omen nahm –, »hat Lisa drei Kinder.«

Ich kam mir wie ein Prophet vor, aber meine Mutter wollte nichts davon wissen. »Nein«, sagte sie. »Gretchen wird die Erste sein.« Sie blinzelte zu ihrer zweiten Tochter, die am Strand stand und einen Schwarm Möwen mit Fleischresten fütterte. »Man erkennt's an ihren Hüften. Gretchen kommt zuerst, dann Lisa und dann Tiffany.«

»Was ist mit Amy?«, fragte ich.

Meine Mutter dachte einen Augenblick nach. »Amy wird kein Kind bekommen«, sagte sie. »Amy wird einen Affen haben.«

Ich selbst schloss mich von der Vorhersage künftiger Kinder aus, da ich mir keine Zeit vorstellen konnte, in der

Homosexuelle, entweder durch Adoption oder mithilfe einer Leihmutter, eine eigene Familie gründen könnten. Ich ließ auch meinen Bruder außen vor, da ich ihn immer nur dabei sah, wie er gerade etwas zerstörte, nicht aus Versehen, sondern absichtlich und mit Genuss. Er würde ein Kind auseinander nehmen, in der festen Absicht, es nachher wieder zusammenzusetzen, doch dann käme etwas anderes dazwischen – ein Karatefilm oder die Chance, sich zwei Dutzend Tacos einzuverleiben –, und die Einzelteile würden liegen bleiben.

Weder meine Mutter noch ich hätten uns träumen lassen, dass ausgerechnet der Knabe, der auf dem Weg zu unserem Ferienhaus lauter Flaschen zerschlug, als Erster und Einziger der Familie ein Kind haben würde. Als es so weit war, war meine Mutter lange tot, und meine Schwestern, mein Vater und ich mussten den Schreck alleine verwinden. »Es ging so schnell!«, sagten alle, als wäre Paul so wie wir und würde jeden Schritt zehn Jahre lang ausdiskutieren. Aber er ist nicht wie wir, und wenn man mit ihm übers Kinderkriegen spricht, beendet er die Diskussion mit »Lass die Hose runter«. Kathy tat das, und schon kurze Zeit nach seiner Hochzeit rief Paul mich an und verkündete, seine Frau sei schwanger.

»Seit wann?«, fragte ich.

Er nahm den Hörer vom Mund und rief ins Nebenzimmer: »Mama, wie spät ist es?«

»Du sagst *Mama* zu ihr?«

Er rief noch einmal, und ich erklärte ihm, es wäre vier Uhr nachmittags in Paris, also müsste es in Raleigh zehn Uhr morgens sein. »Wie lange ist sie schwanger?«

Er rechnete nach, dass es ungefähr neun Stunden sein müssten. Sie hatten einen Schwangerschaftstest aus der

Apotheke gemacht. Am Vorabend war das Ergebnis negativ. Aber heute Morgen war es positiv, und aus Kathy war Mama geworden, was sich später zu Big Mama und zuletzt, aus unerfindlichen Gründen, zu Mama D. entwickeln sollte.

Als mein Freund Andy und seine Frau erfuhren, dass sie ein Kind erwarteten, behielten sie es acht Wochen lang für sich. Wie ich inzwischen weiß, machen das die meisten. Der Embryo war noch winzig – kaum mehr als ein lose zusammengewürfelter Zellklumpen –, und wie bei allem in einem so frühen Stadium bestand die Gefahr, dass er sich wieder auflösen würde. Eine Fehlgeburt machte aus werdenden Eltern Objekte des Mitleids, weshalb man nicht zu früh damit herausrücken wollte.

»Ich will dich nicht entmutigen«, sagte ich zu Paul, »aber vielleicht solltet ihr beiden das noch eine Weile für euch behalten.«

Er hustete, und ich begriff, dass er und Kathy bereits seit Stunden am Telefon hingen und ich vermutlich der Letzte war, der es erfuhr.

Was ich für vernünftige Vorsicht hielt, war in seinen Augen bloß Schwarzseherei.

»Wenn's sein muss, kette ich es an, aber von meinen Babys flutscht keins aus dem Mutterleib«, sagte er.

Nachdem er aufgelegt hatte, ging er los und kaufte einen Stillsessel, eine Wickelkommode und ein Lätzchen mit der Aufschrift: PAPA IST DER BESTE. Ich dachte an die Kinder, die man manchmal bei Demonstrationen sieht. AUCH WIR BABYS WOLLEN FRIEDEN haben sie auf ihren T-Shirts stehen oder, mein persönlicher Favorit, WIE GUT, DASS MEINE MAMI MICH NICHT ABGETRIEBEN HAT.

245

»Willst du nicht lieber warten, bis das Baby groß genug ist, um für sich selbst zu sprechen?«, fragte ich. »Oder zumindest, bis es einen richtigen Hals hat. Was willst du denn jetzt mit einem Lätzchen?«

Bei seinem nächsten Anruf stand er gerade an der Kasse eines Spielwarengeschäfts und kaufte eine Videobox mit dem Titel *Baby Einstein*. »Egal, ob's ein Junge oder ein Mädchen wird, auf jeden Fall wird das kleine Miststück Grips im Kopf haben.«

»Na, von den Eltern kommt der sicher nicht«, sagte ich. »Kathy war noch nicht mal beim Arzt, und du kaufst schon Videos?«

»Und ein Kinderbettchen, und ich sag dir was, das Zeug ist scheißteuer.«

»Mit dem Mobiltelefon am Mittwochmorgen um elf eben in Frankreich anzurufen ist auch nicht gerade billig«, sagte ich, obwohl ich mir den Hinweis auch hätte schenken können. Mein Bruder kann ohne Telefon nicht leben. Gehört man zu seinen Feinden, ruft er einmal am Tag an, aber gehört man zur Familie und versteht sich halbwegs gut mit ihm, kann man sich darauf einstellen, etwa im Achtstundenrhythmus von ihm zu hören. Zu dem Geld, das er für Telefonate mit uns ausgibt, kommt noch das Geld, das meine Schwestern und ich ausgeben, um uns gegenseitig anzurufen und darüber zu jammern, wie oft unser Bruder uns anruft.

Als die Schwangerschaft offiziell wurde, wurden seine Anrufe noch häufiger. »Großer Tag, Hoss. Kathy macht heute den Corky-Test.« Corky war eine Figur aus einer Fernsehserie der frühen Neunziger und wurde von einem jungen Mann mit Downsyndrom gespielt. Meine Schwester Lisa bekam die gleiche Nachricht und war sich

nicht sicher, ob der Fötus auf ein zusätzliches einund-
zwanzigstes Chromosom oder auf die Möglichkeit einer
späteren Filmkarriere untersucht werden sollte. »Ich bin
mir ziemlich sicher, die können inzwischen ein Schau-
spielergen feststellen«, sagte sie.

Im sechsten Monat war das einzige noch ungelüftete
Geheimnis das Geschlecht des Kindes. Paul und seine Frau
stellten Vermutungen an, aber keiner von beiden wollte es
wirklich wissen. Das bringt Unglück, sagten sie, nur was
war daran schlimmer, als ein komplettes Kinderzimmer
einzurichten oder die Kuverts für die Geburtsanzeigen
schon vorher zu schreiben? Wie alle anderen in der Familie
hatte auch ich eine Liste mit Namensvorschlägen, die ich
am Telefon immer wieder ins Gespräch brachte: Dusty,
Ginger, Kaneesha – alle drei wurden abgelehnt. Die Bau-
arbeiter und Zimmerleute, mit denen mein Bruder zu-
sammenarbeitete, schlugen ebenfalls Namen vor, die meisten inspiriert durch den drohenden Krieg oder durch das
Bild Amerikas als getrübtes, aber immer noch strahlendes
Leuchtfeuer. Liberty war ausgesprochen beliebt, genau wie
Glory oder das italienisch angehauchte Vendetta und
Poliert-Saddams-Arsch, was, wie mein Vater bemerkte,
wenig Platz für einen zweiten Vornamen ließ. Seine Vorschläge waren ausnahmslos griechische Namen, die er
ohne jedes Gespür für den Spott, den sie ihrem Träger
bescheren würden, in die Runde warf. »Du kannst unmöglich in die dritte Klasse gehen und Herkules heißen«,
erklärte Lisa. »Und das Gleiche gilt für Lesbos, ganz egal,
wie hübsch es klingt.«

Schließlich war da noch der Druck, das Kind nach den
Großeltern zu nennen. Lou und Sharon waren im Gespräch, aber es gab auch noch die Großeltern auf Kathys

247

Seite. »Ach, richtig«, sagte meine Schwester Amy. »Die.«
Die Wilsons waren nette Leute, aber wir betrachteten sie
eher als Eindringlinge und potenzielle Bedrohung, die
sich zwischen uns und das zukünftige Sedaris-Baby stellten. »*Haben* Kathys Eltern nicht schon ein Enkelkind?«,
fragte ich, als wäre ein Enkelkind so etwas wie eine Sozial-
versicherungsnummer oder eine Wirbelsäule – etwas, wovon man nicht mehr als eins brauchte. Wir beschlossen, sie
wären unersättlich und zu allem fähig, doch als es darauf
ankam, versagten wir auf der ganzen Linie. Ihre Mannschaft war vollständig aufgelaufen, als das Kind geboren
wurde, während wir nur durch Lisa und unseren Vater vertreten waren. Kathy lag fünfzehn Stunden in den Wehen,
bis die Ärzte entschieden, das Kind per Kaiserschnitt zu
holen. Die Nachricht wurde ins Wartezimmer weitergeleitet, und als es so weit war, sah mein Vater auf die Uhr
und sagte: »Also, ich denke, jetzt setzen sie das Messer
an.« Dann ging er nach Hause, um den Hund zu füttern.
Zu diesem Zeitpunkt lag der Name Lou noch gleichauf
mit Adolph und Beelzebub, aber zuletzt waren alle drei
aus dem Rennen, denn es war ein Mädchen.

Der offizielle Name lautete Madelyn, doch auf dem
Weg bis zum Brutkasten war daraus schon Maddie geworden. Ich war zu der Zeit in einem Hotel in Portland, Ore-
gon, und erhielt die Nachricht von meinem Bruder, der
vom Aufwachraum des Krankenhauses aus anrief. Seine
Stimme war sanft und melodisch, kaum mehr als ein Flüstern. »Mama hat ein paar Schläuche in ihrer Muschi, aber
sonst ist alles okay«, sagte er. »Sie liegt auf ihrem Kissen,
und die kleine Maddie nuckelt an ihrer Titte.« Das war der
neue, empfindsamere Paul: Das Vokabular war das alte,
aber der Ton war sanfter und gereift durch einen Sinn für

die Wunder im Leben. Der Kaiserschnitt war unappetitlich gewesen, aber nachdem er sich über die vielen Stunden beklagt hatte, die er sinnlos im Geburtsvorbereitungskurs nach Lamaze verbracht hatte, wurde er nachdenklich: »Die einen werden rausgeschnitten, und die anderen kommen von selbst, aber sei gewarnt, Bruder: So eine Geburt ist ein verdammtes Wunder.«

»Sagtest du gerade: ›Sei gewarnt‹?«, fragte ich.

Kathy kam im Laufe der Woche nach Hause, aber es gab Komplikationen. Ihre Beine schwollen an. Sie bekam keine Luft mehr. Mit dem Notarztwagen wurde sie zurück in die Klinik gefahren, wo man ihr dreißig Pfund Körperflüssigkeit absaugte: eingelagertes Wasser und, zu ihrer großen Enttäuschung, die Milch aus ihren Brüsten. »Es kommt noch welche nach«, sagte Paul, »aber wegen der vielen Medikamente, die sie nehmen muss, sollen wir nur abpumpen und entsorgen.« Er hatte den Ausdruck vom Arzt aufgeschnappt, der im gleichen Atemzug erklärt hatte, Kathy könne keine weiteren Kinder bekommen. »Ihr Herz sei zu schwach, hast du so einen Stuss schon mal gehört?« Seine neue Stimme meldete sich vorübergehend ab. »Und dann kommt er Mama D. auch noch damit, als sie am Tropf hängt und sowieso schon halb tot vor Angst ist. Ich hab ihm nur gesagt: ›Leck mich, Scheißkerl, mit deinen klugen Sprüchen vom Pakistani-College. Ich hole mir einen Spezialisten.‹«

»Weißt du«, sagte ich, »dass sie im neunzehnten Jahrhundert den Frauen zum Abpumpen Hundewelpen an die Brust gelegt haben?«

Paul sagte nichts.

»Ich dachte nur, es wäre ein hübsches Bild«, sagte ich.

Er stimmte mir zu, aber seine Gedanken waren anderswo: bei seiner kranken Frau, dem Baby, das er ganz allein versorgen musste, und dem zweiten Kind, das sie sich gewünscht hatten und nun nie haben würden. »Hundewelpen«, sagte er. »Ich wette, die könnten dir den Arsch abpumpen.«

Zwei Wochen nach der Geburt des Babys flog ich nach Raleigh, wo mich mein Vater mit einer halben Stunde Verspätung am Flughafen abholte. Er war unrasiert und konnte keins seiner achtzig Jahre verheimlichen. »Entschuldige, dass ich etwas neben der Spur bin«, sagte er. »Ich bin nicht ganz fit, und es hat eine Weile gedauert, bis ich meine Medizin finden konnte.« Er hatte offenbar eine leichte Erkältung und nahm dagegen ein Antibiotikum, das der Tierarzt seiner Dänischen Dogge verschrieben hatte. »Pillen sind Pillen«, sagte er, »ob nun für einen Hund oder einen Menschen, ist doch alles das gleiche verdammte Zeug.«

Ich fand das lustig und erzählte es später meiner Schwester Lisa, die im Gegensatz zu mir nichts Humorvolles darin entdecken konnte. »Ich finde es furchtbar«, sagte sie. »Wie soll es Sophie denn besser gehen, wenn Dad ihre Medizin nimmt?«

Neben einem fleckigen T-Shirt trug mein Vater eine zerrissene Jeans und eine Baseballkappe mit dem Schriftzug einer Heavy Metal Band. Als ich ihn darauf ansprach, zuckte er nur die Schultern und sagte, er hätte sie auf einem Parkplatz gefunden.

»Meinst du, *Kathys* Vater würde wie ein Roadie von Iron Maiden herumlaufen?«, fragte ich.

»Ist mir scheißegal, wie der rumläuft«, sagte mein Vater.

»Meinst du, wenn er krank ist, rennt er zur nächsten Tierapotheke und holt sich irgendwelches Zeug?«

»Wahrscheinlich nicht, aber wen zum Teufel interessiert das?«

»Ich frag ja nur.«

»Und du«, sagte mein Vater, »glaubst du etwa, du gewinnst die Medaille für den liebsten Onkel, wenn du dich in Frankreich verkriechst und mit deinem hübschen Freund Pfannkuchen vernaschst?«

»Pfannkuchen?«

»Ach, was weiß ich, wie die heißen«, sagte er. »Crêpes.« Er zog den Wagen vom Straßenrand und rückte mit der freien Hand seine riesige Brille zurecht, die er in den Siebzigern gekauft und kürzlich in einer Schublade wiederentdeckt hatte. Auf der Fahrt zu Pauls Haus erzählte ich ihm eine Geschichte, die ich auf irgendeinem Flughafen aufgeschnappt hatte. Eine junge Mutter war mit zwei Fläschchen abgepumpter Muttermilch beim Sicherheitscheck festgehalten und aufgefordert worden, beide Flaschen zu öffnen und daraus zu trinken.

»Das glaubst du doch selbst nicht«, sagte mein Vater.

»Und ob«, sagte ich. »Es ist wahr. Sie wollen sicherstellen, dass man auf keinen Fall Gift oder irgendwelchen Sprengstoff an Bord schmuggelt. Samenspender nehmen inzwischen lieber den Greyhound.«

»Es ist eine widerliche Welt«, sagte er.

Vorschläge, wie man diese widerliche Welt verbessern könnte, finden sich zuhauf auf seiner Stoßstange. Mein Vater und ich vertreten politisch unterschiedliche Richtungen. Wenn ich mit ihm im Auto fahre, rutsche ich möglichst tief in den Sitz, aus Scham, in einem Fahrzeug gesehen zu werden, das meine Schwestern und ich *Bushmobil* getauft haben. Es ist, als wäre man wieder Kind. Dad hinterm Lenkrad und ich so tief in meinem Sitz, dass ich

nicht aus dem Fenster sehen kann. »Sind wir bald da?«,
frage ich. »Ist es hier?«

Madelyn schlief bei unserer Ankunft, und Paul, mein Vater
und ich standen um das Kinderbett und bewunderten sie
mit flüsternden Stimmen. Eine sagte, sie käme genau nach
meiner Mutter, aber für mich sah sie einfach nur aus wie
ein Säugling, nicht die knuddeligen Dinger, die man in der
Windelwerbung sieht, sondern eher die rohe, zerknitter-
te Sorte, die verbitterten alten Männern ähnelt.

»Das ändert sich, wenn die Haare kommen«, sagte Paul.
»Einige Babys werden damit geboren, aber für die Mütter
ist es einfacher, wenn ihr Kopf glatt wie eine Salatschüs-
sel ist.« Er fuchtelte mit den Händen vor den geschlosse-
nen Augen seiner Tochter. »Ich muss immer an die Mütter denken. Könnt ihr euch vorstellen, wie das ist, so ein
pelziges Teil im Bauch zu haben?«

»Also, Haare und Pelz ist schon ein Unterschied«, sagte mein Vater. »Bei einem Waschbär im Bauch, okay, da
gebe ich dir Recht, aber ein paar Härchen haben noch nie-
mandem wehgetan.«

Paul schüttelte sich, und ich erzählte ihm von einer
Dokumentation, die ich kürzlich gesehen hatte, über einen
Jungen, der von seinem mit ihm verwachsenen Zwilling
getrennt worden war. Der Zwilling hatte viele Jahre in ihm
gelebt, ein kleiner Schmarotzer ohne eigenes Herz oder
Gehirn. »So weit schön und gut«, flüsterte ich, »nur hatte er ganz lange Haare.«

»Wie lang?«, fragte Paul.

Tatsächlich hatte ich die Sendung gar nicht gesehen,
sondern nur davon gelesen. »Sehr lang«, sagte ich. »Ungefähr neunzig Zentimeter.«

»Das ist ja, als hättest du eine verdammte Willie-Nelson-Puppe in dir drin«, sagte Paul.

»Alles Mumpitz«, sagte mein Vater.

»Nein, wirklich. Ich hab's gesehen.«

»Einen Teufel hast du.«

Das Baby hob eine Faust an den Mund, und Paul senkte seinen Kopf in das Bettchen. »Das sind nur dein schwuler Onkel und dein vertrottelter Opa, die ihren üblichen Schwachsinn verzapfen«, sagte er. Und es klang ganz und gar … beruhigend.

Nachdem mein Vater gegangen war, wärmte Paul ein Fläschchen mit Säuglingsnahrung auf. Das Baby wachte auf, und Kathy legte es aufs Sofa, wo wir vier uns Videos aus dem Krankenhaus anschauten. Den Kaiserschnitt selbst hatte mein Bruder nicht gefilmt, was ich mir damit erklärte, dass es aus rechtlichen oder hygienischen Gründen ausdrücklich untersagt war. Zwischen dem Eintreffen des Arztes und dem purpurroten Gesicht des Säuglings, der wie ein dringender Telefonanruf an seiner Nabelschnur hing und schrie, klaffte eine Lücke. Dafür zogen sich die Aufnahmen im Aufwachraum endlos hin, als wollte Paul die verlorenen sieben Minuten wieder gutmachen. Kathy trinkt aus einem Plastikbecher. Eine Schwester kommt herein, um den Verband zu wechseln. Viele Aufnahmen zeigten meine Schwägerin ganz nackt oder mit nacktem Oberkörper, aber falls es ihr unangenehm war, sich so auf einem Großbildschirm zu sehen, ließ sie sich nichts anmerken. Zwischendurch hielt sie die Kamera, und wir sahen Paul in Shorts und einem Werbe-T-Shirt, die Baseballkappe verkehrt herum auf dem Kopf.

Die beiden hatten das Video schon Dutzende Male gesehen, hockten aber immer noch ganz gebannt davor.

»Das ist die Stelle, wo die Schwesternschülerin herein-
kommt«, sagte Kathy. Paul drehte den Ton ab und ergänz-
te lippensynchron den Text, als der Kopf der Frau in der
Tür erschien.

»Sieht so aus, als ob hier alle schlafen.«

»Mach's noch mal«, sagte Kathy.

»Sieht so aus, als ob hier alle schlafen.«

»Noch mal.«

»Sieht so aus, als ob hier alle schlafen.«

Später gab es noch Aufnahmen vom ersten Stuhlgang
des Säuglings. Er sah aus wie Teer, und nachdem der letzte Tropfen herausgesickert war, drückte Paul auf den Rück-
lauf und sah zu, wie der dunkle Fleck sich zusammenzog
und zurück in seine Tochter floss. »Hast du gesehen, wie
schwarz die Scheiße ist?«, fragte er. »Ich sage dir, unsere
Kleine hat den Bogen raus.«

Er hielt Madelyn vor den Fernsehschirm, und sie stieß
einen kurzen, zweisilbigen Schrei aus, aus dem Paul
»Yippie« heraushörte, obwohl er für mich eher wie
»Hil-feee« klang.

Wer nichts zu beweisen hat, schenkt praktische Dinge
zur Geburt: Baumwollstrampler, die den Kreislauf von Spu-
cken und Waschen gut überstehen. Wer aber um den Titel
der beliebtesten Tante und des beliebtesten Onkels wett-
eifert, so wie meine Schwestern und ich, schickt Satin-
höschen und feine, handgewebte Pullis, denen Zettel mit
dem Hinweis beiliegen: »PS: Der Pelzkragen ist abnehm-
bar.« Das Baby wird in jedem neuen Outfit fotografiert,
und fast täglich bekomme ich neue Bilder. Auf ihnen sehen
mein Bruder und seine Frau nicht wie Eltern aus, sondern
eher wie in den Wäldern hausende Kindesentführer, die

heimlich für ihren Nachwuchs ein gewaltiges Kaschmir-vermögen anhäufen.

Fotokameras und Videokameras halten jeden Schritt Madelyns fest, der anschließend als »Babys erster ...« präsentiert wird, alles in doppelter Ausführung. Babys erster Besuch am Strand ebenso wie Babys erster Wirbelsturm. Von der Mutter festgehalten, schaut sie am windge-peitschten Strandhafer vorbei auf den tiefschwarzen Himmel, ihr Gesicht ahnungsvoll und besorgt in Falten gelegt, wie man es bei keinem der beiden Eltern je beobachtet hat. Der vierte Juli, Halloween, Thanksgiving: Für sie sind das Tage wie jeder andere, aber Paul und Kathy beharren mit ihrer von Elternstolz vernebelten Logik darauf, dass sie ganz genau weiß, worum es geht, und genauso aufgeregt ist wie sie.

An Babys erstem Wintertag sah Madelyn zuerst das *Weihnachtsmärchen* auf Video und durfte dann miterleben, wie mein Bruder sich als viktorianischer Gentleman ver-kleidete und ein Paar Backenbartkoteletten anlegte. Er be-nutzte dazu keine Schminke, sondern legte sich einfach zwei rohe Streifen Schinkenspeck aufs Kinn, die durch das Wunder von Fett auf Menschenfleisch ein paar Minuten kleben blieben. Danach schnappte Paul sich eine Leiter und behängte die Vorderfront seines Hauses mit Lichterketten. Auch die hielten nur wenig länger als der Bart und landeten in den Büschen, kaum dass die Fotos gemacht waren. Na-türlich wusste die Kleine längst, was der Weihnachtsmann bringen würde. Mein Bruder hatte die Geschenke gleich nach dem Einkauf vor ihr ausgebreitet: Babys erstes Pop-Up-Buch. Babys erste Sprechpuppe. Unter den Geschen-ken war auch ein elektronisches Lernspielzeug, das sich Alphabettrainer nannte. Drückt man beispielsweise den

255

Buchstaben *D*, sagt der Apparat laut den Buchstaben. Drückt man *D*, dann *A* und wieder *D*, verbindet das Gerät die Buchstaben zu einer quäkenden Lautfolge. »Duu-Aah-Duu.« Es klingt wie ein künstlicher Stimmapparat und ist viel zu kompliziert für ein Kind in Madelyns Alter. Sie interessierte sich nicht die Bohne dafür, doch bis Weihnachten hatte mein Bruder sich damit angefreundet. Er hat sich in den Kopf gesetzt, ihm das Fluchen beizubringen, aber der Alphabettrainer ist schlau und anständig und hatte schnell raus, was Paul mit ihm vorhatte. *M-o-t-h-e-r* ist kein Problem, doch will man *f-u-c-k-e-r* anhängen, fängt das Gerät nach dem ersten Buchstaben an zu kichern und ermahnt einen mit einer klar verständlichen Klein-Mädchen-Stimme: »Ha ha ha *ha*. Du Schlingel!« »Ich krieg den Kasten noch nicht mal dazu, *Dick* zu sagen«, sagt er. »Dabei ist das bloß ein verdammter Vorname.«

Wegen ihrer angeschlagenen Gesundheit braucht meine Schwägerin nachts ihren Schlaf, und es ist Pauls Aufgabe, um zwei und um drei und um fünf, wenn Madelyn wach wird, sie zu füttern, zu windeln oder durch die Wohnung zu tragen, bis sie sich wieder beruhigt hat. Meine Schwestern haben sich angewöhnt, vor dem Schlafengehen ihr Telefon auszustöpseln, sodass er bei mir anruft und seiner Tochter den Hörer hinhält. Monatelang hörte ich am Telefon nur ihr Weinen, doch dann wurde sie älter und lernte zu lachen, zu glucksen oder jenes zufriedene Babyseufzen von sich zu geben, das mich verstehen lässt, warum jemand – erst recht mein Bruder – ein Kind in diese verlotterte Welt setzt.

»Sie wird sich früher oder später gegen ihn auflehnen«, sagt mein Vater. »Wart nur. In ein paar Jahren will Madelyn nichts mehr mit ihm zu tun haben.«

Ich blicke in die Zukunft und sehe das Gesicht meines Bruders, es ist das unvorteilhaft gealterte Gesicht eines Mannes in mittleren Jahren. Seine Tochter hat alle seine Werte verworfen, jetzt steht sie bei der Diplomfeier als Abschlussrednerin auf dem Podium einer bekannten Universität, im Begriff ihre Abschlussrede zu halten. Was wird sie von ihrem Vater denken, der im Mittelgang steht, ein wildes Geheul ausstößt und sein T-Shirt hochzieht, um die schwabbelige Botschaft zu enthüllen, die auf seinen nackten Bauch gemalt ist? Wird sie sich abwenden, wie mein Vater es vorhersagt, oder wird sie sich an all die Nächte erinnern, in denen sie aufwachte und ihn schlafend an ihren Füßen entdeckte: dieses Schwein, diesen Klotz, dieses dummes Zeug plappernde Spielzeug.

Er glaubt, ihre ersten Worte werden »Ich liebe dich!« sein, doch wenn Kinder durch Wiederholung lernen, würde ich auf »Wer will mit aufs Foto?«, »Du Schlingel!« oder »Sieht so aus, als ob hier alle schlafen« tippen, Sätze, die ebenfalls »Ich liebe dich« sagen, nur auf originellere Weise.

Nuit der lebenden Toten

Ich war vorne auf der Veranda und ertränkte gerade eine Maus in einem Eimer, als ein Kombi vor dem Haus hielt, was ungewöhnlich war. An einem normalen Tag fahren vielleicht fünfzehn Autos am Haus vorbei, doch nie hält eins an, außer es handelt sich um Anwohner. Außerdem war es spät, drei Uhr früh. Das Ehepaar von gegenüber ist um neun im Bett, und soweit ich das mitbekomme, geht bei den Leuten von nebenan eine Stunde später das Licht aus. In unserem Dorf in der Normandie gibt es keine Straßenbeleuchtung, das heißt, wenn es dunkel ist, dann richtig. Und in einer stillen Nacht hört man jedes Geräusch.

»Habe ich dir schon von dem Einbrecher erzählt, der im Kamin stecken geblieben ist?« Das war das große Ding im letzten Sommer. Einmal war es in dem hübschen Dorf am Fuße des Hügels, durch das ein Flüsschen geht, ein anderes Mal geschah es fünfzehn Meilen in der entgegengesetzten Richtung. Ich hörte die Geschichte von vier Leuten, und jedes Mal geschah sie woanders.

»Also, dieser Einbrecher«, sagten die Leute. »Er zerrte an Türen und Fenstern, und als die nicht nachgaben, stieg er aufs Dach.«

Immer war es ein Ferienhaus, ein Cottage, das Engländern gehörte, an deren Namen sich aber niemand erinnerte.

Das Paar war Anfang September abgereist und hatte bei seiner Rückkehr neun Monate später einen Schuh im Kamin entdeckt. »Gehört der dir?«, fragte die Frau ihren Mann.

Die beiden waren gerade erst angekommen. Die Betten mussten bezogen und die Schränke durchgelüftet werden, worüber der Schuh erst einmal in Vergessenheit geriet. Es war Anfang Juni, noch reichlich frisch, und abends entschloss sich der Mann, ein Feuer im Kamin zu machen.

An diesem Punkt der Geschichte waren die Erzähler stets außer sich, mit leuchtenden Augen, wie vom Schein eines Lagerfeuers. »Und das soll ich dir im Ernst glauben?«, sagte ich. »Ich *bitte* dich.«

Anfang des Sommers widmete die Lokalzeitung drei Spalten einem Camembert-Wettessen. Fotos zeigten die Teilnehmer mit hinter den Rücken gelegten Händen, die Gesichter tief in klebrigem Käse vergraben. Und das auf der Titelseite. In einer Gegend, die so arm an Nachrichten ist, würde ein Todesfall durch Verhungern schätzungsweise sechs Jahre lang die Schlagzeilen füllen.

»Warte nur«, bekomme ich zu hören. »Es kommt noch besser!«

Als immer mehr Rauch das Zimmer verqualmte, stieß der Mann einen Besen in den Kaminschacht. Irgendwas steckte im Abzug, und nachdem er wieder und wieder danach gestoßen hatte, löste sich der mittlerweile zum Skelett eingefallene Einbrecher und landete mit den Füßen voraus im Feuer. An dieser Stelle gab es immer eine Pause, die den Übergang zwischen der eigentlichen Geschichte und den sich anschließenden praktischen Fragen markierte, durch die sich das Ganze zuletzt in Luft auflöste. »Und wer war der Einbrecher?«, fragte ich. »Hat man den Leichnam identifiziert?«

Einmal war es ein Zigeuner, einmal ein Landstreicher und in den anderen zwei Versionen ein Araber. Keiner konnte sich genau erinnern, wo er herkam. »Aber es ist tatsächlich so gewesen«, sagten sie. »Du kannst jeden fragen«, womit sie den Nachbarn meinten, von dem sie die Geschichte hatten, oder die Person, der sie sie fünf Minuten zuvor erzählt hatten.

Ich glaubte keine Sekunde daran, dass ein Einbrecher in einem Kamin verhungert war. Ich glaube auch nicht daran, dass sein Skelett auf den Kaminrost knallte. Aber ich glaube an Gespenster, besonders, wenn Hugh nicht da ist und ich ganz allein auf dem Land bin. Während des Kriegs war unser Haus von den Nazis besetzt. Der frühere Eigentümer starb in seinem Schlafzimmer, genau wie der Besitzer davor, aber es sind nicht deren Geister, die mich beunruhigen. Ich weiß, es klingt dumm, aber tatsächlich fürchte ich mich vor Zombies, ehemaligen Dorfbewohnern, die mit eiterbefleckten Nachthemden umherirren. Der Friedhof liegt eine Viertelmeile von hier, und würden die dort Ruhenden aus dem Tor drängen und sich links halten, wäre unser Haus gleich das dritte am Weg. Wenn ich bei voller Festbeleuchtung im Bett liege, schmiede ich Fluchtpläne für den Fall, sollten sie wirklich einmal vor der Tür stehen. Der Dachboden scheint mir ein kluges Versteck, doch müsste ich dazu die Tür verbarrikadieren, wozu man nicht die Zeit hat, wenn Zombies im ganzen Haus zu den Fenstern einsteigen.

Früher lag ich stundenlang im Bett wach, doch wenn Hugh jetzt über Nacht fort ist, bleibe ich einfach auf und beschäftige mich mit irgendwelchen Dingen: Briefe schreiben, den Backofen reinigen, fehlende Knöpfe annähen. Nur Wäschewaschen geht nicht, weil die Maschine zu viel Lärm macht und andere, bedeutsamere Geräusche übertönt – und zwar die schlurfenden Schritte der Untoten.

An dem Abend, als der Kombi vor dem Haus hielt, war ich in unserer Wohnküche und versuchte ein ziemlich kompliziertes anatomisches Modell eines Menschen zusammenzusetzen. Der Rumpf bestand aus durchsichtigem Plastik, in den man die verschiedenen Organe einsetzen musste, deren Farben von leuchtend rot bis zu einem stumpfen, abstoßenden Purpur reichten. Wir hatten es als Geburtstagsgeschenk für einen Dreizehnjährigen gekauft, der es als *ätzend* bezeichnet und damit für unbrauchbar und wertlos erklärt hatte. Im Sommer davor hatte er noch Arzt werden wollen, doch schien er in den folgenden Monaten seine Meinung geändert zu haben und wollte jetzt lieber Schuhdesigner werden. Ich schlug ihm vor, wenigstens die Füße zu behalten, doch als er nur die Nase rümpfte, drückten wir ihm zwanzig Euro in die Hand und behielten das Modell für uns. Ich hatte gerade den Verdauungsapparat in seine Einzelteile zerlegt, als ich über mir ein vertrautes Geräusch hörte und den halben Dickdarm zu Boden fallen ließ.

Neben unserem Haus steht ein Walnussbaum, und jedes Jahr sammelt Hugh die Nüsse ein und legt sie zum Trocknen auf den Dachboden. Kurz danach kommen die Mäuse ins Haus. Ich weiß nicht, wie sie die Treppe heraufkommen, aber sie sind da, und ganz oben auf ihrer Liste steht, sich über Hughs Walnüsse herzumachen. Die Nüsse sind viel zu groß, um sie im Maul wegzuschaffen, also rollen die Mäuse sie quer über den Dachboden bis zu ihren Nestern, die sie in den Ritzen zwischen der Wand und dem Dachgebälk bauen. Dort stellen sie fest, dass die Walnüsse nicht hineinpassen. Ich kann mich darüber amüsieren, aber Hugh denkt anders und stellt auf dem Dachboden Fallen auf, die ich in der Regel entschärfe, bevor sich eine Maus darin verirrt. Bei Ratten wäre es etwas anderes, aber eine Hand voll Mäuse? »Also wirklich«, sage ich. »Kann es putzigere Tiere geben?«

Manchmal, wenn mir das Gerolle auf die Nerven geht, mache ich auf dem Dachboden das Licht an und tue so, als ob ich die Treppe heraufkäme. Eine Zeit lang herrscht dann Ruhe, aber in dieser Nacht wollte der Trick nicht funktionieren. Die Geräusche hielten an, aber es klang eher so, als würde etwas über den Boden geschleift anstatt gerollt. Eine Dachschindel? Eine schwere Scheibe Toast? Ich knipste wieder das Licht an, und als das Geräusch nicht aufhörte, stieg ich nach oben und fand eine Maus in einer von Hughs Fallen. Ihr Hinterteil war unter dem Metallbügel eingeklemmt, und sie zerrte die Falle in einem kleinen Kreis hinter sich her, nicht in der Agonie des Todes, sondern mit unbeugsamer Entschlossenheit und dem Vorsatz, trotz des ungewohnten Handikaps weiterzumachen. »Ich komme schon damit klar«, schien sie zu sagen. »Wirklich. Gebt mir nur eine Chance.«

Ich konnte sie unmöglich in diesem Zustand lassen, also schob ich die Maus mitsamt der Falle in einen Pappkarton und brachte sie nach unten auf die Veranda. Die frische Luft, dachte ich, würde ihr gut tun, und wenn sie erst aus der Falle heraus wäre, könnte sie die Stufen hinunter in den Garten flitzen, fort von dem Haus, das für sie jetzt mit so schmerzhaften Erinnerungen verknüpft war. Ich hätte den Bügel mit den Fingern hochdrücken sollen, aber aus Angst, sie könnte mich beißen, hielt ich die Falle mit dem Fuß fest und versuchte sie mit dem Ende eines Metalllineals aufzuhebeln. Eine ziemlich schwachsinnige Idee. Kaum war der Bügel oben, schnappte er auch schon wieder zu, diesmal der

263

Maus genau ins Genick. Meine nächsten drei Versuche waren ähnlich schmerzhaft, und als sie endlich frei war, schleppte sie sich bis zur Fußmatte, jeden einzelnen Knochen im Leib mindestens viermal gebrochen. Jeder konnte sehen, dass sie nicht wieder auf die Beine kommen würde. Nicht einmal ein Tierarzt hätte diese Maus wieder hinbekommen, weshalb ich beschloss, das Tier von seinem Leiden zu erlösen und es zu ertränken.

Der erste Schritt, und für mich der schwierigste des ganzen Unterfangens, bestand darin, in den Keller zu gehen und einen Eimer zu holen. Ich musste dazu die gut ausgeleuchtete Veranda verlassen, ums Haus herumgehen und in das unzweifelhaft finsterste und furchterregendste Loch in ganz Europa hinabsteigen. Eine niedrige Decke, Steinwände, ein verdreckter Boden, auf dem die Abdrücke von Tatzen zu sehen sind. Ich gehe nie hinein, ohne mich vorher laut anzukündigen. »Hüah!«, rufe ich. »Hüah! Hüah!« Mein Vater stößt diesen Schrei aus, wenn er in seinen Werkzeugschuppen geht, oder Cowboys beim Zusammentreiben der Kälber, und er signalisiert ein gewisses Maß an Autorität. Schlangen, Fledermäuse, Wiesel – höchste Zeit für euch, alles stehen und liegen zu lassen und zu verschwinden. Ich näherte mich dem Keller mit einer Taschenlampe in jeder Hand, die ich wie Pistolen in Anschlag hielt. Dann trat ich die Tür auf – »Hüah! Hüah! –, schnappte mir, wonach ich suchte, und rannte los. In weniger als einer Minute war ich wieder auf der Veranda, doch dauerte es noch eine ganze Weile, bis meine Hände aufhörten zu zittern.

Das Problem, ein Tier zu ertränken – selbst ein schwer angeschlagenes –, besteht darin, dass es nicht kooperieren will. Diese Maus hatte nicht mehr viel zu erwarten, kämpfte aber dennoch mit schier unglaublichen Reserven um ihr Leben. Ich versuchte sie mit einem Besenstiel unter Wasser zu drücken, aber es war nicht das richtige Instrument, und die Maus kämpfte sich immer wieder frei und kam an die Oberfläche geschwommen. Ein Tier mit einem solchen Überlebenswillen möchte man eigentlich ziehen lassen, dabei dachte ich nur an sein Wohl, ob es dies nun einsehen konnte oder nicht. Ich hatte es gerade geschafft, die Maus am Schwanz auf dem Eimerboden zu fixieren, als der Kombi angefahren kam und vor dem Haus hielt. Ich sage »Kombi«, dabei war es eher schon ein Kleinbus mit Seitenfenstern und drei Sitzreihen. Das Fernlicht war eingeschaltet, und die Straße glänzte schwarz und makellos im Licht der Scheinwerfer.

Nach einem kurzen Moment ging das Fenster auf der Fahrerseite herunter, und ein Mann streckte seinen Kopf in den Lichtschein, der von der Veranda fiel. »Bonsoir«, rief er. Es klang wie der Ruf eines Schiffbrüchigen, der im Rettungsboot sitzt und einem vorbeifahrenden Schiff »Ahoi!« zubrüllt, und ich hatte den Eindruck, er war überaus glücklich, mich zu sehen. Als er die Tür öffnete, ging die Innenbeleuchtung an, und ich erkannte fünf weitere Personen im hinteren Teil des Wagens, zwei Männer und drei Frauen, die mich alle mit dem gleichen Ausdruck der Erleichterung ansahen. Es waren alles ältere Leute, vermutlich in den Sechzigern oder Anfang der Siebziger, und alle hatten weiße Haare.

Der Fahrer beschäftigte sich mit einem kleinen Buch, das er in seiner Hand hielt. Dann sah er kurz zu mir herüber und versuchte den gerade gelesenen Satz noch einmal laut zu wiederholen. Es war Französisch, nur konnte man ihn kaum verstehen, da er einfach nur die Laute nachmachte, ohne jedes Gespür für die Betonungen.

»Sprechen Sie Englisch?«, fragte ich.

Der Mann klatschte in die Hände und drehte sich nach hinten zu seinen Mitreisenden. »Er spricht Englisch!« Die Neuigkeit wurde mit großer Freude aufgenommen und für eine der Frauen übersetzt, die offenbar seine Bedeutung nicht verstand. Inzwischen war meine Maus wieder an die Oberfläche getrieben und schabte mit ihrer noch heilen Pfote gegen die Eimerwand.

»Wir suchen nach einer bestimmten Adresse«, sagte der Fahrer. »Ein Haus, das wir mit Freunden gemietet haben.« Er redete laut und mit einem leichten Akzent. Holländer, dachte ich, oder Skandinavier.

Ich fragte, in welchem Dorf das Haus sei, und er sagte, es sei kein Dorf, nur ein kleiner Veiler.

»Ein was?«

»Ein Veiler«, wiederholte er.

Entweder hatte er einen Sprachfehler, oder der Buchstabe *w* existierte nicht in seiner Muttersprache. Wie auch immer, ich wollte, dass er es noch einmal sagte.

»Entschuldigung«, sagte ich. »Aber ich habe Sie nicht genau verstanden.«

»Ein Veiler«, sagte er. »Freunde von uns haben ein Haus in einem kleinen Veiler gemietet, und wir können ihn einfach nicht finden. Wir sollten schon seit Stunden da sein, aber jetzt haben wir völlig die Orientierung verloren. Kennen Sie sich in der Umgebung aus?«

Ich bejahte, musste aber passen, als er mir den Namen der Ortschaft nannte. Es gibt unzählige kleine Weiler in unserem Teil der Normandie, oft kaum mehr als eine Hand voll Steinhäuser, die irgendwo im Wald verborgen sind oder am

266

Ende eines Schotterwegs liegen. Hugh hätte den Ort vielleicht gekannt, aber weil ich selbst nicht fahre, achte ich meist nicht so genau auf die Ortsnamen. »Ich habe eine Wegbeschreibung«, sagte der Mann. »Möchten Sie vielleicht einen Blick darauf werfen?«

Er stieg aus dem Kombi, und ich sah, dass er einen weißen Trainingsanzug aus Nylon trug, mit schlottrigen Beinen und sich eng um die Knöchel spannenden Bündchen. Man hätte Turnschuhe zu einem solchen Outfit erwartet, doch stattdessen hatte er schwarze Halbschuhe an. Das Tor zur Straße stand offen, und als er die Treppe heraufkam, fiel mir ein, womit ich gerade beschäftigt war und wie befremdlich es dem Besucher vorkommen musste. Einen Moment dachte ich, dem Mann entgegenzugehen, doch da stand er schon auf dem Treppenabsatz und streckte zur Begrüßung seine Hand aus. Ich nahm sie, als er das leise Plätschern hörte und in den Eimer sah. »Oh«, sagte er. »Wie ich sehe, haben sie eine kleine Schwimmmaus.« Sein Tonfall schien keine Erklärung zu verlangen, also verkniff ich mir einen Kommentar. »Meine Frau und ich haben einen Hund«, fuhr er fort. »Aber wir haben ihn nicht mitgenommen. Zu umständlich.«

Ich nickte, und er hielt seine Karte hin, die Kopie einer Kopie, auf der lauter Pfeile eingezeichnet waren und dazu Erklärungen in einer Sprache, die ich nicht kannte. »Ich glaube, ich habe drinnen was Besseres«, sagte ich und bat ihn ins Haus.

Ein unerwarteter und fremder Besucher ermöglicht es einem, die vertrauten vier Wände wie zum ersten Mal zu sehen. Ich denke da an den Stromableser, der um acht Uhr früh durch die Küche stiefelt, oder die Zeugen Jehovas, die ganz unverhofft im Wohnzimmer stehen. »Bitte sehr«, scheinen sie zu sagen. »Sehen Sie mit meinen Augen. Der Blick ist viel schärfer.« Ich hatte unsere Wohnküche immer für sehr einladend gehalten, aber als ich durch die Tür trat, stellte ich fest, dass ich mich geirrt hatte. Der Raum war nicht schmutzig oder unaufgeräumt, aber ebenso wie zu nachtschlafender Zeit noch auf zu sein, hatte er etwas leicht Verdächtiges. Ich sah auf das anatomische Modell, das ausgebreitet auf dem Tisch lag. Die Einzelteile lagen im Schatten eines großen ausgestopften Huhns, das sie arg- wöhnisch zu betrachten und sich zu fragen schien, welches Organ wohl das schmackhafteste wäre. Der Tisch war ganz ansehnlich – solide getischlerte Eiche –, aber die Stühle waren wild zusammengewürfelt und alle mehr oder weniger reparaturbedürftig. Über einer Stuhllehne hing ein Hand- tuch mit dem Aufdruck des amtlichen Leichenbestatters von Los Angeles. Wir hatten es nicht gekauft, sondern ge- schenkt bekommen, aber es hing eben da und lenkte den Blick auf ein daneben stehendes Sofa, auf dem zwei Aus- gaben eines reißerischen Magazins über wahre Verbre- chen lagen, das ich nur deshalb regelmäßig kaufe, um mein Französisch zu verbessern. Auf dem Cover der jüngsten Ausgabe war das Bild einer jungen belgischen Frau abgebil- det, die beim Zelten mit einem Schlackeziegel erschlagen worden war. »Lauert in ihrer Gegend ein Serienmörder?«, fragte die Schlagzeile. Die zweite Ausgabe war auf der Seite mit dem Kreuzworträtsel aufgeschlagen, mit dem ich mich früher am Abend beschäftigt hatte. Eine der Fragen lautete übersetzt »weibliches Geschlechtsorgan«, und in die entsprechenden Kästchen hatte ich das französische Wort für *Vagina* eingetragen. Es war das erste Mal, dass ich ein Wort in einem französischen Kreuzworträtsel wusste, und zur Feier des Tages hatte ich hinter jeden einzelnen Buchstaben fette Ausrufezeichen gesetzt.

Ein bestimmtes Thema schien sich herauszuschälen und durch immer neue Hinweise zu verdichten: Das Handbuch für Pistolen und Gewehre, das rein zufällig ganz vorne im Regal stand, oder das Hackmesser, das aus unerfindlichen Gründen auf einer Fotografie der Enkelin unseres Nachbarn lag.

»Das hier ist mehr unser Sommerhaus«, sagte ich, und der Mann nickte. Er betrachtete den Kamin, dessen Öffnung etwas höher als er selbst war. Ich sehe meist nur das solide Mauerwerk und den hohen Eichensims, doch ihn interessierten vor allem die spitzen Haken, die aus dem rußgeschwärzten Innern herunterhängen.

»Sämtliche Häuser entlang der Strecke waren dunkel«, sagt er. »Wir sind, glaube ich, seit Stunden unterwegs, um jemanden zu finden, der noch wach ist. Dann sahen wir bei Ihnen Licht, die offene Tür ...« Ich kannte diese Worte aus unzähligen Horrorfilmen, der unberechenbare Gast, der sich dem Grafen, dem verrückten Wissenschaftler, dem Werwolf vorstellt, um sich im nächsten Augenblick zu verwandeln.

Es tut mir wirklich Leid, Sie zu belästigen.

Ach, keine Ursache, ich war gerade dabei, eine Maus zu ertränken. Kommen sie doch rein.

»Tja«, sagt der Mann. »Sie sagten, Sie hätten eine Straßenkarte.«

Ich hatte mehrere und zog die genaueste aus einer Schublade, in der unter anderem noch ein kurzes Stück Seil und ein Juxstift in der Form eines abgehackten Fingers lagen. Wo kommt das ganze Zeug nur her?, fragte ich mich. Neben dem Tisch steht ein halbhoher Schrank, auf dem ich die

Karte ausbreitete, nachdem ich den kleinen Totenkopf eines Äffchens zur Seite geschoben hatte. Ich suchte nach unserer Straße und dann nach dem Weiler, zu dem der Mann wollte. Er lag keine zehn Meilen entfernt. Der Weg war ziemlich einfach, aber ich bot dem Mann dennoch die Karte an, damit er sich unterwegs sicherer fühlte.

»Oh, nein«, sagte er, »das ist wirklich nicht nötig«, aber ich bestand darauf und verfolgte von der Veranda aus, wie er damit die Stufen hinunterlief und in den Wagen stieg, dessen Motor noch im Leerlauf lief. »Wenn Sie Probleme haben, Sie wissen, wo ich wohne«, sagte ich. »Sie und Ihre Freunde können gerne die Nacht hier verbringen. Das ist ein aufrichtiges Angebot. Es sind genügend Betten im Haus.« Der Mann im Trainingsanzug winkte zum Abschied, fuhr den Hügel hinunter und verschwand hinter dem Spitzdach des Nachbarn.

Die Maus, die so tapfer gegen einen Besenstiel gekämpft hatte, war schließlich eingeknickt und trieb leblos auf dem Wasser. Im ersten Moment wollte ich den Eimer in der Wiese hinterm Haus ausschütten, doch ohne die Lichter und das beruhigende Motorengeräusch des Kombis schien mir das Gelände jenseits der Veranda zu unheimlich. Das Innere des Hauses kam mir mit einem Mal genauso vor, und so stand ich da und blickte auf das hinaus, was von jetzt an mein Veiler sein würde. Wenn die Sonne aufging, würde ich meine Toten begraben und einen Strauß Hortensien in den Eimer stellen, ein wenig Leben und Farbe, so hübsch auf dem Tisch. So angenehm für das Auge.

Danksagung

Mein herzlicher Dank gilt den Lektoren, mit denen ich das Glück hatte, zusammenarbeiten zu dürfen: Jeffrey Frank bei *The New Yorker*, Ira Glass bei *This American Life*, Maja Thomas und Steve Lamont bei Little, Brown und Andy Ward bei *Esquire* und G.Q.